Helen Colijn, 1921 geboren, lebte mit ihrer Familie in Amerika, Holland und Südostasien. Nach dem Zweiten Weltkrieg zog sie wieder nach Kalifornien. Dort unterrichtete sie Deutsch und Französisch, war als Übersetzerin für die Stanford-Universität tätig und organisierte für Schüler und Studenten Gruppenreisen nach Europa. Sie war auch Redakteurin beim *Sunset magazine*.

Helen Colijn hat zwei Werke über Holland verfaßt, die in den USA erschienen sind, *Dutch ways* und *The backroads of Holland*, und war Koproduzentin des Dokumentarfilms *Song of Survival*. Ihr Erfahrungsbericht diente Bruce Beresford als Vorlage für seinen Film.

Helen Colijn

Paradise Road

Mut bleibt für immer

Deutsch von
Tamara Willmann

rororo

Rowohlt

Deutsche Erstausgabe
Veröffentlicht im Rowohlt Taschenbuch Verlag GmbH,
Reinbek bei Hamburg, November 1997

Die Originalausgabe erschien 1995 bei
White Cloud Press, N.Y., unter dem Titel
«Song of Survival»

Umschlaggestaltung: Susanne Heeder
(Foto: White Cloud Press)
Satz Baskerville (Linotronic 500)
Gesamtherstellung Clausen & Bosse, Leck
Printed in Germany
1490-ISBN 3 499 22146 2

Für Antoinette und Alette
und zum Gedenken an unsere Eltern

KAPITEL 1

Flucht aus Tarakan

Vor der Ostküste der großen Insel Borneo in Südostasien liegt wie ein Pünktchen die Insel Tarakan. Sie ist mit Dschungel bedeckt, bis auf jene Fläche, auf der die Bohrtürme standen und die Leute wohnten, deren Aufgabe es war, Öl aus Tarakans Boden zu pumpen.

Auf dieser kleinen Insel lebten 1941, als Tarakan noch zu Niederländisch-Ostindien gehörte, meine Mutter Aaltje (Zus) Colijn und mein Vater Anton Colijn, seines Zeichens Manager bei der Bataafsche Petroleum Maatschappij (BPM), einer Tochtergesellschaft der Shell-Gruppe.

Als ich 1939 in den Niederlanden die Höhere Schule beendet hatte, luden meine Eltern meine Schwester Antoinette und mich ein, sie für drei Monate zu besuchen, um «den indischen Teil des niederländischen Hoheitsgebiets kennenzulernen». Nach dem Besuch sollten wir dann wieder nach Hause zurückkehren, um unsere Ausbildung fortzusetzen. Doch der Zweite Weltkrieg machte alle unsere Pläne zunichte. Im September 1939 marschierten die Deutschen in Polen ein. Im Mai 1940 besetzten sie die Niederlande.

Antoinette und ich gingen daher nicht zurück, sondern blieben in Batavia (heute Jakarta) auf Java. Zum erstenmal waren wir auf uns selbst gestellt. Wir lebten in einem gemieteten

Häuschen mit Sitih, einer Javanerin, die das Haus in Ordnung hielt, Einkäufe tätigte und für uns kochte.

Wir mußten Geld verdienen. Ich belegte Kurse an einer Sekretärinnenschule und bekam eine Stelle als Sekretärin beim Generalgouverneur. Antoinette bereitete sich darauf vor, eine Prüfung als Lehrerin für Mensendieck-Gymnastik abzulegen, eine Methode, bei der durch Verbesserung der Körperhaltung Muskelverspannungen gelöst werden sollen.

Im Herbst 1941 – ich war zwanzig und Antoinette neunzehn – zogen wir wieder zu unseren Eltern auf Tarakan. Wir waren traurig, daß unsere fünfzehnjährige Schwester Alette nicht bei uns sein konnte. Sie ging immer noch in Bandung, einer Stadt in den Bergen Javas, zur Schule und wohnte dort bei einer holländischen Gastfamilie.

Da Vater an sehr entlegenen Standorten für die BPM tätig war und wir Mädchen nicht mit dorthin konnten, hatten uns unsere Familientreffen immer sehr viel bedeutet. Wir erinnerten uns gerne an unsere Zusammenkünfte in Den Haag, wo wir nicht weit von unserem Haus in der Nordsee herumtoben konnten. Mutter hatte bei unserer Rückkehr immer heißen Kakao bereit. Wir waren auf gemieteten Pferden ausgeritten, durch die Dünen gewandert, auf Hollands Kanälen Schlittschuh gelaufen, in den Alpen Ski gefahren, über Gebirgspfade gewandert oder auf Felsspitzen und gletscherbedeckte Gipfel geklettert. Vater war überzeugter Anhänger des *mens sana in corpore sano* – ein gesunder Geist in einem gesunden Körper –, und Sport war genau das richtige, um die Gesundheit zu fördern und den Charakter zu formen.

Und so bedeutete es für uns keineswegs eine Überraschung, neben den Bougainvilleen ein Gerüst mit Kletterseil und Ringen vorzufinden und eine Aschenbahn, auf der wir Diskus- und Speerwerfen üben konnten, als wir in Tarakan ankamen. Und jeden Abend nach dem Essen unternahmen wir lange Spaziergänge.

Man hatte Verdunkelung angeordnet. Die Militärs auf Tarakan befürchteten, die Japaner könnten in den Krieg eintreten und Tarakan wäre dann ihr erstes Angriffsziel. So gab es kein Licht in den Straßen. Die Häuser wirkten tot und abweisend, hinter der Verdunkelung waren Licht und Leben dem Auge verborgen.

Im Gegensatz zu dieser Friedhofsatmosphäre wanderten unsere Eltern fröhlich, als ginge alles seinen gewohnten Gang. Vater trug auf diesen Ausflügen Bermudashorts und sein Lieblingshemd aus Baumwolle, das «am besten den Schweiß aufsaugt», Mutter eines ihrer Baumwollkleider, nach Landessitte von einem chinesischen Schneider auf Java angefertigt. Gelegentlich wischte sie sich mit einem ihrer zierlichen, bestickten Taschentücher, das sie mit einem Tropfen *Aimant* betupft hatte, über die Stirn.

Wir ließen die Häuser hinter uns und liefen über Pfade, die man in den Dschungel geschlagen hatte, wo geheimnisvolle Geschöpfe aller Art raschelten, zischten und kreischten. Und überall nickten die Ölpumpen unheimlich mit den Köpfen: «Ja, ja, ja.» Ja zum Weltuntergang, dachte ich.

Vater erläuterte: «Ihr müßt euch klarmachen, daß Japan Öl braucht und daß wir hier über Mengen von diesem wunderbaren Stoff verfügen. Es muß nicht einmal raffiniert werden. Es ist so, wie es aus dem Boden kommt, für Schiffe geeignet. Japan wird Tarakan bestimmt nicht links liegenlassen.»

Ich war erleichtert, als wir diese trübsinnige Gegend verlassen und in die weniger bedrückende Atmosphäre von Batavia zurückkehren konnten. Antoinette machte mir Vorwürfe: «Natürlich war es nicht gerade ein erfreulicher Ort, aber du solltest lieber an die guten Seiten des Besuchs denken. Wir haben viel mit Vater und Mutter unternommen. Und wir wissen schließlich nicht, wann wir sie wiedersehen werden.»

In Batavia sprachen wir darüber, ob es nicht günstiger

wäre, wenn Mutter Tarakan ebenfalls verlassen und nach Java kommen würde wie die meisten Frauen der BPM-Angestellten. Vater hatte das auch vorgeschlagen, aber Mutter hatte entschlossen verkündet, sie hätte sich auf Tarakan als Rotkreuzschwester gemeldet. Sie hätte hier eine Aufgabe, sie würde bleiben.

Dann wurde Tarakan angegriffen, genau einen Monat nach dem japanischen Angriff auf Pearl Harbor, und die holländische Exilregierung in London erklärte Japan den Krieg. Eine riesige japanische Flotte kam mit einer Invasionsarmee von schätzungsweise 20000 Mann von den Philippinen herangedampft. In der Garnison der Königlich-Niederländisch-Ostindischen Armee auf Tarakan befanden sich nur 1300 Mann, teilweise Berufssoldaten, teilweise Reservisten wie Vater. Schon nach zwei Tagen, am 13. Januar 1942, mußte sich die kleine holländische Stellung ergeben, aber man schaffte es noch, die «Politik der verbrannten Erde» wie geplant in die Tat umzusetzen, um zu verhindern, daß dem Feind wertvolles Material und Gerät in die Hände fiel. Siebenhundert Ölquellen wurden in die Luft gesprengt. Die riesigen Öltanks wurden in Brand gesetzt, und das Öl floß in feurigen Strömen in die See, wo es zwei Tage später immer noch in Flammen stand.

Nach Tarakans Kapitulation stellten meine Schwestern Antoinette und Alette und ich auf Java über die offiziellen Stellen verzweifelt Nachforschungen an. Was genau hatte sich auf Tarakan abgespielt, was ging dort im Augenblick vor sich? Aber Tarakan war offenbar hermetisch von der Außenwelt abgeriegelt. Niemand wußte auch nur das geringste. Als schließlich doch noch Nachrichten zu uns drangen, waren sie zutiefst erschreckend. Die Japaner waren natürlich erbost, als sie das kostbare Öl, das sie hergelockt hatte, in Flammen aufgehen sahen. Sie nahmen Mutter und andere Krankenschwestern gefangen, ohne deren neutralen Status als Angehörige des Roten Kreuzes zu berücksichtigen. Vater, der als Offizier in der Armee gekämpft hatte, und ein weiterer holländischer Offizier wurden als Geiseln genommen. Man schickte sie mit einem kleinen BPM-Schiff unter japanischer Bewachung auf eine teuflische Mission nach Balik-Papan auf Borneo, einer anderen BPM-Niederlassung südlich von Tarakan. Vater sollte den holländischen Verantwortlichen dort ein japanisches Dokument überreichen. Die Botschaft lautete: Wenn man es wagen sollte, wie die Holländer auf Tarakan das Öl zu vernichten, dann würde man die gefangenen Frauen auf Tarakan, einschließlich meiner Mutter, exekutieren.

Doch als dann ein holländisches Marineflugzeug über das Schiff hinwegflog, sahen Vater und sein Landsmann ihre Chance. Die beiden Geiseln überredeten ihre betrunkenen japanischen Wächter, sich in eine kleine Kajüte außer Sicht zu begeben. Dann schlossen sie blitzschnell die Tür ab und winkten dem Flugzeug mit einem Handtuch zu. Als die Maschine zur Landung ansetzte, sprangen die beiden über Bord. Das Flugzeug klatschte aufs Wasser, die Geiseln wurden aufgefischt und als freie Männer nach Balik geflogen.

Natürlich handelte man auf Balik genauso wie auf Tarakan nach der Politik der verbrannten Erde und vernichtete das Öl. Was aber mit seiner Frau und den anderen Frauen auf Tarakan geschah, hat Vater nie erfahren.

Wir waren vor Überraschung sprachlos, als Vater uns anrief, nachdem man ihn nach Java geflogen und ins Hauptquartier der Königlich-Niederländisch-Ostindischen Armee nach Bandung beordert hatte. Das Schweigen um Tarakan war gebrochen. In einem Militärfahrzeug fuhr man Vater nach Batavia. In unserem verdunkelten Häuschen erzählte er Antoinette und mir von der Schlacht auf Tarakan und wie er Mutter in den Händen der Japaner hatte zurücklassen müssen. «Aber ich durfte mich wenigstens noch von ihr verabschieden, bevor sie mich nach Balik-Papan schickten. Wir konnten noch gemeinsam beten.»

In bescheidener Weise beteiligten sich auch meine Schwester und ich an der Verteidigung Javas. Java sollte das letzte Bollwerk sein. Mit Hilfe der Alliierten konnte es vielleicht gehalten werden. Antoinette und ich traten dem neu gegründeten Automobilcorps für Frauen (VAC) mit seinen schmucken Khakianzügen und flotten Tropenhelmen bei. Ich trat allerdings bald wieder aus, damit ich im Büro zum Kodieren und Dekodieren von Telegrammen zur Verfügung stand, aber Antoinette lernte, Laster und Feuerwehrwagen zu steuern.

Wir folgten den Anweisungen für die Zivilverteidigung und stellten einen robusten «Bombentisch» in unser Wohnzimmer, unter dem man sich bei feindlichen Angriffen verstecken sollte. Unterm Tisch lagerten wir Konservendosen. Allerdings haben wir kein einziges Mal unter dem Tisch gehockt und auch nie eine unserer Notrationen verzehrt.

In Bandung ging Alette weiter pflichtbewußt zur Schule, auf ein Lyzeum. Nach der Schule zog sie die Khakiuniform der «Oranje-Jugend» an und arbeitete mit anderen Schülern zusammen bei der Telefonvermittlung einer Luftschutzzentrale. Der Krieg verlief katastrophal für die Königlich-Niederländische Ostindienarmee und die hastig zusammengezogenen alliierten Streitkräfte. Die Japaner hatten viel zuviel von allem – Flugzeuge, Schiffe, gut ausgebildete Soldaten. Sie besetzten die äußeren Inseln, eine nach der andern, und versenkten dabei den größten Teil der vereinigten amerikanisch-britisch-holländisch-australischen Flotte, die man ausgesandt hatte, um Java zu verteidigen.

Am 21. Februar 1942 verließ der Generalgouverneur sein Palais in Batavia und reiste in Begleitung hoher Regierungsangehöriger in einer Automobilprozession die 200 Kilometer nach Bandung, um das Hauptquartier aufzulösen. Als Sekretärin des Kabinettschefs beim Generalgouvernement fuhr ich in einem der Fahrzeuge mit. Die Gastfamilie meiner Schwester in Bandung stellte in Alettes Zimmer ein Bett für mich auf. Unterkünfte waren in Bandung schwer zu finden. Die Stadt war brechend voll von Einheiten auf dem Rückzug, die untergebracht werden mußten, und von Frauen und Kindern, die man von den äußeren Inseln evakuiert hatte.

Die Familien fragten sich verzweifelt, wie es jetzt weitergehen sollte. Eine Massenevakuierung der Holländer aus Java war unmöglich. Wohin hätte man sich wenden können? Die Niederlande waren von den Deutschen besetzt. Selbst wenn irgendein anderes Land Abertausende von Evakuierten aufgenommen hätte, wie hätte man sie ohne Schiff dort hinbringen sollen? Die einzige Hoffnung bestand darin, daß Java gehalten werden konnte.

Als wir uns am 21. Februar verabschiedeten, waren Antoinette und ich optimistisch. Vielleicht konnte Java ja tatsächlich gehalten werden. Das war es doch, wofür Vater und andere Militärs in Bandung ihre Pläne entwarfen!

Dann, am 28. Februar 1942, landeten die ersten Japaner auf Java. Niemand konnte sie aufhalten.

Am 1. März besetzten japanische Streitkräfte den Flughafen bei Bandung.

Am 5. März kapitulierte Batavia.

Alette und ich saßen in unserem Zimmer und unterhielten uns darüber, was nun wohl aus Antoinette würde, die mit den Japanern in Batavia festsaß, als es an der Tür schellte. Und da war sie, mit einem gewaltigen grünen Militärhelm auf dem Kopf und einem grün-braunen Plastikregenmantel über einem verdreckten weißen Overall. Ihr Gesicht war schlammbespritzt.

«Antoinette!» rief Alette. «Wie bist du denn hergekommen?»

«Ich bin in einem Konvoi von neuen Chevrolet-Lastern mitgefahren, die den Japanern nicht in die Hände fallen sollten.»

«Und warum bist du nicht in VAC-Uniform?»

«Man hat japanische Vergeltungsmaßnahmen gegen die VAC-Frauen befürchtet. Offiziell ist das Corps aufgelöst.»

«Mich hat man auch weggeschickt», warf ich ein. «Mein Chef wollte nicht, daß man mich mit ihm in Verbindung bringt, wenn die Japaner kommen. Er glaubt, daß man ihn gefangennehmen wird. Ich habe noch drei Monatsgehälter ausbezahlt bekommen. Außerdem muß ich euch mitteilen, daß Vater sich heute morgen gemeldet hat und daß Java in ein paar Tagen kapitulieren wird.»

«Aber so schnell doch nicht!» sagte Antoinette. «Ich war fest davon überzeugt, daß Bandung sich wenigstens eine Zeitlang halten kann. Deshalb war ich doch so froh über die Gelegenheit, den Lastwagen herfahren zu können. Ich dachte, ich könnte mich hier noch nützlich machen.»

«Du kannst dich in Australien nützlich machen. Vater hat für uns drei einen Platz auf einem Schiff organisiert, das evakuierte Militärs und Zivilisten aufnehmen soll. Es liegt in der Wijnkoop Bay an der Südküste. Ich habe immer wieder versucht, dich zu erreichen, seit Vater sich heute morgen gemeldet hat, um dir zu sagen, daß du irgendwie herkommen sollst. Gott sei Dank bist du ja nun da! Vater wird uns um Mitternacht ein Militärfahrzeug vorbeischicken.»

«Kommt er denn nicht mit?»

«Nein, er will sich den Guerillatruppen anschließen.»

«Hast du nicht gerade gesagt, daß Java kapitulieren wird?»

«Ja, aber wenn ich das richtig verstanden habe, wollen sich Trupps von unseren Leuten in den Bergen verschanzen und den japanischen Truppen von da aus zusetzen. Das soll den Alliierten Zeit verschaffen, sich zu organisieren und Ostindien zurückzugewinnen ... Vater hat gesagt, er würde zwar versuchen, sich von uns zu verabschieden, aber wir sollten nicht allzu fest damit rechnen. Er würde im Hauptquartier vielleicht aufgehalten.»

«Er hat vermutlich hinzugefügt: ‹Erst die Arbeit, dann das

Vergnügen»», sagte Antoinette, und als sie mich zustimmend nicken sah, glitt ein schmales Lächeln über ihr müdes Gesicht.

«Wenn es heute nacht losgehen soll, sollten wir jetzt lieber packen», schlug ich vor. «Vater meinte, für jede nur einen kleinen Rucksack.»

«Ich habe nichts zu packen», sagte Antoinette. «Kann ich mir ein paar Sachen von dir leihen, Alette? Wir haben die gleiche Größe.»

Alette entschloß sich, ihre Khakiuniform anzubehalten. Antoinette und ich würden in der Kleidung reisen, die wir bei unseren Wanderungen auf den Vulkanen Javas getragen hatten, Khakishorts und Buschhemden. Antoinette und Alette wollten bequeme flache Schuhe anziehen. Ich hatte zufällig meine Wanderstiefel dabei. Diese leichten Nagelstiefel aus Leder hatten an den Seiten große Segeltucheinsätze, damit das Wasser wieder ablaufen konnte, wenn man Flüsse durchwatet hatte. Vielleicht mußten wir ja einen Teil des Wegs zur Küste zu Fuß zurücklegen.

Wir überlegten hin und her, was in die Rucksäcke hineinsollte, packten sie, aßen mit der Familie zu Abend und warteten auf Vater. Aber als das Auto um Mitternacht kam, um uns mitzunehmen, war er immer noch nicht da. Wir hatten unsere Rucksäcke bereits zum Auto gebracht und waren noch einmal umgekehrt, um der Familie auf Wiedersehen zu sagen, als ein zweiter Wagen angefahren kam und quietschend vor unserem anhielt. Eine lange, hagere Gestalt in grüner Uniform sprang heraus und kam mit großen Schritten auf uns zu.

«Wer ist das denn?» flüsterte Antoinette, und dann, als sie ihn erkannte, rief sie: «Vater, Vater!» und fiel ihm schluchzend in die Arme. «Ich bin ja so froh, dich noch einmal zu sehen, bevor wir aufbrechen müssen. Ich fand es so schlimm, wegzufahren, ohne dich noch einmal zu drücken.»

Vater tätschelte ihr den Rücken. «Schon gut, Schatz. Ich

komme ja mit euch. Steigt jetzt schnell ein. Von allen Seiten dringen japanische Truppen vor, und die Straße zur Wijnkoop Bay ist vielleicht nicht mehr lange frei.»

Er lud einen braunen Sack mit der Aufschrift «Preanger Hotel» und eine Maschinenpistole auf den Beifahrersitz um.

«Ihr drei sitzt hinten.»

«Warum kommst du denn mit?» fragte ich.

«Erzähle ich euch später. Laßt uns jetzt losfahren.»

«Was ist mit Mutter? Fahren wir einfach ohne sie?» fragte Alette.

Seit Tarakan gefallen war, hatte keiner von uns jemals ein «Wenn» in unseren Gesprächen über Mutter verwendet – «... wenn sie noch lebt», «... wenn sie nicht hingerichtet ist» –, und das sollten wir auch in den folgenden Jahren vermeiden. So, als könnten wir dadurch, daß wir die «Wenns» nicht artikulierten, nicht einmal uns selbst gegenüber, bewirken, daß die «Wenns» nicht eintraten.

«Auch wenn wir in japanisch besetztem Gebiet blieben, könnten wir nichts für sie tun. Ich hoffe, wenn wir in der freien Welt sind, gelingt es dem Internationalen Roten Kreuz, Mutter und die anderen Krankenschwestern auf Tarakan freizubekommen. Man hätte sie nie gefangennehmen dürfen. Es ist ein Verstoß gegen die internationalen Konventionen.»

Der Wagen fuhr hinaus in die Dunkelheit. Vater erzählte uns, daß die Pläne für einen Guerillakrieg auf Ablehnung gestoßen wären. Es hätte nur unnötiges Blutvergießen gegeben. Der Befehlshaber der Truppe hatte noch mit Vater gesprochen und ihm einen Platz in einem Flugzeug nach Australien angeboten. Doch er wollte lieber mit uns aufs Schiff. Während der langen, gespenstischen Fahrt ruhte die Mündung seiner Maschinenpistole auf der heruntergelassenen Scheibe, aber wir trafen keine Japaner, nur Männer mit reservierten englischen Stimmen oder breitem australischem Akzent. Aus Lastwagen, die drohend aus dem Dunkel ragten, fragten sie uns nach unserem Woher und Wohin. Selbstverständlich konnte Vater nicht gut sagen, wir kämen aus Bandung und wollten nach Süden, um noch ein Schiff zu erreichen, das uns aus Java wegbringen sollte, weil wir den Krieg verloren hätten, denn diese Truppen waren ja auf dem Weg nach Bandung, um uns zu helfen, den Krieg zu gewinnen. Vater sagte, er wäre in einer wichtigen Mission unterwegs. Ein Aussie kam aus seiner Fahrerkabine, sah in den Wagen und sagte, als er uns Mädchen auf der Rückbank entdeckte: «Und dazu nehmen Sie solche duften Puppen mit?»

Wir trafen immer wieder auf Lastwagenkolonnen, wuchtige 75-Millimeter-Geschütze und Wagen mit Nachschub, und Panzer, die den größten Teil der Straße einnahmen. Männer mit Schiffchen, Männer mit Barett, Männer mit großem, seitlich hochgeklapptem Filzhut und Männer mit Helm, sie wirkten alle ganz zuversichtlich und machten muntere Scherze. Sie waren alle unterwegs nach Bandung, dem letzten Bollwerk, das doch, wie wir wußten, längst verloren war.

Die Sonne erstrahlte über dem Indischen Ozean, als wir mit unserem Auto die blaue Bucht inmitten von grünen dschungelbedeckten Hügeln erreichten. Große weiße Brecher donnerten auf zerklüftete, bizarre Korallenriffe. Unser Fahrer half uns, die Rucksäcke aus dem Auto zu holen, und fuhr dann gleich wieder zurück nach Bandung. Vater, meine Schwestern und ich suchten uns einen Platz am Strand unter einer Kokospalme neben einem anderen Grüppchen von Evakuierten. In der Bucht lag ein schnittiges weißes Schiff mit orangefarbenem Schornstein vor Anker, die *Poelau Bras*, ein holländischer 10000-Tonnen-Frachter der Dampfschifffahrtsgesellschaft «Niederlande», unser Schiff.

«Damit werden wir wohl zwölf Stunden brauchen, bis wir außer Reichweite der japanischen Aufklärungsflugzeuge sind und der Bomber, die von diesen Flugzeugen dann alarmiert werden», sagte Vater. «Ich nehme nicht an, daß es hier U-Boote gibt, die das Schiff versenken könnten.»

«Wann gehen wir an Bord?» fragte ich. «Warum schicken sie uns keine Schaluppe?»

«Vermutlich wartet der Kapitän noch auf andere Passagiere. Er schickt später bestimmt eine Schaluppe. Er wird aus Bandung seine Anweisungen haben.»

Wir verbrachten den ganzen Tag wartend unter der Kokospalme. Wir aßen Brote aus der Tüte mit der Aufschrift «Preanger Hotel». Wir tranken die süßliche Flüssigkeit aus den Kokosnüssen. Ein einheimischer Bursche pflückte sie für uns hoch oben auf der Kokospalme und öffnete sie an der Oberseite, so daß die Flüssigkeit in unsere hochgereckten Münder tropfen konnte. Wir sprachen mit verschiedenen anderen Männern, die die Bergstraße herabgekommen waren: mit Angehörigen der Königlich-Niederländischen Marine, mit Angehörigen der Königlich-Niederländisch-Indischen Armee und mit Zivilisten. Bei einigen handelte es sich um BPM-Leute, die für die Zerstörung von Öl-Anlagen verantwortlich waren und unbedingt ihre letzte Chance wahrnehmen wollten, den Japanern zu entgehen. Die Männer kamen alle aus eigenem Antrieb in ihren eigenen oder in offiziellen Fahrzeugen, die sie am Ende der Straße an der Küste stehenließen. (Später habe ich mich oft gefragt, ob die Fahrer dieser Wagen die Schlüssel wohl mit aufs Schiff nahmen oder ob einige sich an die Einheimischen wandten, die gekommen waren, um diesen Exodus der Weißen zu beobachten, an Männer, die sich wahrscheinlich nicht einmal einen eigenen Ochsenkarren leisten konnten, und sie ansprachen: «Hier ist der Schlüssel, du kannst den Wagen haben.»)

Endlich, am späten Nachmittag, wurde eine Schaluppe zu Wasser gelassen, und man begann mit dem Übersetzen. Ich habe nie erfahren, wieviel Leute sich schließlich auf dem

Schiff drängten. Es hatte ungefähr 80 Mann Besatzung. Die Zahl der Evakuierten wurde auf 170 bis 250 geschätzt. Manche befanden sich bereits an Bord, als wir ankamen.

Am Abend des 6. März 1942 lichtete die *Poelau Bras* den Anker und stach in See mit Kurs auf Australien.

KAPITEL 2

Schiffbruch

So geschah es, daß ich am 7. März 1942 an der Reling der *Poelau Bras* stand und über den Indischen Ozean schaute. Das Schiff war brechend voll von Evakuierten aus Niederländisch-Ostindien, die hofften, Australien zu erreichen. Bald würden wir außer Gefahr sein – so weit von Java entfernt, daß die dort stationierten japanischen Bomber das Schiff nicht mehr angreifen konnten.

Neben mir standen Antoinette und Alette. Wir sagten kein Wort. Kein anderes Schiff war in Sicht. Die Küste Javas war im Laufe der Nacht verschwunden.

Ich schaute mich nach Vater um, der in der Nähe stand und sich mit einem General unterhielt. Das Deck des Frachters war eine Palette in Weiß und Grün – von grünen Armeeuniformen und weißen Marineuniformen und den hellen Tropenanzügen der Zivilisten. Zivilisten gab es kaum unter den Evakuierten, die meisten davon waren Geschäftsleute. Nur wenige hatten ihre Frauen bei sich. Es handelte sich hauptsächlich um Holländer, aber in der Nacht zuvor waren mir auch zwei amerikanische Kriegsberichterstatter mit mehreren Kameras um den Hals aufgefallen.

Ich überlegte, wie ich in Australien den Krieg mit meiner Arbeit unterstützen könnte. Ich wußte, daß Antoinette davon träumte, wieder in einer Fraueneinheit Lastwagen zu fahren wie in Java. Alette hatte erst am Tag zuvor geäußert, sie müßte natürlich zur Schule gehen, sie wäre ja erst sechzehn, aber sie würde sich mit der Telefonvermittlung gut auskennen. Vielleicht könnte sie ja in Australien etwas damit anfangen. «Ich würde alles tun, um die Japaner aus Niederländisch-Ostindien zu vertreiben und Mutter wiederzubekommen.»

Für mich käme wohl nur eine Stelle als Sekretärin in Frage. Meine Arbeit in Batavia war sehr interessant gewesen. So interessant würde die nächste Stelle höchstwahrscheinlich nicht wieder sein. Ich wußte natürlich, daß ich mitten im Krieg nicht wählerisch sein konnte. Und in Holland würde ich dann zur Universität gehen, wenn man die Deutschen hinausgeworfen hätte. Bis dahin konnten wir froh sein, daß wir einen Platz auf diesem Evakuierungsschiff bekommen hatten. Mit solch praktischen Überlegungen beschäftigte ich mich, um mich von den Sorgen um Mutter abzulenken.

Ich wandte mich an meine Schwestern. «Dieser Nebel ist günstig für uns. So sind wir von einem feindlichen Flugzeug aus schlechter zu erkennen.»

«Ich habe gerade gehört, wie jemand sagte, wir wären schon 160 Seemeilen von Java entfernt», sagte Antoinette.

«Dann schaffen wir es», sagte Alette, und sie zog den Kragen des Khakianzugs der Oranje-Jugend glatt, als wollte sie sich schon landfein machen.

Sie spähte übers Deck. «Anscheinend gibt es da etwas zu trinken. Es sieht nach Limonade aus. Ich hole uns welche.»

Sie ging los und ließ ihren Rettungsgürtel auf dem Deck liegen.

«Nimm deinen Rettungsgürtel mit», rief ihr Antoinette hinterher. «Wir sind noch nicht außer Gefahr.»

Alette hob den unförmigen grauen Gürtel auf und bahnte sich ihren Weg an den Gruppen von Männern vorbei, die auf dem Deck herumstanden oder sich auf Seilrollen oder auf der geteerten Luke niedergelassen hatten. Ich sah, wie sie einer Matratze auswich, auf der die Frau eines Marineoffiziers ihrem Baby die Windel wechselte. Die Mutter trug immer noch den Morgenmantel, in dem ihr Mann sie aus der Entbindungsstation des Krankenhauses geholt hatte.

Alette kam mit drei Gläsern auf einem kleinen Tablett in der rechten Hand zurück. In der Linken hielt sie den Rettungsgürtel, der ihr bei jedem Schritt gegen das Bein schlug. «Wir fahren nicht nach Australien», teilte sie aufgeregt mit. «Wir fahren nach Ceylon.»

«Warum denn das?» fragte ich.

«Offenbar hat der Kapitän Befehle aus Java erhalten. Die Militärs an Bord sollen sich in Ceylon melden. Dort gibt es so etwas wie ein Alliiertes Kommando.»

«Und wir haben Wintersachen für Australien eingepackt», jammerte ich. «In Ceylon brauchen wir doch Tropenkleidung!»

«Und was spielt das für eine Rolle?» erwiderte Antoinette scharf. «Wir behalten die Wintersachen für die Zeit nach dem Krieg, wenn wir wieder in Holland sind, und in Ceylon lassen wir uns neue Kleider machen. Es gibt dort bestimmt chinesische oder indische Schneider. Du hast doch das Geld, das Vater uns mitgegeben hat. Solange wir nur heil durchkommen!»

Ich sah auf meine Uhr. «Gegen elf sollen uns die japanischen Flugzeuge nicht mehr erreichen können», sagte ich. «Es ist schon fast elf.»

Nur einen Augenblick später ließ ein durchdringendes Tuten der Schiffssirene mir fast das Trommelfell zerplatzen.

Ich sah zum Himmel auf. Drei Punkte bewegten sich auf uns zu. «O Gott, sie haben uns entdeckt ... Warum nur?» klagte ich im stillen. «Die See ist so riesengroß, und wir sind so klein. Wir sind doch schon fast in Sicherheit. Bitte, lieber

Gott, laß sie umkehren, laß sie abdrehen, bitte, laß sie umkehren.»

Soldaten hasteten zu den Maschinengewehren an der Reling. Alles an Deck begann zu laufen. Vater kam in Helm und Rettungsgürtel auf meine Schwestern und mich zugerannt.

«Hinter mir her zum Sammelpunkt für unser Rettungsboot», rief er, «und nehmt eure Rettungsgürtel mit!»

Er führte uns über eine Treppe auf ein höheres Deck. Andere eilten über dieselbe Treppe nach unten. Die Schiffssirene gab immer noch dasselbe durchdringende Tuten von sich, bei dem es mir kalt den Rücken herunterlief. Aber als wir vier Sammelpunkt zwei erreichten, verstummte die Sirene.

«Elf Signaltöne», rief Vater. «Zu den Kajüten. Wir sollten die Flugzeuge nicht hier auf Deck erwarten. Wir müssen Dekkung suchen!»

Die drei Punkte waren mittlerweile zu Flugzeugen geworden, und ich sah, daß drei weitere aus einer anderen Richtung auf uns zukamen, und aus einer dritten Richtung kamen noch drei. Neun Flugzeuge! Neun gegen unser Schiff. Mir fiel auf, daß der Kapitän inzwischen im Zickzack fuhr. Wohl um den Bomben auszuweichen?

Ich sah unsere Rucksäcke dort, wo unser Rettungsboot sich befand, an der Reling liegen. Heute morgen bei der Seenotübung hatten meine Schwestern und ich unser Gepäck dort abgelegt. Obenauf lagen die Soldatenhelme, die Vater uns gegeben hatte, bevor wir Bandung verließen.

«Nehmt eure Helme mit», sagte er und lief die Treppen hoch zum Deck mit den Offizierskajüten und wir dicht hinter ihm her.

Wir standen in einem mahagonigetäfelten Gang, zusammen mit anderen Passagieren in Marineweiß oder Armeegrün. Ich kam mit dem Helm nicht zurecht. Antoinette half mir, die Schnalle am Lederriemen zu schließen. Ich schlüpfte in meinen Rettungsgürtel, der mit einem kräftigen grauen

Material bezogen war. Die beiden kissenartigen Vorderteile mußten mit grauen Bändern aus dem gleichen grauen Material zusammengebunden werden.

«Laßt mal sehen, ob ihr den Gürtel auch richtig festgemacht habt», sagte Vater. Die Schleifen, die ich gebunden hatte, mißfielen ihm, und er zog sie auf und verknotete sie statt dessen. «Wir wollen doch nicht, daß die Bänder aufgehen.»

«Ich wette, das sind jetzt richtige Seemannsknoten», sagte ich, und zum ersten Mal an diesem Tag sah ich ihn lächeln. Wie müde er wirkte, und wie dünn er war. Er, der immer ein starker, sportlicher Mensch gewesen war, sah jetzt beinahe zerbrechlich aus. Vielleicht lag es daran, daß seine grünen Shorts ihm zu weit waren. Sein Helm war ganz bestimmt zu groß. Ich konnte kaum seine ergrauenden Augenbrauen und die blaugrünen Augen sehen. Ich ärgerte mich plötzlich über die Kleiderkammer in Java, die sich nicht die Mühe gemacht hatte, für Vater einen Helm in der richtigen Größe zu finden. Er überprüfte die Knoten an den Rettungsgürteln meiner Schwestern ebenfalls.

Dem Geräusch nach zu urteilen, waren die Flugzeuge jetzt sehr nahe. Salven ratterten aus unseren Maschinengewehren. Ein tiefes markerschütterndes Brüllen endete in einem Heulen. Ein Flugzeug zog im Tiefflug übers Schiff. Ich erwartete, eine Explosion zu hören. Das Flugzeug zog mit einem weiteren Brüllen hoch, und erst dann hörte ich die Bombe explodieren. Das Schiff schwankte, schlingerte, bebte. «Ein Treffer», dachte ich. «Das Schiff ist getroffen, und ich lebe noch. Ich stehe immer noch hier an die Holzwand gepreßt.»

Die Explosion hatte im Heck stattgefunden. Einer der Männer im Gang sagte: «O Jesus» und bekreuzigte sich. Vater legte einen Arm um meine Schultern und den anderen um Alette, sah Antoinette, die auf der anderen Seite neben Alette stand, fest an und sagte: «Wir müssen ruhig bleiben.» Ein zweites Flugzeug zog im Tiefflug übers Schiff. Ich hielt den

Atem an. Und wieder dieses tiefe, markerschütternde Brüllen, das in einem Heulen endete, und dann ein zweites Brüllen, als das Flugzeug wieder nach oben zog. Ich hörte nichts als einen dumpfen Schlag. Das Schiff bebte nur.

«Knapp vorbei», sagte Vater.

Ein drittes Flugzeug flog tief über das Schiff. Es traf wieder daneben.

Ich bemerkte, wie Antoinette erst in die eine, dann in die andere Brusttasche ihres Hemdes faßte.

«Was suchst du?»

«Ein Taschentuch.»

«Wofür denn das?»

«Um es mir bei dem Bombardement zwischen die Zähne zu stecken. Das sollen die Leute bei den Luftangriffen in London gemacht haben. Ich glaube, damit schützt man sein Trommelfell.»

Ein Besatzungsmitglied drängte sich an unserer Gruppe vorbei. Der Junge wirkte nicht viel älter als Alette. Er blieb stehen und zog ein sauberes, gefaltetes Taschentuch aus der Hosentasche und gab es Antoinette.

«Hier, nehmen Sie meins. Und was ist mit Ihnen?» fragte er Alette.

«Ich habe auch kein Taschentuch.»

«Ich kümmere mich darum.» Er ging und kam mit einem langen Streifen Toilettenpapier in der Hand wieder. Es war die rauhe Sorte, die sich anfühlt wie das Kreppapier beim Metzger.

Er gab Alette den Streifen. «Nicht gerade ein besonderer Genuß, aber Sie haben etwas zwischen den Zähnen, wenn die nächsten Bomben fallen.» Dann war er verschwunden.

Alette und ich teilten den Streifen und falteten das Papier zu festen kleinen Pfropfen für Vater und uns selbst. Ich hielt meinen zwischen den Zähnen, bis er so vollgesogen war, daß ich beinahe daran erstickte, und warf ihn dann weg.

Eine zweite Welle von Flugzeugen dröhnte heran. Wieder waren es drei, die eins nach dem andern im Tiefflug auf uns zukamen, mit einem Brüllen, das in ein Jaulen überging, und die dann mit einem erneuten Brüllen wieder hochzogen. Und wieder drei. Und wieder drei. Manche Angriffe endeten in Explosionen, im Lärm fallender Trümmer, gebrüllter Kommandos und dem Rufen und Schreien der Leute, die eingeschlossen oder verwundet waren.

Als das letzte Flugzeug verschwunden war, folgte eine unheimliche Stille.

«Die verdammten Schweine, sie haben den Maschinenraum getroffen!» hörte ich eine junge Stimme rufen. Da erst wurde mir klar, warum es so still war. Die Maschinen liefen nicht mehr. Jetzt waren wir eine leichte Beute für die angreifenden Flugzeuge.

«Vielleicht kann der Schaden wieder behoben werden, und wir schaffen es noch bis nach Ceylon», sagte Vater. Dann fügte er mit kaum hörbarer Stimme hinzu: «Ich hoffe, ich habe keinen Fehler gemacht, als ich euch Mädchen auf dieses Schiff ließ. Wenn euch etwas passiert, werde ich mir das nie verzeihen. Ich muß euch doch wieder zu Mutter bringen.» Und wohin war das? fragte ich mich.

Ich hatte keine Zeit, mir eine Antwort zu überlegen. Ein Mann rief von draußen in den Gang: «Zu den Rettungsbooten, alle Mann zu den Rettungsbooten!» und alle, die im Gang waren, rannten die Treppen hinunter, um sich auf die acht zugewiesenen Sammelpunkte für die Rettungsboote zu verteilen.

Überall lagen Körper und Berge von Trümmern. Das Heck stand in Flammen. Gestalten in Weiß hasteten mit Schläuchen vorbei und mit Eimern, in denen vermutlich Sand war. Lodernde und zischende Flammen breiteten sich aus.

Ich konnte die Hitze der Flammen auf Gesicht und Händen spüren. Was, wenn wir nicht vom Schiff herunterkamen? Die

Flammen konnten jeden Augenblick in unsere Richtung getrieben werden. Ich würde bei lebendigem Leibe geröstet. Wo blieb unser Rettungsboot? Es sollte vom Deck über uns herabgelassen werden. Das hatte man uns bei der Seenotübung erzählt. «Bleiben Sie hier an der Reling stehen, und Ihr Boot wird heruntergelassen, so daß Sie einsteigen können.»

Ich blickte nach oben und sah die graugestrichene Unterseite des Bootes immer noch reglos über mir hängen.

Wir gehörten zu einer Gruppe von ungefähr zwanzig Leuten, die alle darauf warteten, daß das Boot heruntergelassen würde. Die Flammen kamen näher. Die Hitze wurde immer stärker.

Ich hörte einen Pistolenschuß, und jemand neben mir sagte: «Ich glaube, da hat sich jemand erschossen. Vielleicht ist das auch das beste. Wir sind so schrecklich weit von der Küste entfernt.»

Ja, dachte ich, wir sind weit von der Küste entfernt, 160 Seemeilen. Und wie ich gerade gehört hatte, waren nur noch drei Rettungsboote in Ordnung. Drei Rettungsboote für all die Leute auf dem Schiff. Aber wird überhaupt jemand von uns das Schiff verlassen können, bevor die Flammen sich ausbreiten, bevor das Schiff zu sinken beginnt, was ganz bestimmt passieren wird?

Ich sah auf meine Uhr. Es war 11 Uhr 16. Um 11 Uhr 02 hatte es Alarm gegeben, das war erst 14 Minuten her ...

«Warum, zum Teufel, lassen die das Boot nicht herab?» sagte ein Mann neben mir. Das Boot über uns hing immer noch reglos da.

«Los, wir gehen aufs Oberdeck und lassen das Boot selbst runter.»

«Wir wissen doch gar nicht, wie.»

«Das kriegen wir schon raus.»

«Wir sollen aber hier bleiben.»

«Halt! Da kommt es. Es wird herabgelassen!»

Aber ein weiteres Flugzeug hielt auf die *Poelau Bras* zu, und das Rettungsboot kam zum Stillstand, bevor es unser Deck erreicht hatte. An Sammelpunkt zwei warfen sich alle auf die Planken. An den Maschinengewehren sah ich niemanden. Die Schützen waren wohl tot.

Ich lag auf dem Bauch. Wenn ich unter meinem Helm hervorspähte, konnte ich die Leute um mich herum beobachten. Einige hatten sich zusammengerollt. Andere lagen ausgestreckt da wie ich. Ein Mann lag still auf dem Rücken. Als würde er am Strand ein Sonnenbad nehmen. Hatte er denn keine Angst, daß ihm etwas aufs Gesicht fallen könnte?

Meine Muskeln verkrampften sich. Das Flugzeug kam donnernd herab. Durch den Spalt zwischen meinem Helm und meinen Armen sah ich silberne Schwingen und darunter eine feurigrote Scheibe. Da war sie, Japans aufgehende Sonne. In Batavia hatte ich die rote Scheibe auf der weißen Fahne bisher nur als Zeichen des Respekts für offizielle japanische Besucher flattern sehen, für all diese sich höflich verbeugenden und zischelnden Herren, die gekommen waren, um größere Öllieferungen von der Regierung Niederländisch-Ostindiens zu erbitten. Nun leuchtete die rote Sonne auf einem Flugzeug mit einem japanischen Piloten, der entschlossen war, unser Schiff zu versenken.

Rummms! Das Schiff bebte. Wieder ein Treffer. Ein zweites Flugzeug kam dröhnend herunter, und ein drittes. Als das zweite und das dritte Flugzeug davonflogen, zitterte das Schiff nur leicht. Und von Backbord waren nur dumpfe Schläge zu hören.

Wieder knapp vorbei, dachte ich. Hoffentlich gingen ihnen bald die Bomben aus! Ich rappelte mich hoch.

«Seht mal, die Brücke!» Die Brücke war getroffen. Holz und Metall gerieten ins Wanken. Mit einem entsetzlichen Krachen brach die Brücke zusammen. Aus den Eingeweiden des Schiffes drang ein merkwürdiger, zischender Laut.

«Hörst du das Geräusch?» fragte ich Vater.

«Ja, das Schiff läuft voll Wasser. Es wird bald sinken. Wir müssen unbedingt ins Rettungsboot.»

Das Rettungsboot hing immer noch zwischen den beiden Decks. Ich sah, wie es sich in Bewegung setzte. Schließlich hing es in einer Höhe mit unserem Deck.

Die Leute stellten sich in einer ordentlichen Reihe auf. Niemand drängelte. Wir vier standen ganz hinten. Warum durften Mädchen nicht zuerst ins Rettungsboot? Das las man doch in den Büchern, daß Frauen in Rettungsbooten den Vortritt hätten. Aber hier fielen Bomben. Das Feuer griff immer weiter um sich. Wasser strömte ins Schiff. Wer hatte da noch Zeit, an den guten Ton zu denken?

Vielleicht wußten die Männer da vorne ja nicht einmal, daß hinter ihnen Frauen standen. Man sah meinen Schwestern und mir, so ganz militärisch in Khaki, das Haar unter großen grünen Helmen verborgen, von weitem nicht unbedingt die Frau an.

Ein Schiffsoffizier rannte vorbei und rief: «Kein Gepäck in die Boote!» Ich hob meinen Rucksack an der Reling auf und schleuderte ihn zur Seite. Antoinette und Alette taten das gleiche.

Die Männer vor uns kletterten einer nach dem andern über die Reling in das schwankende Boot, das über dem Wasser hing. Ein kräftiger, strohhaariger Matrose, der sich mit dem Boot vom Oberdeck abgeseilt hatte, hob jeden einzelnen Mann hinein und knurrte, sobald dieser saß: «Der nächste!»

«Der nächste!»

«Der nächste!»

Es waren nur noch wenige Leute vor mir, als wieder ein Flugzeug auftauchte. Diesmal ging niemand unter Deck. Das Schiff konnte sich offensichtlich nicht mehr lange halten. Wir mußten unbedingt ins Rettungsboot.

Rat-tat-tat-tat-tat. Kugeln hagelten über das Deck. Dieser Pilot beschießt uns jetzt mit einem Maschinengewehr! Warum nur? Das Schiff ist doch schon zum Untergang verurteilt. Reicht das etwa nicht?

Vor mir in der Reihe kippte ein Mann ohne einen Ton seitlich auf die Planken. Er war anscheinend getroffen. Seine Augen standen offen, und er hatte ein Lächeln auf den Lippen. Unter seinem Körper quoll eine Blutlache hervor.

Ich sah mich nach Vater und meinen Schwestern um. Ihnen war nichts passiert.

«Der nächste!» rief der Matrose.

«Los, Alette», sagte Vater. Sie zögerte, hockte auf der Reling, hielt sich an einer senkrechten Stange fest. Ich sah auch, warum. Das Rettungsboot senkte sich. Die Männer auf dem Oberdeck ließen das Boot zu Wasser.

«Moment noch, hier müssen noch Leute einsteigen!» brüllte der strohhaarige Matrose. Die Männer auf dem Oberdeck hörten es nicht oder wollten es nicht hören. Auch sie wollten nichts als weg vom Schiff.

Das Rettungsboot senkte sich weiter langsam dem Wasser entgegen.

«Springen!» rief der Matrose zu Alette hoch. «Ich fange Sie auf!»

Er stand aufrecht im Boot. Um ihn herum vorgebeugte Gestalten, die Köpfe zwischen den Knien, alle in Erwartung der Schüsse aus dem nächsten Flugzeug.

Alette sprang und landete in den ausgestreckten Armen des Matrosen. Er setzte sie mit Schwung an eine freie Stelle auf der Ruderbank neben ihm und fing dann Antoinette auf. Nun war ich an der Reihe.

Ich kletterte auf die Reling, hängte mich an die Stange und sah nach unten. Ich konnte das «Der nächste» des Matrosen kaum hören. Unterm Boot schimmerte das Meer. Ich sah meine Schwestern gekrümmt dasitzen. Alette blickte nach oben und rief mir zu: «Schnell, du schaffst das schon!» Hinter mir drängte Vater: «Los, spring!»

Ich sah wieder ein Flugzeug auf das Schiff zufliegen, und ich ließ mich in die Masse aus Menschen fallen. Ich fühlte, wie mich starke Arme festhielten. Man hob mich wie ein Paket über mehrere Körper hinweg und setzte mich neben einem bedrückt wirkenden Mann ab, der matt meinte: «Glückwunsch.» Dann sprang Vater und setzte sich neben mich. Meine beiden Schwestern saßen am anderen Ende. Das Rettungsboot war klatschend auf dem Wasser gelandet.

Jemand durchschnitt mit einem Messer die Taue. Ich war erleichtert. Jetzt konnte das Rettungsboot sich vom sinkenden Schiff entfernen. Männer zogen bereits die Ruder unter den Bänken hervor und bemühten sich, sie in die Halterungen zu schieben.

Plötzlich kam von oben ein Wasserschwall. Wasser warf mich um. Wasser erstickte mich. Ich ertrinke, dachte ich. Ich sah eine Seite aus einem grüngebundenen Buch vor mir, das ich in meinem Gymnasium in Den Haag im Englischunterricht gelesen hatte. Darin ging es um den Untergang der *Lusitania*. Wie die Frau in der Geschichte werde ich vom sinkenden Schiff in die Tiefe gerissen. Ich ertrinke. Ich gehe mit dem Schiff unter. Ich sterbe. Und ich habe keine Angst. Eigentlich dachte ich immer, ich hätte Angst vorm Tod.

Plötzlich ragte die *Poelau Bras* wieder über mir auf. Der Himmel war genauso trübe wie vorher, als ich ihn das letzte Mal gesehen hatte.

«Was ist passiert?»

«Eine Bombe ist neben uns im Wasser explodiert», sagte Vater. Wasser tropfte ihm vom Helm. Seine Baumwolluniform klebte ihm am drahtigen, muskulösen Körper. «Wir müssen raus aus dem Boot hier, es ist vollgelaufen.»

«Antoinette, Alette, raus aus dem Boot! Schwimmt weg, so schnell ihr könnt!»

Er und ich kletterten aus dem Boot. Mehrere Männer glitten ebenfalls über den Rand ins Meer. Etliche waren bereits vom Wasserschwall über Bord gerissen worden.

Gerade als ich losschwimmen wollte, tauchte ein Mann neben mir auf, mit dem ich beim Frühstück noch gesprochen hatte. Er hatte mir Milch in meine Schale mit Haferflocken gegossen. Er trieb auf dem Rücken in seinem Rettungsgürtel. Seine Augen waren offen, trübe und reglos.

In meinen Wanderstiefeln konnte ich nicht schwimmen. Ich hatte mich auf Laufen eingerichtet, einen Fußmarsch durch den Dschungel bis zur Küste erwartet. Jetzt lag ich in meinem Rettungsgürtel im Wasser und zog mir die Stiefel aus. Auf Deck hatte ich bereits die Schuhbänder gelöst. Ich zerrte mir auch die Kniestrümpfe herunter und schickte sie den Stiefeln hinterher. Ich hatte keine Ahnung, wie dumm es von mir war, Stiefel und Strümpfe auszuziehen. Sie trieben in den Wellen davon.

Der Wellengang überraschte mich. Als ich an der Reling gestanden hatte, bevor die Flugzeuge auftauchten, war die See doch noch ganz ruhig gewesen!

Ich ging in Brustlage und schwamm vom Schiff weg. So strampelte ich einige Minuten lang und drehte mich dann wieder auf den Rücken, um nach Vater und Schwestern Ausschau zu halten. Ich sah keinen von ihnen. Es war überhaupt niemand in der Nähe.

Wieder kam ein Flugzeug im Tiefflug herunter. Ich sah, wie eine Bombe die Luft durchschnitt. Es war merkwürdig, eine Bombe wirklich fallen zu sehen. Sie war grau und hatte kleine Flügel am hinteren Ende. Die Bombe kam schräg herunter. Ich beobachtete, wie sie das Schiff traf und es in noch mehr Rauch, Feuer und fliegende Trümmer zersprengte. Rat-tat-tat-tat-tat. Aus den Flugzeugen kam immer noch Maschinengewehrfeuer. Eins flog direkt auf mich zu. Ich drehte mich wieder auf den Bauch und versuchte wegzutauchen, aber mein Rettungsgürtel behinderte mich, und mein Helm war mir im Weg. Also schwamm ich einfach weiter. Das Flugzeug flog so dicht über mich hinweg, daß ich das Gesicht des Piloten erkennen konnte. Seine Haut war tatsächlich gelb, und er hatte schmale Schlitzaugen. Er sah eben japanisch aus. Die einzigen Japaner, die ich bis dahin gesehen hatte, waren die offiziellen Besucher in Batavia, die auf dem gleichen Golfplatz gespielt hatten wie Antoinette und ich. Und auf Tarakan hatte ich in einem Fotogeschäft mit einem Japaner gesprochen. Ein Spion, hatte Vater später erklärt. Nun leerte von oben ein Japaner sein Maschinengewehr in meine Richtung. Die Kugeln trafen das Wasser. Um mich herum spritzten kleine Fontänen in die Höhe.

Blitzend, mit silbernen Schwingen zog das Flugzeug davon, und ich blieb mit einem Nachbild der verhaßten roten Sonnenscheibe zurück. Wieder auf dem Rücken liegend, beobachtete ich die *Poelau Bras*. Sie neigte sich schwer nach achtern. Die Leute an Bord liefen in die entgegengesetzte Richtung, versuchten, «bergauf» zu gelangen. Einige sprangen vom Deck ins Meer. Manche schwenkten ein weißes Tuch, doch die Flugzeuge nahmen sie weiter unter Beschuß.

Endlich flogen die Flugzeuge davon. Und langsam, majestätisch, glitt die *Poelau Bras* ins Wasser, wobei ihr zerschmetterter Bug gen Himmel zeigte. Das Wasser strudelte, schäumte, wallte hoch auf. Und dann war das Schiff verschwunden. Ich sah wieder auf meine Uhr. Erstaunlicherweise ging sie immer noch. Es war 11 Uhr 36. Es hatte ganze 34 Minuten gedauert, bis das Schiff versenkt war. (Die Flugzeuge waren allerdings nicht aus Java gekommen, wie wir angenommen hatten, sondern vom japanischen Flugzeugträger *Hiryu*.)

Die ganze Zeit über, während des Bombardements, bei der Flucht vom Schiff und als ich mich ganz alleine schwimmend über Wasser hielt, beobachtete ich alles, nahm ich jede Einzelheit wahr, aber ich fühlte nichts. Auf dem Rücken im Wasser liegend, zählte ich methodisch die elf Leute, die über Bord sprangen. Ich sah, wie die Männer auf dem Wasser aufkamen, stellte mir jedoch nicht die Auswirkungen dieses fast selbstmörderischen Sprungs auf ihre Körper vor. Und ich machte mir keinerlei Gedanken über ihr Schicksal.

Ich sah zu, wie die Menschen ihr weißes Tuch schwenkten, aber es sollte noch viele Jahre dauern, bis ich endlich in der Lage war, um sie zu weinen – an meiner Schreibmaschine –, bis ich schließlich nachempfinden konnte, mit welcher Todesangst sie im unausgesetzten Maschinengewehrfeuer um Gnade gefleht hatten.

Ich war unmittelbare Zeugin des Schiffsuntergangs, empfand aber nicht das geringste für die Menschen an Bord, die nur noch darauf warten konnten, daß das Wasser sich über ihnen schloß.

Der Seegang war offenbar stärker geworden. Es dauerte nun länger, bis man den Wellenkamm erschwommen hatte. Jedesmal, wenn ich den höchsten Punkt erreicht hatte, hielt ich Ausschau nach Vater und Antoinette und Alette. Ich konnte andere Schwimmer ausmachen, aber keiner sah ihnen ähnlich. Vielleicht waren sie ja bereits in einem der drei Boote in der Ferne. Ich entdeckte auch ein Floß mit Leuten darauf. Allerdings hoffte ich, sie befänden sich nicht auf dem Floß, denn zufällig hatte ich auf dem Schiff gehört, man hätte mit dem Floß nicht die geringste Chance, Land zu erreichen.

Ich geriet in Panik. Ich mußte unbedingt eines dieser Boote erreichen. Ich zerrte den Helmriemen vom Kinn und ließ den Helm ins Wasser fallen. Jetzt schwamm es sich leichter. Ich schwamm wohl eine Stunde lang. Ich verlor jedes Zeitgefühl, als ich so in der Dünung des Indischen Ozeans trieb. Wenn ich mich in einem Wellental befand, sah ich nichts als Wasser. Wenn ich auf einem Wellenkamm war, sah ich die Boote. Ich bemühte mich, das nächste zu erreichen, aber die Leute im

Boot ruderten auch immer weiter, und ich konnte den Abstand nicht verringern. Mir wurde übel, vielleicht vom Seewasser, das ich geschluckt hatte, vielleicht auch vom Auf und Ab der Wellen. Ich wollte mich einfach nur noch in meinem Gürtel treiben lassen, aber ich wußte, ich mußte weiterschwimmen. Wenn es mir nicht gelang, auf ein Rettungsboot zu kommen ...

Der Rettungsgürtel verlangsamte mein Tempo, aber ich wagte nicht, ihn abzunehmen. Außerdem waren die Bänder, die Vater im Gang der *Poelau Bras* so sorgfältig verknotet hatte, jetzt vollkommen durchnäßt und kaum noch zu lösen. Als ich wieder oben auf einem Wellenkamm war, merkte ich, daß ich dem Boot allmählich näher kam. Die Leute hatten das Rudern eingestellt und bemühten sich, einen Mast aufzurichten. Jetzt mußte ich erst recht schnell schwimmen. Wenn das Rettungsboot erst einmal Segel gesetzt hätte, würde ich es nie mehr einholen können.

Schließlich umfaßten meine Hände die Schlinge der Rettungsleine außen am Boot. Jetzt, da ich es erreicht hatte, wußte ich nicht mehr, was ich als nächstes tun sollte. Im Boot waren Männer in Bewegung, riefen sich gegenseitig etwas zu. Das Tau der Rettungsleine in meiner Hand fühlte sich gut an. Das graue Holz des Bootes gab mir ein Gefühl der Sicherheit. Einfach das Tau fühlen und das graue Holz ansehen, das war alles, was ich wollte. Vielleicht sollte ich doch einen Arm heben und jemandem mitteilen, daß ich da war?

Ich weiß nicht, wie lange ich schon an der Rettungsleine hing, als ich merkte, daß mich ein Mann ansah. «Ich vermute, Sie wollen ins Boot.»

Ich war zu benommen, um etwas zu sagen, und nickte nur mit dem Kopf.

Der Mann wandte sich um und sagte: «Da will jemand ins Boot. Es ist eine Frau.» Ich hörte laute, ärgerliche Stimmen.

«Wir können niemanden mehr ins Boot lassen. Wir sind schon überladen.»

«Wenn wir noch jemanden zu retten versuchen, gehen wir alle unter.»

Man wollte mich nicht ins Boot lassen ...?

Der Mann sah wieder zu mir herunter. Dann tauchte ein zweiter neben ihm auf. Sie streckten mir die Arme entgegen. Ich legte meine Hände in ihre. Sie zogen mich ins Boot.

«Setzen Sie sich da hin», sagte einer der Männer. «Der da ist tot, stört Sie das?» Neben meinen Füßen lag ein Kopf. Dunkle Locken. Geschlossene Augen. Armeeuniform. Auf dem Schiff war er mir nicht aufgefallen.

Heftige Übelkeit überkam mich. Ich beugte mich über den Bootsrand und übergab mich. Jemand legte mir die Hand auf die Stirn wie meine Mutter, als ich noch klein war. Mutter. Wo war Mutter? Ach ja, ich erinnerte mich, sie war in japanischer Gefangenschaft. Aber Vater? Wo war Vater?

«Helen! Helen!»

Vaters Stimme! Ich sah auf und entdeckte ihn am anderen Ende des überfüllten Bootes. Ich winkte erfreut, dann übergab ich mich wieder.

Als ich das Gefühl hatte, vollkommen entleert zu sein, krabbelte ich zu ihm hin, dann und wann von helfenden Händen hochgehoben und weitergeschoben, über Knie und Füße stolpernd. Er drückte meine Hand. Durch einen Nebel anhaltender Übelkeit suchte ich unter den Gesichtern um mich herum nach meinen Schwestern.

«Wo sind die beiden andern?»

«Ich weiß nicht. Ich dachte, sie wären hinter uns hergekommen, als wir beide aus dem Rettungsboot geklettert sind. Ich habe im Wasser nach ihnen Ausschau gehalten, aber sie waren nicht da. Ich hatte gehofft, sie wären hier auf dem Boot.»

«Und welches Boot ist das hier? Unsere Nummer zwei?»

«Nein, Nummer zwei ist da drüben.» Vater zeigte auf eine andere überfüllte Schaluppe. Das Boot hatte bereits Segel gesetzt und entfernte sich vom Schauplatz des Schiffbruchs.

«Vielleicht sind die Mädchen immer noch auf dem Boot dort drüben. Vielleicht sind sie uns gar nicht nachgesprungen», vermutete ich.

«Hoffentlich hast du recht. Aber warum kann ich sie dann nicht entdecken? In dem Boot dort hat niemand mehr einen Helm auf. Und ohne Helm müßte man doch Alettes blondes Haar erkennen können.» Er hielt die Hand über die Augen und sah wieder zum anderen Boot hinüber.

Ich mußte mich wieder übergeben, und diesmal war es Vater, der mir die Hand auf die Stirn legte.

Während ich meinen Kopf über den Bootsrand hängen ließ, hörte ich laute Stimmen hinter mir. «Das Mädchen war endgültig die letzte. Wir können niemanden mehr auffischen!»

«Aber wir können ihn doch nicht ertrinken lassen.»

«Er soll aufs Floß; das ist noch nicht weg.»

«Ach, kommen Sie, das Floß hat nicht die geringste Chance. Das wissen wir doch alle. Wir sind viel zu weit von der Küste entfernt.»

«Wir müssen ihn einfach reinholen!»

«Nein, dann schaffen wir es nie und nimmer bis zur Küste. Diese Nußschale ist voller Löcher.»

«Was für Löcher?»

«Was weiß ich, wahrscheinlich Einschußlöcher. Wir laufen voll Wasser wie ein Sieb.» (Bis zum nächsten Tag sollten sich die Löcher dann in der Hitze schließen.)

Der Streit ging weiter. Als der Schwimmer schließlich doch hereingezogen wurde, sah ich, daß es William McDougall war, einer der beiden amerikanischen Kriegsberichterstatter.

«Wir müssen uns jetzt um das Begräbnis kümmern», sagte dieselbe Stimme, die sich für die Rettung des Amerikaners ausgesprochen hatte. Sie gehörte zu einem Mann, der ganz hinten auf der Bank neben der Ruderpinne saß und sich später als Dritter Offizier der *Poelau Bras* vorstellte. Er trug die Verantwortung für dieses Rettungsboot.

Männer zogen den Leichnam unter den Ruderbänken hervor, leerten seine Taschen, trennten die Abzeichen von seiner Uniform und übergaben dem Schiffsführer diese Erinnerungsstücke. Dann ergriffen zwei Männer den Toten an Füßen und Schultern und warfen ihn über Bord. «Eins, zwei, drei, im Namen des Herrn.» Alle Männer, die noch ihren Helm aufhatten, nahmen ihn ab. Nur einer nicht.

«Gott im Himmel, können Sie dem Toten denn keinen Respekt erweisen!» rief ein sommersprossiger Matrose mit rotem, lockigem Haarschopf. Er streckte den Arm aus und riß dem andern den Helm vom Kopf.

«Wir wollen nun eine Schweigeminute einlegen», sagte der Skipper.

Es wurde sehr still auf dem Boot.

Die Männer unternahmen einen weiteren Versuch, den Mast aufzustellen – einen ungefähr acht Meter hohen Mast, fast so lang wie das Boot. Diesmal blieb er stehen. Dann hißten sie das kleine Vorsegel und das Hauptsegel, ein Rechteck aus Segeltuch, das an einem schweren Baum über das Boot nach außen schwang.

«Jetzt können wir endlich Kurs aufs Land nehmen», sagte der Skipper. «Ich will Ihnen zeigen, wo wir jetzt sind und wo wir hinwollen.» Er hielt eine Karte hoch, die er, wie mir aufgefallen war, bereits studiert hatte, während die anderen sich noch mit Mast und Segeln abmühten, und zeigte, wo wir uns befanden.

«Es ist auch ein Kompaß an Bord, und ich habe meinen Sextanten. Wir segeln nordostwärts. Das ist der Kurs nach Sumatra.»

«Sie sind ja wahnsinnig!» rief der rothaarige Matrose. «Da

sind doch die Japaner!» Andere stimmten ihm bei. Der Skipper hob die Stimme.

«Bitte, lassen Sie mich fortfahren. Angesichts der vorherrschenden Strömungen und Winde ist der vorgesehene Kurs der beste, den wir nehmen können. In entgegengesetzter Richtung nach Australien segeln, wie viele von Ihnen es bestimmt gerne täten, das geht nicht. Das würden wir niemals schaffen. Vielleicht hat ja die japanische Armee den Küstenabschnitt, an dem wir auf Sumatra landen wollen, noch gar nicht erreicht. Vielleicht können wir ihnen entkommen.» Er sprach schnell weiter, als befürchtete er, unterbrochen zu werden. «Einer der Wassertanks ist durchlöchert und leer. Das Wasser aus dem anderen Tank muß rationiert werden, und es ist nicht gerade viel für jeden. Wir sind 25 Personen auf dem Boot – 24 Männer und eine Frau – und ein Hund», und er zeigte auf den rothaarigen Matrosen. «Red hat Whiskey mitgebracht.» Ein kleiner schwarzer Mischling sah von seinem Platz auf Reds Knien hoch und knurrte. Der Skipper fuhr fort:

«Der einzige Proviant an Bord ist Schiffszwieback, und es ist, fürchte ich, auch nicht gerade viel, er muß also ebenfalls rationiert werden. Wenn wir Glück haben, bleibt der Wind beständig, und wir sind bald an Land.»

Ein Chor von Stimmen fragte: «Wie bald?» Der Skipper antwortete: «Vielleicht schon in ein paar Tagen.»

Der Skipper setzte sich an die Ruderpinne. Eine Brise blähte unsere Segel. Unser Boot ging auf seine Reise in Richtung Land. Es war ungefähr vier Uhr nachmittags am 7. März 1942.

Ich saß dicht neben Vater. Lange Zeit sah er zu den anderen Booten hinüber, die sich immer weiter von uns fortbewegten. Ich brauchte ihn nicht zu fragen, woran er dachte.

KAPITEL 3

Eine Woche im Rettungsboot

Wasser. Wasser, um meine ausgetrocknete Kehle zu benetzen und meine sonnenverbrannten Lippen zu befeuchten. Es war unser vierter Tag auf See.

«Das hier ist für die Dame», sagte der Mann mit den roten Locken.

Er saß neben dem Skipper an der Ruderpinne, den unbeschädigten Wasserkanister vor sich, und zog eine Kette mit einem rostigen, röhrenförmigen Meßgefäß durch die Kanisteröffnung. Das Gefäß konnte nicht mehr als vier Zentimeter breit und zwölf Zentimeter lang sein. Wir benutzten es auch als Trinkbecher.

Ich saß auf dem Dollbord neben meinem Vater, mit zwei anderen Männern unter eine Plane gekauert, die über den Bug gebreitet war, um uns vor der Gischt zu schützen, und schaute Red zu. Ich hatte bereits einen Entschluß gefaßt. Ich würde meine Ration nicht in gierigen Schlucken trinken, sondern immer nur ganz wenig Wasser aus dem Becher schlürfen, es langsam im Mund hin- und herbewegen und jeden Schluck genießen. Bis zur Mittagsration würden noch sechs Stunden vergehen.

Red hakte den Becher von der Kette und warf einen Blick hinein, um sich zu versichern, daß er nur zur Hälfte gefüllt war; denn das war die Ration, die dreimal am Tag ausgegeben wurde, wie man in hitzigen Diskussionen beschlossen hatte. Er gab den Becher an mich weiter. Ich sah, wie mein Wasser aus der Hand von Mac, dem amerikanischen Journalisten, in die große, schwielige Hand eines Matrosen der *Poelau Bras* weiterwanderte, dann in die schmale, braune Hand eines javanischen Heizers, in die Hand von jemandem, den ich nicht einordnen konnte, und dann in die Hand eines holländischen Marineoffiziers.

Schließlich befand sich der Becher in meiner Hand. Zwölf Stunden lang, seit der Wasserration am Abend zuvor, hatte ich mich nach diesem Wasser gesehnt, danach verlangt, gegiert. Ich trank mein Wasser, wie ich es mir vorgenommen hatte. Ich ließ meine Zunge mit dem Wasser im Mund spielen. Ich kostete jeden einzelnen Wassertropfen aus.

Nachdem ich den Becher restlos geleert hatte, reichte ich ihn an Red zurück, und bald hatte jeder etwas bekommen und konnte nun wieder an die nächste Ration denken. An diesem Morgen gehörte ich zu den letzten, die etwas abbekamen. Reds System funktionierte so: Am Abend begann er mit dem Herumreichen des Meßbechers, indem er ihn im Uhrzeigersinn um das Oval von Leuten auf den beiden Dollborden herumgehen und dann an die weitergeben ließ, die in der Mitte des Bootes auf den Ruderbänken saßen, vom Bug bis zum Heck. Mittags reichte er den Becher gegen den Uhrzeigersinn herum und dann weiter an die Ruderbänke vom Heck abwärts bis zum Bug. Und morgens, wie jetzt, waren die Reihen auf den Ruderbänken zuerst dran und die Leute auf dem äußeren Oval zuletzt.

Wir saßen nie an derselben Stelle, aber niemand war so schlau oder raffiniert, das System dadurch zu überlisten, daß er sich bei jedem Richtungswechsel immer an den Anfang der langsamen und sorgfältig überwachten Runde des Wasserbechers gesetzt hätte.

Wie immer goß Red die letzte Ration in ein Kochgeschirr und hielt sie Whiskey hin. Sie war immer noch an Bord, trotz solcher Rufe wie: «Ins Meer mit ihr!», «Warum soll ich Wasser für einen Hund opfern?» oder «Sie nimmt nur kostbaren Platz im Rettungsboot weg.»

Red wandte immer wieder ein, daß der Hund das Maskottchen der *Poelau Bras* gewesen sei und daß es Unglück brächte, sie zu beseitigen. Er hatte Whiskey fast während der ganzen Zeit auf dem Rettungsboot im Schoß. Sie schien sich dort wohl zu fühlen, knurrte alle andern aber an. Wenn Red sich auch einmal auf dem Boden des Bootes ausstrecken durfte, auf einer Pritsche, die aus sechs parallelen Rudern bestand, lag die Mischlingshündin zusammengerollt auf seinem Bauch.

Auf diesem gerippten «Waschbrettlager», das bei jeder Bewegung wackelte, konnten immer vier von uns die verkrampften Muskeln strecken und vielleicht auch ein bißchen Schlaf bekommen. Wir schliefen jeweils für zwei Stunden nach einem strengen Rotationsplan anhand der aus dem Gedächtnis aufgestellten und alphabetisch geordneten Passagierliste eines Seeoffiziers.

«Will jemand Schiffszwieback?» fragte Red.

Einige sagten «ja», aber ich murmelte: «Nein, danke.» Diese runden Hundekuchen schmeckten nach Sägemehl und Sand und machten den Durst noch schlimmer. Nur diesen schrecklichen Durst lindern ... Ich wußte, auch am nächsten Tag würde Flaute herrschen.

Flaute, flau – bis dahin nur Wörter, die ich in der Schule kennengelernt hatte. «Die Stimmung ist flau» hieß, man war deprimiert. Auf holländisch *in de put zijn.* Ich erinnere mich, wie mein Lehrer sagte: «Das hat mit dem Kalmengürtel in der Nähe des Äquators zu tun. Wochenlange Windstille, womöglich in glühender Sonne, davor fürchteten sich die Seeleute früher sehr, wie einer von ihnen in Coleridges Versen vom ‹*Ancient Mariner*›, vom alten Seemann.»

Jetzt wußte ich, was eine Flaute war. Spiegelglattes Meer und ein großes Segel, das schlaff zwischen Fahnenstange und Baum am Mast herunterhing und nicht den geringsten Schatten warf. Flaute bedeutete eine messingfarbene Sonne, unter der die Haut blasig wurde, die Lippen rissig und das Holz des Rettungsbootes feurig heiß, wenn man es berührte. Flaute hieß, daß fünfundzwanzig Leute auf Dollborden und Ruderbänken hockten, geknotete Taschentücher oder abgeschnittene Hemdzipfel auf dem Kopf, die Augen im gleißenden Sonnenlicht geschlossen wie Hühner auf der Stange an einem heißen Sommermittag. Es bedeutete, daß selbst große, rauhe Männer sich an die Schulter eines Kameraden lehnten und hilflos und verletzlich aussahen.

Und so drückt es Coleridge aus, in «Die Ballade vom alten Seemann»:

Die Brise erlahmt, das Segel erschlafft,
es konnte nicht trauriger sein;
und sprachen wir, dann einzig nur
um das Schweigen des Meeres zu brechen.

Am kupfernen, heißen Himmel
hoch oben, genau überm Mast
stand mittags blutrot die Sonne,
nicht größer als der Mond.
So lagen wir Tag um Tag,
es gab keinen Hauch, keine Regung,
so leblos wie das Bild
eines Schiffes auf hoher See.

Wasser, Wasser überall,
und die Planken, sie schrumpfen;
Wasser, Wasser überall,
und nicht ein Tropfen zu trinken.

Uns im Rettungsboot erging es besser. Wir hatten noch ein paar Tropfen zu trinken. Und in der Nacht kam Wind auf. Zuerst war es eine sanfte, wohltuende Brise. Als die Segel sich blähten und das Boot anfing, sich durchs Wasser aufs Land zuzubewegen, wurden wir übermütig. Wir sangen sogar, was für mich ein besonderes Vergnügen war, weil niemand mir sagte, ich sollte es lieber bleibenlassen, weil ich den Ton nicht halten könnte.

Mac machte uns mit beliebten amerikanischen Melodien bekannt wie *«My Old Kentucky Home»*, *«Home, Home on the Range»*, die manche Holländer auch schon konnten. Oder wir sangen holländische Lieder, patriotische, wie das über die holländische Fahne, die über den Dünen weht, und Volkslieder über Frösche, die halbtot in zugefrorenen Kanälen liegen, oder zwei Hasen im grünen, grünen Rübenfeld.

Einmal sangen wir auch Choräle, wobei ein Mann mit einem schönen Bariton den Ton angab. Auch heute noch kann ich «Ein feste Burg ist unser Gott» nicht hören, ohne an unser jämmerliches Rettungsboot zu denken, das auf einem schimmernden Pfad aus Mondlicht über ein unendliches Meer segelt, und an eine Gruppe zerlumpter, schiffbrüchiger Menschen, die all ihre Hoffnungen in Luthers machtvolle Hymne einfließen lassen.

Aber bald wurden aus freundlichen Brisen wütende Windstöße, die unsere jetzt wieder von Gischt durchnäßte Kleidung durchdrangen und uns in der Nacht vor Kälte zittern ließen, wie wir tagsüber unter der Hitze gelitten hatten. Auf dem Boot kehrte wieder Stille ein.

Am ersten Abend auf dem Boot hatte jeder Soldat seine Abzeichen von der Uniform getrennt und sie irgendwo versteckt. Das sollte die Disziplin vereinfachen. Ich hatte Vater dabei geholfen, die goldene Plakette mit dem silbernen Majorsstern vom Hemd zu entfernen. Er hatte noch einen weiteren Grund, den soldatischen Flitter zu beseitigen. Wenn er in japanische Gefangenschaft geriete, wollte er nicht als Offizier der Niederländisch-Ostindischen Armee identifiziert werden. Die Japaner würden nicht viel Zeit brauchen, um herauszufinden, daß er eine entflohene Geisel war, was seinen sicheren Tod bedeutet hätte.

Ich weiß nicht, inwieweit die Disziplin auf unserem Boot mit der auf anderen Rettungsbooten in ähnlicher Lage vergleichbar war. Der Skipper war kein besonders resoluter Mann, aber er war normalerweise in der Lage, sich mit Unterstützung der Ruhigen und Vernünftigen unter uns durchzusetzen.

Nachts lösten einige Männer den Skipper an der Ruderpinne ab. Mein Vater war einer von ihnen. Gut segeln konnte er nicht. In Holland hatten meine Eltern manchmal ein Segelboot gemietet und meine Schwestern und mich als Kinder zu Ausflügen auf den Seen bei Den Haag mitgenommen. Bei Vaters vergeblichen Versuchen zu kreuzen hatte es häufig flatternde Segel gegeben, und wir waren mehr als einmal im Schilf gelandet.

Aber Vater hatte immerhin soviel Ahnung, daß er das Rettungsboot in der Richtung, die der Skipper auf dem Kompaß angegeben hatte, vorm Wind halten konnte.

Der vierte Tag verlief wie die vorherigen, bis auf die Tatsache, daß wir das Rudern einstellten. Wir hatten in Halbstundenschichten gerudert, zu viert auf einer Ruderbank, zwei an jedem der sechs Ruder. Man hatte den Vorschlag gemacht, ich sollte vom Rudern ausgenommen werden, aber ich hatte darauf bestanden mitzumachen. Ich wollte auch meinen Teil beitragen. Auch war mir klar, daß es besser wäre, etwas zu tun und sich elend zu fühlen, als wie ein Kartoffelsack im Boot zu sitzen und sich ebenso elend zu fühlen. Aber als man einstimmig zu der Entscheidung kam – wahrscheinlich die einzige einstimmige Entscheidung, die je auf dem Boot getroffen wurde –, daß es sinnlos wäre, in brüllender Hitze ein großes schwerfälliges Boot zu rudern, wenn doch nachts Wind aufkommen und das Boot bewegen würde –, habe ich natürlich nicht widersprochen. Das Rudern war harte Arbeit und die Sonne gnadenlos.

Am vierten Tag war die See wieder spiegelglatt. Die Sonne glühte. Und unser Durst war entsetzlich.

Wir erhielten unsere Wasserration, und manche Männer kauten Zwieback. Jemand gab seinen Kamm herum, so daß wir alle unser Haar in Ordnung bringen konnten. Männer begaben sich an den Bootsrand, um sich zu erleichtern. Ich benutzte einen Helm als Nachttopf, und jemand entleerte ihn in die See. Durch die Austrocknung war das Bedürfnis nach dem Helm allerdings ziemlich gering.

Nachbarn stritten sich um jeden Zentimeter Platz oder weil einer den andern zufällig mit dem Ellenbogen in die Seite gestoßen hatte. Man hörte Wörter wie «Scheiße» oder «Mistkerl», und oft sagte jemand: «Achten Sie doch auf Ihre Ausdrucksweise, es ist eine Dame unter uns.»

Dann wurde es wieder still an Bord. Die Sonne brannte. Der Durst war schrecklich.

Vom zweiten Tag an kam die Rede immer wieder aufs Schwimmen. War es vernünftig? Wir hatten die dreieckigen Rückenflossen von Haien aus dem Wasser ragen sehen. Andererseits, wenn keine Haie in Sicht waren, könnten wir uns im Wasser ein bißchen abkühlen, uns bei der Gelegenheit einmal ausstrecken. Aber ginge das, ohne Salzwasser zu schlucken, das uns noch durstiger machen würde? Red erzählte, daß Leute, die im Krieg schon vor uns Schiffbruch erlitten hatten, verrückt geworden wären, nachdem sie Seewasser getrunken hätten.

Nachmittags sprang dann schließlich einer aus dem reglosen Boot ins Wasser. Beim Brustschwimmen ums Boot herum hielt er den Kopf hoch erhoben und den Mund fest geschlossen. Andere machten es ihm nach. Einige, die nach mehreren Hungertagen ihren Kräften nicht mehr trauten, ließen sich vorsichtig ins Meer hinab, und mit einer Hand an der Rettungsleine ließen sie den anderen Arm zur Muskelentspannung kreisen und vollführten mit den Beinen scherenartige Bewegungen oder zappelten wie die Frösche.

«Und was machen wir?» fragte ich Vater.

«Warum gehst du nicht auch ins Wasser? Es ist offenbar kein Hai in der Nähe. Bleibe dicht beim Boot. Wir achten auf die Haie.»

Als ich mich vom Rand herabließ, rief er: «Paß auf, daß dir kein Salzwasser in den Mund kommt!»

Wie ausgesprochen wundervoll sich das Wasser anfühlte! Ich beugte und streckte jeden meiner steifen, müden Muskeln, ließ aber keinen Augenblick die Rettungsleine los und blieb auch nur ein paar Minuten im Wasser. Als mir Vater mit einem andern Mann zusammen ins Boot half, fühlte ich mich ganz so, als käme ich nach Hause. Ich fühlte mich sicher. Ich ging nicht noch einmal ins Wasser. Auch niemand anders ging mehr schwimmen. Die Versuchung, aus dem Meer zu trinken, war ganz einfach zu groß. Und mit nassen Kleidern im Boot zu sitzen, verschaffte auch nur für den Augenblick Kühlung. Die Sonne brannte heiß wie immer auf uns herunter und trocknete unsere Kleider allzu schnell.

In der vierten Nacht verschwanden Mond und Sterne. Der Himmel wurde tintenschwarz. Blitze zuckten. Donner rollte. Ein Regenvorhang fegte auf uns zu, überschwemmte uns, durchtränkte unsere Kleidung. Ich begann, den Regen aus meinen Ärmeln zu saugen, und ärgerte mich maßlos, weil ich am Nachmittag schwimmen gegangen war. Die Kleider schmeckten nach Salz. Ich zog mir die Haare vors Gesicht und saugte Regenwasser aus den Strähnen. Die waren jetzt nicht mehr salzig. Dann legte ich den Kopf zurück und ließ mir den Regen einfach in den geöffneten Mund tropfen. Neben mir hielt Vater seinen Helm hoch. Ich hörte die Tropfen darin trommeln. Als der Helm voll war, gab er ihn mir: «Hier, trink!»

Fieberhaft stürzte ich die Hälfte des Regenwassers hinunter und gab Vater den Helm zurück.

Inzwischen hatten einige Männer eine geteerte Plane hervorgezogen, die sie nun ausgebreitet festhielten, um den Regen aufzufangen. Köpfe beugten sich über das Segeltuch, schlürften den Regen auf, der den gerade geschaffenen Brunnen füllte.

«Laßt uns erst Wasser für den Wasserkanister sammeln», rief eine Stimme. Niemand reagierte. Der Regen hörte so plötzlich auf, wie er eingesetzt hatte.

Auf den Regen folgte ein kleiner Wirbelsturm. Die erste Böe brachte das Boot fast zum Kentern. Die Männer refften hastig das Hauptsegel und das kleine Vorsegel. In den heranrollenden Wogen schlug das Boot voll Wasser. Einige Männer legten ihre Rettungsgürtel an.

«Alle Mann schöpfen», brüllte der Skipper in den Wind. Das Boot tanzte mit den Wellen auf und ab, während er die Ruderpinne umklammerte.

Wir schöpften mit Kochgeschirren, mit Helmen, mit bloßen Händen.

Der Sturm flaute ab. Das Boot war immer noch voll Wasser. Wir schöpften noch stundenlang. Als das Boot trocken war, begann der Mann mit dem schönen Bariton zu singen. Niemand fiel ein. Seine tiefe Stimme verhallte über die weite schwarze See.

Die Sterne kamen hervor. Ich war so benommen, daß ich es kaum zur Kenntnis nahm.

Die Segel wurden gehißt. Wir bewegten uns wieder aufs Land zu.

Als es schließlich Morgen wurde, sah ich den Umriß eines Berges am Horizont. Nach einer Weile aber war dort, sosehr ich die Augen auch anstrengte, nichts als das weite Meer.

«War das eine Luftspiegelung?» fragte ich Vater.

«Wahrscheinlich.»

Die Sonne brannte herab. Der Durst wurde immer schlimmer. Jetzt, an unserem fünften Tag auf See, verloren manche langsam den Verstand.

Ein Mann schwenkte seine Pistole, während er mit monotoner Stimme «dudeldidum-dudeldidum-dudeldidum» vor sich hin sang und diese Formel mit einem modulierten «Wasser her, oder ich schieße» beschloß. Jedesmal betonte er das Wort ‹schießen› stärker, und als das Wort wirklich heftig und ärgerlich klang, griff der Mann neben ihm nach der Pistole und ließ sie ins Meer fallen. Ich befürchtete, der Besitzer der Pistole würde protestieren, aber er sang einfach weiter «dudeldidum-dudeldidum-dudeldidum», nur ließ er jetzt die Drohung weg, daß er schießen würde. Er starrte beim Singen in die Luft und bewegte dabei den Kopf im Rhythmus hin und her.

Ein anderer wollte alle Rettungsgürtel über Bord werfen. «Ich kann diese verflixten Dinger nicht mehr sehen! Ich muß dabei immer an den Schiffbruch denken und an diese verdammten Piloten.» Jemand redete ihm gut zu, und er beruhigte sich.

Wieder ein anderer fing ohne ersichtlichen Grund an zu lachen, und sein Gelächter, in das er in Augenblicken tiefster Stille ausbrach, klang unheimlich und verstörend. Die Augenblicke der Stille waren inzwischen seltener geworden. Es gab immer mehr Streitereien, Nörgeleien, Klagen.

«Wenn die Reise noch viel länger gedauert hätte», schrieb ich einige Wochen später in mein Tagebuch, «wären wir noch alle verrückt geworden.»

Und wie war es, als einzige Frau unter 24 Männern sieben Tage auf dem Rettungsboot zu verbringen? Bis auf solche gelegentlichen Nettigkeiten wie «Achten Sie doch auf Ihre Ausdrucksweise, es ist eine Frau unter uns» oder das Angebot, mich vom Rudern auszunehmen, spielte der Geschlechtsunterschied offenbar keine Rolle. Wir alle waren menschliche Wesen in Seenot. Wir alle waren verbrannt von der Sonne, ausgekühlt vom Wind, von Hunger und Durst gequält. Bis auf das sporadische Singen am frühen Abend und die denkwürdige Schwimmpartie kommunizierten wir kaum miteinander. Wir saßen einfach da und warteten darauf, das Land zu erreichen. Einige Männer im Boot habe ich nur partiell im Gedächtnis: eine Stimme, die sanft oder ärgerlich sprach, eine Hand, die den Becher weiterreichte oder Wasser schöpfte, ungewaschene Füße neben meinem Gesicht, wenn ich auf den Rudern liegen durfte. Von einem Mann namens Piet habe ich hauptsächlich die Wunde an seinem Bein in Erinnerung.

Kurz nachdem man mich ins Rettungsboot gezogen hatte, bat mich jemand, einem Verletzten die Wunde zu verbinden. Hier war der Geschlechtsunterschied doch entscheidend: traditionelle Frauenarbeit war ganz automatisch meine Sache. Damals hielt ich das für selbstverständlich. Inzwischen bin ich der Meinung, daß mancher Mann die bessere Krankenschwester abgegeben hätte.

Der Mann, der Piet hieß, zog Schuh und Strumpf aus und zeigte mir eine rohe Fleischwunde an seiner Wade. Durch einen Schleier aus Übelkeit und Schrecken stellten sich die Anweisungen aus einem Erste-Hilfe-Kurs wieder ein, an dem Antoinette und ich auf Tarakan teilgenommen hatten. Bei besonders starken Blutungen muß der Blutstrom zum Stillstand gebracht werden ... Wenn ein Bein blutet, ist eine Aderpresse am Oberschenkel anzulegen ... Benutzen Sie ein Taschentuch und ein Stück Holz oder einen Bleistift. Ein Taschentuch, dachte ich, ich habe keins.

«Hat irgend jemand ein Taschentuch?»

Ich bekam zwei.

Dann gab man mir einen Füller. «Nehmen Sie den. Tinte ist nicht mehr drin.»

Ich muß mich beeilen, sagte ich mir, das Bein blutet immer noch arg. Ich faltete das Taschentuch diagonal, schob den weißen, zerknitterten Stoff von Piets Shorts hoch, legte ihm das Taschentuch um den Oberschenkel und drehte es mit dem Füller fest. Nach einigen Minuten lockerte ich die Aderpresse, zog sie dann wieder an und lockerte sie erneut, wie ich es meiner Erinnerung nach auf Tarakan mit einem vollkommen gesunden Übungsbein gemacht hatte. Zu meinem großen Erstaunen hörte dieses verletzte Bein auf zu bluten. Mehrere Männer sahen mir zu, gaben mir Ratschläge.

«Sie könnten mit dem Taschentuch Salzwasserkompressen machen.» – «Sie brauchen einen Verband für das Bein.» – «Gibt es einen Erste-Hilfe-Kasten an Bord?» – «Offenbar nicht.»

Ich hörte das Reißen von Stoff, als jemand Streifen von einem Hemd abriß, und man übergab mir eine Rolle aus den zusammengeknoteten Stücken. Ich tränkte die Taschentücher mit Meerwasser, legte sie auf die Wunde, rollte den Verband ums Bein und wiederholte das auf der ganzen Reise jeden Abend. Piet verbrachte die meiste Zeit unter der Gischtplane überm Bug.

Einige Gesichter sind mir im Gedächtnis geblieben, und in einigen Fällen kann ich eine Person mit dem Gesicht verbinden. Der Skipper war blauäugig und blond und nur ein Jahr älter als ich. Ich fragte mich, wie er es empfand, für Männer verantwortlich zu sein, die doppelt so alt waren wie er selbst und vor dem Schiffbruch einen höheren Rang oder eine höhere gesellschaftliche Stellung innehatten.

An Mac, den Kriegsberichterstatter, erinnere ich mich ebenfalls noch genau. Er saß oft auf dem Dollbord am Bug und ließ die nackten Füße überm Wasser baumeln. Er war ein Fremder unter uns Holländern, eine kleine Insel ganz für sich allein. Er verstand nicht ein Wort unserer Sprache, und viele Holländer sprachen kein Englisch. Mac unterhielt sich gern mit Vater, der fließend Englisch sprach und Macs Journalistenfragen beantworten konnte. Sie sprachen über die Politik der verbrannten Erde, ob sie erfolgreich gewesen sei, über die gescheiterte Verteidigung Niederländisch-Ostindiens und darüber, wie es in Sumatra aussehen würde, wenn wir dort landeten.

Wenn wir als Gruppe überhaupt über etwas redeten, dann darüber. Sumatra war eine riesige Insel. Jemand kannte die genauen Maße: 1700 Kilometer lang und 430 Kilometer breit, «ungefähr dreizehnmal so groß wie Holland». Würden wir bei der Landung auf Japaner treffen? Wahrscheinlich nicht. Wir waren unterwegs zu einer abgelegenen Küste, wo es nichts gab als ein paar winzige Dörfer am Rande des Dschungels. Einer aus unserer Gruppe war schon in der Gegend gewesen.

«Da ist nichts, was eine Besatzungsarmee interessieren könnte.»

Was würde die Armee mit uns anstellen, wenn man uns zu fassen bekäme?

Mac war sich sicher, daß wir alle interniert würden. «Japan möchte eine vereinigte großasiatische Wohlstandssphäre schaffen. Asien den Asiaten. Dabei können die Japaner keine Weißen mehr gebrauchen.»

Vater übersetzte Macs Ansicht ins Holländische.

«Warum sollten sie das tun? Es gibt Abertausende von Weißen in Niederländisch-Ostindien. Sie können uns nicht gut alle internieren», wandte Red ein. «Sie werden die Weißen einfach weitermachen lassen wie die Deutschen in den besetzten Niederlanden die Holländer.»

«Genau! Sie brauchen doch die Weißen, damit die Arbeit auf den Plantagen weitergehen kann und um die Schäden zu reparieren, die wir an Fabriken, Ölpumpen und Raffinerien angerichtet haben», meinte jemand anders.

«Was meinst du denn, wie die Japaner sich verhalten werden?» fragte ich Vater.

«Ich weiß es nicht, und wir werden auch versuchen, hier wegzukommen, bevor wir Gelegenheit haben, es herauszufinden, sobald wir wissen, wo Antoinette und Alette sind.»

Wenn er je die Möglichkeit in Betracht gezogen hatte, meine Schwestern könnten es nicht bis zu einem der beiden Rettungsboote geschafft haben oder seien im Maschinengewehrfeuer umgekommen und über Bord geworfen worden, wie der Mann in unserem Boot, so ließ er nie ein Wort darüber verlauten. Am sechsten Tage dachten wir, es müßte Land in der Nähe sein. Wir sahen eine Möwe. Der Vogel flog davon, und es kam kein Land in Sicht. Der Wind hatte sich wie gewöhnlich gelegt.

Uns war heiß. Wir waren durstig. Wir schwiegen.

Um ein Uhr in unserer sechsten Nacht auf See, als wir wieder ganz gut Fahrt machten und ich im Sitzen auf einer Ruderbank eingeschlafen war, rüttelte mich Vater am Arm.

«Wir sind in Küstennähe.»

Es war eine sternenklare Nacht. Männer refften die Segel. Jemand stand am Bug und lotete mit einer beschwerten Schnur die Tiefe aus. Hinter seiner Silhouette sah ich immer noch nichts als Meer. Aber aus der Richtung, in die wir segelten, kam ein neues ungewohntes Geräusch: das Geräusch der Brandung, die an ein Ufer schlägt. Aus der gleichen Richtung kam ein schwerer, süßer Geruch.

Die Segel wurden wieder gehißt, und wir fuhren den Geräuschen und Gerüchen Sumatras entgegen.

In der Morgendämmerung konnte ich eine gerade Linie am Horizont ausmachen. Die gerade Linie wurde zu einer buckligen Linie. Die bucklige Linie wurde zu geschwungenen Buchten am Fuße von Hügeln, die mit dem tags zuvor auf dem Boot erwähnten Dschungel bedeckt waren. Wirklich ideal, um sich vor den Japanern zu verstecken, dachte ich.

Der Skipper hielt seine Karte hoch und zeigte uns, daß wir uns in der Nähe der Semangkabucht an der Südspitze Sumatras befanden. «Wie Sie sehen, öffnet sich diese Bucht zur Sundastraße zwischen Sumatra und Java hin. Direkt vor uns am Eingang der Bucht liegt das Inselchen Tabuan. Auf Tabuan wollen wir landen.»

Als der Wind abflaute, gab Red eine Sonderration Wasser aus, und wir gingen an die Ruder. Ungefähr gegen Mittag ankerten wir unmittelbar hinter der starken Brandung, die sich an einem verlassenen, von Kokospalmen gesäumten Strand verlief. Ich konnte hoch oben Trauben von Kokosnüssen erkennen, und unser javanischer Passagier versprach uns, auf die Palmen zu klettern und für jeden von uns eine Nuß zu holen.

«Jemand muß jetzt sofort an Land schwimmen und das Boot an einem Baum festbinden», sagte der Skipper. «Vielleicht hält ja der Anker nicht, und wir wollen doch nicht wieder aufs offene Meer getrieben werden.»

«Ich mache das», meldete sich der Javaner.

Mit sicheren, gleichmäßigen Zügen schwamm der dunkle, schlanke Mann zur Küste und schleppte dabei ein Ende des Taus mit, das an unseren Mast gebunden war. Ich verlor ihn immer wieder aus den Augen, aber er tauchte immer wieder auf, wenn die Wellen sich brachen. Dann watete er zum Strand und befestigte das andere Ende des Taus an einem Baum. Ich sah ihn am Strand herumgehen, zu den Kokospalmen hochsehen und sich in den Sand legen. Offensichtlich schlief er sofort ein. Kein anderer Mensch ließ sich am Strand blicken. Das ist gut, dachte ich. Je weniger unsere Landung bekannt wird, desto besser.

Im Boot machten wir uns bereit, an Land zu gehen. Alle würden es verlassen bis auf Piet. Einige legten sich mit einem Blick auf die schweren Brecher die Rettungsgürtel an.

«Wir sollten noch einmal prüfen, ob wir keine verräterischen Papiere bei uns haben», warnte Vater, «und unsere militärischen Abzeichen und Waffen verschwinden lassen.»

Aus den Winkeln und Ritzen des Bootes tauchten die Abzeichen auf, die am ersten Abend abgetrennt worden waren, und Pistolen und Helme. Aus den Taschen kamen die Pässe, Führerscheine, Clubausweise. Alles, was zur Identifizierung dienen könnte, mußte weg. Wenn wir auf Japaner stießen, würden wir Niemande sein, Schiffbrüchige ohne Vergangenheit.

Zögernd legte ich die Empfehlungsschreiben meines Chefs beim Generalgouvernement dazu, in denen meine Qualitäten als Sekretärin gelobt wurden. Der offizielle Briefkopf hätte die Japaner möglicherweise interessiert. Ich trennte mich auch von den Fotos, die ich unmittelbar vor unserem Aufbruch aus Bandung zur Wijnkoopbucht aus einem Fotoalbum gelöst hatte. Das Meerwasser hatte die Bilder ohnehin verwischt. Aber das wasserfleckige Abschlußzeugnis meines Gymnasiums wollte ich behalten. Ich konnte es nicht ertragen, diesen handfesten Beweis dafür aufzugeben, daß ich vor gar nicht so langer Zeit in einer normalen Welt tatsächlich Prüfungen in Latein und Griechisch und modernen Sprachen und Geschichte und Mathematik abgelegt hatte.

Vater schlug alle Papiere und Waffen in das Segeltuch ein, das wir dazu benutzt hatten, während des stürmischen Regens Wasser aufzufangen, band es mit einem Stück Tau zusammen und ließ das Bündel ins Meer fallen.

«Gehen Sie nicht alle gleichzeitig von Bord», sagte der Skipper. «Einige wollen sich bestimmt an der Leine festhalten, aber es ist sicherer, wenn Sie dabei etwas Abstand halten.»

Zum letzten Mal wurde für die Passagiere des Bootes eine Reihenfolge festgelegt. «Wir fangen bei N an», sagte der Skipper. Der Seeoffizier, der die Liste im Kopf hatte, benannte die vier Leute, die zuerst gehen sollten.

Einige Männer hielten sich wirklich am Verbindungstau

fest, aber sie verloren in der Brandung den Halt und verschwanden für eine erschreckend lange Zeit, wie ich vom Rettungsboot aus beobachtete, bevor sie wieder auftauchten.

Als Red zur Küste schwamm, paddelte Whiskey neben ihm her. Ihr kleiner schwarzer Kopf mit einem aufgerichteten und einem hängenden Ohr hielt sich dicht neben dem Kopf mit dem karottenroten Haar. Als Red die Brandung erreichte, packte er Whiskey am Nacken und nahm sie auf den Arm. Nur mit einem Arm schwimmend, bewältigte er die Brecher und watete an Land.

«Du legst am besten deinen Rettungsgürtel an», sagte Vater, als wir an der Reihe waren. «Du bist nicht mehr so kräftig wie früher, und ich meine, wir sollten lieber die ganze Strecke schwimmen, als uns an der Leine festzuhalten. Es ist ungünstig, wenn man sich beim Durchqueren der Brandung daran festhalten muß.»

«Gut», sagte ich. Aber innerlich zitterte ich bei dem Gedanken an die großen Brecher, die mich herabziehen, mich in einem Strudel aus Wasser mit Sand, Muscheln und Kies herumwirbeln würden, bis ich nicht mehr wüßte, ob ich je wieder den Himmel erblicken sollte. An einem Strand in Bali hatte ich meine Erfahrungen mit solchen Wellen gemacht. Und ich bemühte mich, nicht an all das Wasser zu denken, das mich überspült hatte, als die Bombe neben der *Poelau Bras* explodiert war.

Vater ließ sich vom Dollbord des Bootes ins Wasser gleiten. Er fühlt sich bestimmt auch nicht mehr kräftig, dachte ich. Diese Beobachtung war in gewisser Weise eine Überraschung für mich. Für uns Kinder war Vater immer ein starker, kraftvoller Mann gewesen. Ich kletterte hinter ihm aus dem Boot, immer noch unter dem Eindruck dieser neuen Erfahrung, daß ich mir Sorgen darum machen mußte, ob er durchhalten würde.

Ich schwamm hinter Vater her aufs Land zu. Er sah noch

einmal hoch und rief: «Jetzt schwimm, so schnell du kannst, und versuche, dich oben auf den Wellen zu halten.»

Ich hielt mich oben. Nachdem wir auf den Wellen sanft zum Strand geglitten waren, schenkte mir Vater ein «Gut gemacht»-Lächeln, und wir schwammen noch ein Stückchen und wateten auf Tabuan an Land.

Es war Freitag, der 13. März 1942.

KAPITEL 4

Begegnung im Dschungel

Zum zweiten Mal innerhalb von acht Tagen beobachtete ich einen Javaner dabei, wie er am hohen Stamm einer Kokospalme hinaufkletterte. Damals, beim ersten Mal, saß ich mit Vater, Schwestern und gepflegten Männern in feschen Uniformen oder adretten, frisch gebügelten Tropenanzügen an einem Strand in Java. Die *Poelau Bras* lag in der Bucht vor Anker. Ich sah dem einheimischen Jungen ohne besonderes Interesse zu. Ich war weder hungrig noch durstig.

Jetzt saß ich mit meinem Vater auf einer Insel bei Sumatra am Strand. Die *Poelau Bras* gab es nicht mehr. Antoinette und Alette waren nicht mehr bei uns. Die Männer um uns herum waren unrasiert und trugen schmutzige, zerknitterte, ausgebleichte Sachen, die auch noch naß waren, weil sie darin an Land geschwommen waren. Mein Mund fühlte sich von innen an wie eine getrocknete Aprikose. Meine Zunge fühlte sich an wie Schmirgelpapier. Ich beobachtete den kletternden Mann höchst aufmerksam und nahm jede Einzelheit zur Kenntnis.

Er umfing den Baum mit den Armen, stemmte die nackten Füße fest gegen den Stamm und machte mit nach außen gebogenen Knien ein paar Trippelschritte nach oben. Dann schob er die Arme weiter hoch, trippelte wieder ein paar

Schritte und erkletterte auf diese Weise die Palme anmutig und leicht wie ein Eichhörnchen. Als er in der Krone und bei den zahlreichen Kokosnüssen angekommen war, pflückte er eine Nuß, hielt sie fest, sah nach unten, dorthin, wo wir standen, und rief: «Aufpassen da unten, ich werfe jetzt.»

Alles lief aus dem Weg. Mit einem dumpfen Schlag plumpste die Kokosnuß in den Sand.

Immer noch war die hartnäckige Ritterlichkeit vom Rettungsboot in Kraft: Die erste Nuß gehörte mir. Ein Mann hatte sich bereits einen Stein mit einer scharfen Spitze gesucht, den man als eine Art Meißel, und einen anderen, den man als Hammer gebrauchen konnte. Damit schlug er zwei Löcher in die Schale. Er schüttelte die Nuß leicht, so daß er die Flüssigkeit gluckern hörte, und übergab sie mir dann. Während ich an die sechs zermürbenden Tage und Nächte auf See zurückdachte, wo es nichts als diese drei winzigen Wasserrationen täglich gab, legte ich den Kopf in den Nakken, hielt die Nuß mit beiden Händen hoch und setzte eines der Löcher an die Lippen. Meinen Durst zu spüren, erlaubte ich mir erst, als ich fühlte, wie mir die süße, klare Kokosmilch in den Mund tropfte und weitertropfte, und ich mir dabei sicher sein durfte, daß ich dann, wenn ich mehr als diese eine Nuß wollte, um eine zweite bitten konnte. Da überall am Strand fruchttragende Palmen standen, gab es so viele Nüsse, daß für jeden mehr als eine da war. Vater und die anderen tranken inzwischen ebenfalls. Der Javaner befand sich immer noch auf demselben Baum und warf Kokosnüsse in den Sand.

Mein nächster Gedanke galt dem Fleisch in der Nuß, die ich in der Hand hielt. Wie wurde sie geöffnet? Auf Java hatte ich gesehen, wie die Einheimischen rasiermesserscharfe *parangs* benutzten, gebogene Messer mit hölzernem Griff, um die äußere Rinde der Nuß abzuschälen und dann die nächste zottige Schicht, die den harten Kern enthält, aufzuschneiden oder mit der Hand aufzubrechen. Der folgende Schritt bestand dann darin, den Kern gegen einen Felsen zu schmettern oder mit einem Stein oder Hammer zu bearbeiten, um ihn in zwei Hälften zu spalten, die mit leuchtendem weißem Kokosfleisch ausgekleidet waren.

Die anderen hatten es irgendwie geschafft, ihre Nüsse zu öffnen. Jetzt schnippelten sie das Fleisch mit einem Taschenmesser heraus und schlangen es herunter. Doch meine Überlegungen, wie ich meine Nuß wohl aufbekommen könnte, wurden von Vater unterbrochen. «Das Fleisch ist zu gehaltvoll für unsere geschrumpften Mägen», warnte er. «Halte dich jetzt lieber zurück und iß erst einmal Reis oder so etwas.» Inzwischen war Red mit einer Kokosnuß, die ihm das Hemd ausbeulte, und ein paar Steinwerkzeugen in der Tasche zum Rettungsboot und zu Piet zurückgeschwommen. Ich merkte nicht mehr, wie Red zum Strand zurückkam. Ich war mittlerweile fest eingeschlafen, ausgestreckt im Sand. Als mir die Augen zufielen, dachte ich nicht mehr daran, wo die Japaner wohl wären und was sie tun würden, wenn wir ihnen in die Hände fielen. Als ich in Schlaf sank, war nur noch wichtig, daß wir auf See nicht umgekommen waren. Wir befanden uns an Land. Wir konnten trinken, soviel wir wollten. Wir konnten in großem Abstand voneinander schlafen.

Ich erwachte von einem leichten Knuff meines Vaters.

«Ich will mich ein bißchen umsehen. Kommst du mit?»

Ich rappelte mich hoch. «Was ist los? Der Strand bewegt sich ja.»

«Du hast noch Seemannsbeine. Es wird einige Zeit dauern, bis du nicht mehr das Gefühl hast, du wärst auf dem Boot.»

Wir beide liefen los. Hinter einem Streifen Sandstrand waren Sträucher und Bäume und ein kleiner Pfad, der darauf hindeutete, daß die Insel bewohnt war. Ich atmete tief, füllte meine Lungen mit Luft. Meine Zehen gruben sich in die

Erde. Ich hatte den Schiffbruch und das Rettungsboot überlebt. Ich war an Land – Land, das sich auf und ab bewegte, aber festes Land.

«Die Leute hier haben vielleicht Nachricht von den anderen Booten», sagte Vater. «Du weißt ja, wie schnell sich Nachrichten in dieser Gegend verbreiten.»

Er bezog sich damit auf die *kabar angin*, die erstaunliche «Windzeitung» der einheimischen Bevölkerung. In einigen der abgelegenen äußeren Bezirke Niederländisch-Ostindiens besaßen die Leute weder Telefon noch Radio, doch sie pflückten die Neuigkeiten offenbar mit der Hand aus der Luft, wenn sie sie nicht ihrem dröhnenden, weittragenden Getrommel entnahmen.

Plötzlich merkte ich, daß wir nicht alleine waren. Aus dem Unterholz zu unserer Rechten starrten uns dunkle Augen an.

«Guck mal, da sind Leute.»

Vater sprach sie auf malaiisch an, mit der Lingua franca der Völker in der niederländischen Kolonie, aber sie antworteten nicht.

«Sie halten uns bestimmt für Gespenster», sagte er. «Sie treffen wohl kaum Weiße auf der Insel, besonders nicht solche Vogelscheuchen wie uns.»

Vater sprach die Gestalten im Gebüsch noch einmal an, und ein runzliger Mann in einem dunkelroten Sarong, einer weißen Baumwolljacke, die vorne von oben bis unten zugeknöpft war, und einem weißen Fez schlenderte auf uns zu. Der Mann war demnach ein *hajji*, ein Muslim, der eine Pilgerfahrt nach Mekka hinter sich hatte. So jemand war in seinem Dorf bestimmt sehr angesehen.

Der *hajji* stellte die offensichtliche Frage: «Wo kommt ihr her?»

Vater erklärte unsere Anwesenheit auf Tabuan und deutete an, daß dreiundzwanzig Männer am Strand gekochten Reis sehr zu schätzen wüßten, und wir auch.

Der *hajji* meinte, er bedaure es sehr, daß Allah uns Übel in den Weg gelegt hätte. Sein Dorf wäre arm, aber etwas Reis hätte er immer noch übrig. Ein kleiner Junge, der in einiger Entfernung gehockt hatte, wurde fortgeschickt, um seine Mutter darum zu bitten.

Während wir auf die Rückkehr des Jungen warteten, kauerten Vater und ich und der *hajji* auf dem Pfad und unterhielten uns. Wir erfuhren, daß die Japaner sich bereits am entfernten Ende der Semangkabucht niedergelassen hätten, in einer Stadt namens Kota Agung auf der Hauptinsel von Sumatra und einige Segelstunden von Tabuan entfernt.

«Wir wollen nicht nach Kota Agung», sagte Vater. «Treffen wir auch dann auf Japaner, wenn wir uns in die andere Richtung wenden? Wenn wir zum nächsten Strand auf Sumatra gebracht werden und dann ums Vlakke Hoek laufen und an der Küste Sumatras entlang nach Norden ...?»

«Nein, dann nicht. Die Japaner sind in Krui, aber das ist noch sehr weit vom Vlakke Hoek entfernt.»

«Gibt es Dörfer im Norden von Vlakke Hoek?»

«Ja, kleine. Aber sie werden immer größer, je weiter man nach Krui kommt.»

Ich wußte, warum Vater fragte. Auf dem Rettungsboot hatte er mir von einer möglichen Fluchtroute erzählt. Wir müßten einen Dorfbewohner dazu überreden, uns in einem der einheimischen Segelboote auf die Mentawais zu bringen, eine Inselkette im Indischen Ozean bei Sumatra. Aber zuerst müßten wir natürlich Antoinette und Alette finden.

«Im Rettungsboot habe ich auf einer Karte gesehen, daß es einen Leuchtturm am Vlakke Hoek gibt. Dort hat man vielleicht Nachricht von den beiden anderen Rettungsbooten der *Poelau Bras*. Ich glaube, die beiden anderen Boote sind nördlicher gelandet als wir. Meine beiden anderen Kinder sind in einem dieser Boote. Deshalb will ich zum Leuchtturm.»

Der *hajji* nickte mit dem Kopf, und schweigend warteten wir, bis der Junge zurückkehrte.

In einer Hand hielt er den Griff eines großen, rauchgeschwärzten, bauchigen Eisentopfes, der mit weißem, gekochtem Reis gefüllt war. In der anderen hatte er einen Löffel und eine gesprungene Porzellantasse mit Salzkristallen. Vater forderte den *hajji* auf, uns zu begleiten, und gefolgt von dem kleinen Jungen, der sorglos den Topf mit der kostbaren Mahlzeit schwenkte, trafen wir wieder bei den anderen am Strand ein.

«Verteilen Sie doch das Essen», sagte Red und wies mir damit wieder eine konventionelle weibliche Rolle zu, jetzt die der Hausfrau. «Das hier kann man als Teller nehmen», sagte er und übergab mir ein paar Bananenblätter, die er von einem Baum gepflückt hatte. «Leider sind keine Bananen am Baum.»

Andere halfen mir, die großen Blätter nach Eingeborenenmanier horizontal bis zu den Mittelrippen in Streifen zu reißen. Ich reihte diese Streifen im Sand auf, verteilte mit dem Löffel gleich große Reiskleckse und bestreute jeden mit einigen Salzkristallen. Ich wußte noch nicht, daß gerechtes Verteilen – hier ein Tüpfelchen wegnehmen, da ein Tüpfelchen dazutun – in den nächsten dreieinhalb Jahren zu einem festen Bestandteil meines Lebens werden sollte. Eine Portion stellte ich zur Seite für den verwundeten Piet dort draußen hinter der Brandung. Einer der Männer wickelte sie in einen Bananenblattstreifen und steckte sie mit einem kleinen Zweig fest. «Ich esse dann, wenn ich wieder da bin», sagte er und machte sich mit dem Päckchen zum Rettungsboot auf.

Ich vertilgte meine Portion Reis, und das quälendste Hungergefühl verschwand.

Als jeder das letzte Reiskörnchen mit den Fingern von seinem Bananenblatt gekratzt oder mit der Zunge aufgeleckt hatte, war es an der Zeit zu planen, wie es weitergehen sollte. Auf Tabuan konnten wir nicht bleiben. Die Bevölkerung war nicht in der Lage, uns fünfundzwanzig Leute mit durchzufüttern. Außerdem hatte der *hajji* Vater bereits zu verstehen gegeben, daß er es lieber sähe, wenn wir bald wieder fort wären.

Vater erläuterte der Gruppe seinen Plan. «Helen und ich würden gerne versuchen, die Mentawaiinseln ungefähr 600 Kilometer nördlich von hier vor der Küste Sumatras zu erreichen. Ich glaube nicht, daß sich die Japaner die Mühe machen werden, diese Inseln zu besetzen. Die Mentawaiinsulaner besitzen gute, seetüchtige Boote, mit denen man es übers Meer bis nach Australien schaffen könnte. Wenn wir kein Boot bekommen sollten, können wir uns vielleicht sogar für die Dauer des Krieges auf den Mentawais verstecken. Oder, wer weiß, vielleicht können wir auch die Alliierten verständigen, so daß sie herkommen und uns abholen. Die Mentawais zu erreichen dürfte kein besonderes Problem darstellen. Wir sollten in der Lage sein, uns mit den Dorfbewohnern nördlich vom Vlakke-Hoek-Leuchtturm wegen eines Bootes zu einigen. Dort will ich auf jeden Fall hin, um herauszufinden, ob es Nachrichten von den beiden anderen Rettungsbooten gibt ... Wie viele von Ihnen würden sich diesem Plan anschließen?»

Offenbar nicht viele.

Eine Gruppe war entschlossen, statt dessen nach Kota Agung zu gehen.

«Aber da sind doch die Japse!» sagte ich.

«Das macht nichts, wir sind Zivilisten. Wir können bestimmt wieder zu unseren Freunden und Familien auf Java zurück.»

«In Kota Agung gibt es auch ein Krankenhaus, da kann Piets Bein behandelt werden», sagte ein anderer.

«Mir hat das Herumfahren auf dem Meer gereicht, jetzt auch noch in Sumatra herumzufahren, wie Mr. Colijn das vorhat, darauf lege ich keinen Wert.»

«Wir werden höchstens krank, wenn wir auf diese Inseln fahren, Malaria durch die Moskitos, Ruhr durch verseuchtes Wasser und natürlich keinerlei medizinische Versorgung.»

«Da irren Sie sich», sagte Vater. «Auf der größten Insel gibt es ein Missionskrankenhaus.»

«Und woher wissen Sie, daß der Missionsarzt sich nicht davongemacht hat?»

«Und was ist, wenn es kein Segelboot gibt, mit dem wir nach Australien können, und wenn die Alliierten uns nicht holen kommen, dann sitzen wir fest ... Dann müssen wir uns vielleicht durchschlagen wie Robinson Crusoe, nein, vielen Dank.»

«Und was ist, wenn die Japse uns erwischen, wenn wir gerade hier weg wollen? Da gehen wir doch lieber gleich nach Kota Agung und sagen ‹Hallo, hier sind wir›.»

Wie schon auf dem Rettungsboot stritt man sich jetzt darüber, was man von den Japanern zu erwarten hätte. Einige Männer hatten Horrorgeschichten zu erzählen, und ich wußte, sie hatten recht, weil Vater mir von den Untaten der Japaner auf Tarakan berichtet hatte – von Folter, willkürlichen Hinrichtungen und anderen Grausamkeiten. Es gab mehr als genug Gründe, ihnen nicht in die Hände fallen zu wollen. Es war klar, daß die fünfundzwanzig Leute vom Rettungsboot bald getrennte Wege gehen würden. Wie sehr wir auch genörgelt und gestritten hatten, wir hatten eine Weile zusammengehört. Wir hatten aus einem Becher getrunken. Wir hatten gemeinsam in der Sonne gerudert und während des Sturms Wasser geschöpft. Das gemeinsame Ziel, an Land zu kommen, hatte uns zusammengeschweißt. Nun war das gemeinsame Ziel erreicht.

Vierzehn Männer, darunter Red mit seiner Hündin Whiskey und Piet und der Javaner, der auf die Kokospalme geklettert war, wollten mit dem Rettungsboot nach Kota Agung segeln und von da aus nach Java gelangen. Auf dem Weg nach

Kota Agung wollten sie die elf anderen, unter anderem Vater und mich, an der nächstbesten Stelle auf Sumatra absetzen. Wir würden dann zu Fuß das Vlakke Hoek, das Vorgebirge, bis zum Leuchtturm umrunden und dann entscheiden, was wir weiter unternehmen wollten. Nicht alle elf wollten auf die Mentawais, aber sie wollten auch nicht den Japanern in Kota Agung mit dem Rettungsboot direkt in die Arme segeln. Das konnten sie nicht wagen. Sie würden sich ganz einfach eine Zeitlang Mr. Colijn anschließen und dann weitersehen. Wer ganz bestimmt mit uns auf die Mentawais wollte, war Mac. «Ich bin den Japanern in Shanghai knapp entwischt, habe es gerade noch geschafft, aus Java herauszukommen, bevor die Japaner es besetzten, und ich werde doch jetzt nicht aufgeben. Ich will versuchen, sie noch einmal zu überlisten.»

Viel später erfuhr ich dann, daß der einzige, der es nach Java schaffte, der Javaner war. Die Nichtasiaten wurden in Kota Agung ins Gefängnis geworfen und später in ein anderes Gefängnis überführt. Whiskey wurde vom Bajonett eines japanischen Soldaten aufgespießt und ins Meer geworfen. Piet wurde nie in einem Krankenhaus behandelt. Er hatte auf die Vorstellung von Ehrgefühl vertraut, nach der der Feind im Krieg zwar Wunden zufügt, sich dann aber doch um den Verwundeten kümmert. Aber so war das in diesem Krieg nicht!

Vater ging zum *hajji*, der während der Diskussion etwas abseits gesessen hatte, und teilte ihm mit, daß ein Teil der Gruppe auf der Hauptinsel abgesetzt werden wollte, um zum Leuchtturm zu laufen, und der andere Teil im Rettungsboot nach Kota Agung weitersegeln wollte. «Könnten wir einen Führer bekommen?»

«Ich kann zeigen, wie man zur Hauptinsel kommt, und dann kann ich zeigen, wie man nach Kota Agung segelt.»

«Und wieviel kostet das?»

Ich konnte die Gedanken hinter dem ausdruckslosen Gesicht des *hajji* erraten. Vor ein paar Wochen noch waren wir

Holländer die Herren gewesen, hatten die Macht besessen. Jetzt hatten die Japaner die Macht übernommen. Wenn der *hajji* den geschlagenen Holländern half, mißfiel das eventuell den Japanern. Er hatte uns Reis abgegeben, das war seine Pflicht als Mitmensch. Aber uns bei der Flucht helfen? Dabei müßte er schon auf seine Kosten kommen.

«Ich will das Boot und tausend Gulden.» Das entsprach vierhundert US-Dollar und war damals eine ungeheure Summe. Wie im Fernen Osten üblich, begann nun das Feilschen. Nach einer langen, immer höflichen Diskussion einigten sich die Männer auf dreihundert Gulden plus Rettungsboot, das nach der Ankunft in Kota Agung dem *hajji* übergeben werden sollte. Der Preis war zweifellos unverschämt, aber Vater wollte möglichst bald Antoinette und Alette finden. Und die vierzehn Männer, die vorhatten, nach Kota Agung zu segeln, wollten auch möglichst bald auf dem Weg nach Java sein. Jemand gab eine halbe Kokosnußschale herum, man sammelte dreihundert Gulden und gab sie Red, der sie am Ende der Reise nach Kota Agung dann weitergeben sollte.

Der *hajji* verkündete, er würde jetzt nach Hause gehen. Wir könnten mit unserem Boot bis zu seinem Dorf segeln, dort ankern und warten, bis er als Führer an Bord käme. Aber Vater legte Wert darauf, den *hajji* nicht aus den Augen zu verlieren. Was, wenn er seine Meinung änderte? Vater und ich würden ihn begleiten, und später würde man uns drei dann zum Rettungsboot bringen.

Die anderen schwammen zum Boot zurück oder hangelten sich am Tau entlang dorthin. Später wurde das Seil vom Mast losgebunden, und man ließ es zum Strand treiben, wo es von den Dorfbewohnern aufgelesen wurde.

Auf dem Weg zum Dorf herrschte zwischen Vater, mir und dem *hajji* ein gereiztes Schweigen. Tat es ihm leid, daß er sich bereit erklärt hatte, uns zu helfen? Befürchtete er Vergeltungsmaßnahmen der Japaner?

Als wir das Dorf endlich erreichten, war es dunkel. Barsch forderte der *hajji* uns auf, an einem schwelenden Feuer Platz zu nehmen und auf ihn zu warten. Er wollte nach Hause, um zu essen.

Vater sammelte etwas Holz, um das Feuer wieder anzufachen. Aber er schaffte es nicht, genug Rauch zu erzeugen, um die Schwärme von Moskitos zu vertreiben.

«Hoffentlich ist der Bursche bald wieder da und bringt uns zum Rettungsboot zurück», sagte ich mürrisch.

«Wir müssen jetzt geduldig sein, Helen. Wir haben das Heft nicht mehr in der Hand.»

Als der *hajji* wiederkam, war er noch mißmutiger als vorher; seine frühere Höflichkeit war völlig verschwunden. Er führte Vater und mich an einen verfallenen Steg und forderte uns auf, in einem langen, schmalen Segelboot mit Ausleger Platz zu nehmen, das gefährlich schwankte, als wir es bestiegen. Der *hajji* setzte sich an den Bug. Aus dem Dunkel tauchte ein schlanker junger Mann im Sarong auf und übernahm die Ruderpinne.

Das Boot tanzte in die schwarze Nacht hinaus. Wir wurden von der Gischt fast bis zur Taille naß. Als ich dann das Rettungsboot vor uns aufragen sah, empfand ich ein ganz starkes Gefühl der Sicherheit, wie ein paar Tage zuvor, als ich kurz im Meer gebadet hatte. Der *hajji,* Vater und ich kletterten an Bord, und der Mann im Sarong glitt mit dem leeren Boot nach Hause. Beim großen, schwerfälligen Segel des Rettungsbootes zeigte die Brise, die das zerbrechliche Boot auf den Wellen hatte tanzen lassen, keinerlei Wirkung. Zwei Stunden lang mußten die Männer rudern, bevor wir an einem Strand der Hauptinsel vor Anker gingen.

Nacheinander kletterten wir elf Leute, die nicht nach Kota Agung wollten, über Bord und wateten an Land.

«Viel Glück auf den Mantwais, oder wo immer ihr hinwollt.»

«Viel Glück in Kota Agung.»

«Hoffentlich sind die Japaner dort nett!»

In der Nähe der Stelle, wo wir gelandet waren, sollte sich ein Dorf befinden, aber es war stockdunkel und nirgendwo konnte man Lichter von menschlichen Ansiedlungen erkennen. Aber die «Windzeitung» war uns offenbar doch zuvorgekommen. Aus dem Dunkel tauchte ein Mann auf und sagte, er hätte auf uns gewartet. Er kam aus einem Dorf in einiger Entfernung. Vater teilte ihm mit, daß unsere Gruppe gerne die Nacht im Dorf verbringen würde, aber der Mann erklärte mit Bestimmtheit, daß er leider keinen Platz hätte. Wie dem *hajji* auf Tabuan wäre es ihm wohl ebenfalls lieb gewesen, wir wären schon wieder fort.

«Ein paar Kilometer weiter ist der Leuchtturm von Belimbing. Sie kommen zum Leuchtturm, wenn Sie nach Süden an der Semangkabucht entlang und dann ums Vlakke Hoek herum laufen.»

«Nach der Karte auf dem Rettungsboot sind es bis zum Leuchtturm mehr als nur ein paar Kilometer», wandte der Skipper sich protestierend an Vater.

«Sie haben ganz bestimmt recht. Aber wir haben keine andere Wahl. Wenn wir nicht in diesem Dorf bleiben können, müssen wir eben weiter. Vielleicht ist man im nächsten Dorf gastfreundlicher.»

Unter Vaters Führung lief unsere kleine Gruppe am Strand entlang. Jetzt, da wir nicht mehr mit dem Rettungsboot unterwegs waren und er wieder die Angelegenheiten in die Hand nehmen konnte, jetzt, da er organisieren und planen konnte, war er seinem alten, energischen Selbst wieder ähnlicher, und ich machte mir nun keine Sorgen mehr um sein Durchhaltevermögen.

Seit wieviel Tagen hatten wir nachts nicht mehr ordentlich geschlafen? Seit wieviel Tagen hatten wir keine ordentliche Mahlzeit mehr gehabt? Die Wirkung der kleinen Portion Reis am Strand von Tabuan war schon lange verflogen. Ich war wieder so hungrig wie auf dem Boot, aber ich hatte wenigstens keinen Durst mehr.

Bei Flut schwappte das Wasser bis zum Unterholz hoch. Es gab nur noch den Weg durchs Wasser, wo die scharfen Spitzen der Korallen mir die Füße zerstachen. Zu diesem Zeitpunkt wurde mir dann klar, wir dumm es von mir gewesen war, nach dem Untergang der *Poelau Bras* die Schuhe auszuziehen. Wenn ich je wieder in Seenot geraten sollte, würde ich nie, nie wieder meine Schuhe ausziehen. Darin waren sich alle meine barfüßigen Kameraden mit mir einig.

Weder Sterne noch Mond beleuchteten unseren Weg. Wir hatten nur eine einzige Taschenlampe. Wir stolperten über Baumwurzeln und das Treibholz, das am Strand herumlag. Einige von uns fielen der Länge nach ins Wasser. Wir stießen mit den Köpfen an überhängende Äste. Wir versuchten, durch Rufe miteinander Kontakt zu halten, aber unsere heiseren Schreie verloren sich im Donnern des Meeres. Vater blieb immer wieder stehen, um die Gruppe zu zählen. Er hatte die Führung übernommen. Er war der Älteste. Er sprach am besten Malaiisch. Er kannte sich im tropischen Dschungel aus. Er hatte nicht nur auf Tarakan am Rand des Dschungels gelebt, sondern bei seiner Arbeit für die BPM als Geologe auf Neuguinea auch im Dschungel.

Es begann zu regnen. Und während ich marschierte, wogte die Welt auf und ab. Auf und ab. Auf und ab.

Voller Schrammen, vollkommen durchnäßt und vom Hunger geschwächt stolperte ich weiter. Was hätten wir auch sonst tun können, mit dem Dschungel zur Rechten und dem Meer zur Linken und einer Flut, die so hoch stieg, daß beides sich in einem teuflischen Pakt vereinigte? Nur der Gedanke an den Leuchtturm «hinter der nächsten Ecke», wo wir essen, uns waschen und in einem Bett schlafen könnten, hielt mich auf Trab.

Drei elende Stunden vergingen. In einer kleinen sandigen Bucht, die von der Flut nicht erreicht wurde, legten wir uns hin und versuchten, von Sandflöhen zerbissen, von Moskitoschwärmen zerstochen, zu schlafen.

Die Morgendämmerung enthüllte eine Natur, wie ich sie schöner noch nie gesehen hatte. Das Azur des Himmels leuchtete, das Meer war stahlblau. Brecher türmten sich auf in reinstem, funkelndem Weiß. Der Strand war ebenfalls weiß und sandig. Und der Dschungel zu unserer Rechten war nicht, wie in der Nacht, nur eine abweisende, dunkle Masse, sondern ein Regenbogen aus unterschiedlichsten Grüntönen.

«Los, weiter», sagte Vater, «der Leuchtturm kann jetzt nicht mehr weit sein.»

Lustlos setzte sich die Gruppe wieder in Bewegung. Der Skipper trug eine Holzkiste mit seinem Sextanten. Auf dem Rettungsboot hatte er die Kiste hin und wieder geöffnet, nur um einen Blick auf das Instrument zu werfen, die einzige Erinnerung an eine abgebrochene Seemannskarriere. Ein anderer umklammerte einen leuchtend bunten Beutel, in dem einmal kalifornische Orangen gewesen waren und der jetzt Briefe enthielt, Briefe von seiner Liebsten, wie ich annahm. Wir anderen hielten nur Stöcke in der Hand, die wir am Strand von Tabuan aufgesammelt hatten.

Wir stolperten noch stundenlang weiter über den Sand, der unsere zerschundenen Füße verbrannte. So weit das Auge reichte, erstreckte sich sandiger Strand. Die Landschaft, die mir am Morgen so wunderschön vorgekommen war, hatte mittlerweile jeden Reiz verloren.

«Tuan-tuan», ertönte eine Stimme. Das ist das malaiische Wort für «meine Herren», und ein Mann trat lächelnd aus dem Unterholz. Na, das ist doch mal etwas anderes, dachte ich, jemand, der sich freut, uns zu sehen. Seine Freude war auf die Entdeckung zurückzuführen, daß wir keine japanischen Soldaten waren, wie er zuerst befürchtet hatte. Obwohl wir

Holländer waren, gewährte er uns Gastfreundschaft in seinem Dorf, ein paar verstreute strohgedeckte Pfahlbauten unter Bäumen nicht weit vom Strand. Fünfundzwanzig Männer lebten dort, Frauen zählte unser eingeborener Sprecher nicht mit.

Auf die freundliche Einladung des Mannes hin stiegen wir alle die Leiter zu seiner Hütte hinauf und betraten einen Raum mit zwei Bambuspodesten oder *balai-balais* ungefähr fünfzig Zentimeter über dem Boden, den Betten für Eltern und Kinder.

Eine schüchterne Frau kam aus dem Hintergrund und breitete eine Matte zum Essen auf dem Boden aus. Darauf stellte sie für jeden von uns und für ihren Mann Schüsseln mit Reis und gesalzenem Fisch. Bevor sie sich zurückzog, servierte sie Tee in weißen Schalen mit einem Muster aus Phantasieblumen und dem Stempel «Made in Japan».

Während ich aß, dachte ich an jene Tage im Jahre 1939, als Antoinette und ich gerade in Ostindien angekommen waren und Marktplätze auf Java besuchten. Wie wenig appetitlich waren uns Neuankömmlingen die Lebensmittel der Eingeborenen vorgekommen. Und wie geradezu köstlich schmeckte jetzt dieser Reis und dieser gesalzene Fisch nach unserem fürchterlichen Fußmarsch.

Kinder spähten durch Löcher im *gedék* – der aus Bambus geflochtenen Wand. Der Mann erzählte Vater, daß bisher nur männliche weiße Beamte im Dorf gewesen seien und auch nur gelegentlich. Die Kinder sähen jetzt zum ersten Mal eine weiße Frau.

Nach dem Essen verließ uns unser Gastgeber und kam dann mit einem Stapel verblichener, abgetragener Sarongs zurück.

«Wer baden will, kann sie sich ausleihen.» Er ging uns voran, die Leiter hinab, eine kurze Strecke durchs Gebüsch bis ans Ufer eines trüben Flüßchens. Dort ließen wir unsere

Kleider liegen, nachdem wir die Sarongs angelegt hatten. In unserer holländisch-amerikanischen Gruppe gab es dabei ein ziemliches Getue. Vater war es gewohnt, so in Flüssen zu baden, aber einige der *Poelau Bras*-Matrosen hatten noch nie einen Sarong aus der Nähe gesehen, geschweige denn, sich einen umdrapiert.

Es waren Männersarongs, an den Seiten zu einer weiten Röhre zusammengenäht, in die man hineinsteigen konnte. Dann nahm man den Stoff an der Taille doppelt und rollte ihn von oben ein, bis der Sarong in der Taille eng anlag. Ich war so vertieft dabei – wenn die Rolle sich bei mir auch unter den Achselhöhlen befand –, daß ich nur am Rande mitbekam, wie einige Männer verschämt ihre Shorts und Hosen erst fallen ließen, als der Sarong an Ort und Stelle saß. Damit lockerten sie jedoch die Sarongrolle und mußten die ganze Prozedur wiederholen. Mac war einer von denen, die sich so abmühen mußten. Später lachte er darüber und sagte: «Dorothy Lamour war auch im Sarong ein Star, aber ich komme mir darin bloß albern vor. Immer diese Angst, daß sich dieses Ding wieder löst.»

Das braune Wasser des Flusses floß träge am Ufer vorbei. Ich watete bis zur Taille hinein. Schlamm quoll zwischen meinen Zehen hoch. Zuerst hielt ich den Sarong mit einer Hand oben fest, weil ich befürchtete, die Rolle könnte sich wieder lösen und ich würde im Büstenhalter dastehen. Aber das lauwarme Wasser war so wohltuend und entspannend, daß ich den Sarong losließ und dem Beispiel der andern folgte. Ich hockte mich hin, hielt nur den Kopf über Wasser, tauchte wieder auf, bespritzte mich selbst mit den Händen, hockte mich wieder hin, rubbelte mich ab. Mein Vergnügen war schlagartig zu Ende, als ich Fäkalien vorbeischwimmen sah. Ich ging ans Ufer zurück. Immer noch im Sarong, spülte ich Salz und Sand aus meinen Khakisachen und zog sie wieder an. Eine Gruppe von Kindern hatte uns beim Baden zugesehen und starrte jetzt in schweigendem Ernst oder mit nervösem Gekicher hinter uns her, als wir im Gänsemarsch wieder zum Dorf gingen. Die Kleinsten waren nackt und hatten zum Schutz vor bösen Geistern Schnüre mit Hummerscheren um den Hals. Die älteren trugen nichts als schmuddelige Baumwollhemdchen, die vorne über den kleinen runden Bäuchen Falten warfen. Als wir nach einigen Stunden Schlaf auf dem Hüttenboden, auf dem wir auch schon gegessen hatten, das Dorf verließen, trugen wir jetzt einen angeschlagenen Emaillekessel zum Wasserabkochen, einen Emaillebecher, vier Flaschenkürbisse an Griffen aus Dschungelranken, die bereits abgekochtes Wasser enthielten, mehrere Päckchen gekochten Reis in Bananenblättern und ein nur für den allergrößten Hunger bestimmtes Bündel von Bananen.

Unser Freund aus dem Dorf versicherte uns zwar, der Leuchtturm wäre nicht mehr weit, nur noch ein Stückchen die Küste entlang, doch wir hatten alle unsere Zweifel an seiner Zuverlässigkeit. Aber wir schöpften Mut, als wir erfuhren, neun weiße Ölleute hätten sich im Dschungel in der Nähe des Leuchtturms einen Unterschlupf gebaut. Vater meinte, das könnten BPM-Männer sein. «Vielleicht können sie uns etwas über Antoinette und Alette sagen.»

Wieder unter seiner Führung machten wir elf uns auf den Weg am Strand entlang. Es war jetzt vier Uhr nachmittags am 14. März.

Plötzlich war es dann dunkel, so wie es in den Tropen dunkel wird, ohne jede Vorwarnung, ohne Übergang zwischen Tag und Nacht. Wir hielten an, um zu Abend zu essen. Die Männer stellten Stöcke zu einem Dreifuß auf, füllten den Kessel mit Wasser aus einem Bach, sammelten Holz, machten Feuer und hängten den Kessel an den Dreifuß. Ich wickelte die Bananenblattpäckchen aus, und wir alle tauchten die Finger in den Reis, rollten ihn zu Bällchen und steckten sie in den Mund. Als das Wasser kochte, machte Mac Tee aus den Blättern, die er zusammen mit den Streichhölzern in einem Stück alten Zeitungspapier transportiert hatte, und wir tranken nacheinander aus dem Emaillebecher.

Wir liefen die ganze Nacht hindurch. Jedesmal, wenn wir um eine Biegung an der Küstenlinie kamen, war ich sicher, der Leuchtturm würde vor uns auftauchen. Doch immer dehnte sich vor uns nur leerer weißer Sandstrand, die klare tropische Nacht verlieh ihm eine gespenstische graue Tönung. Immer hatte ich ein Gefühl, als gehörte ich nicht dazu, als triebe ich dahin zwischen dem Dschungel, der sich Kilometer um Kilometer über Sumatra erstreckte, und dem Indischen Ozean, der sich Kilometer um Kilometer bis zur Antarktis erstreckte.

Ich dachte an unsere Familienspaziergänge an den Stränden Hollands. Vater sagte dann immer in munterem Ton zu uns Kindern: «Wir wollen jetzt bis nach Katwijk laufen (oder nach Noordwijk oder bis zu irgendeinem anderen Ort an der Nordsee), aber wir wollen uns dabei nicht alle paar Minuten hinsetzen und ausruhen. Wir wollen fünfzig Minuten ohne Pause durchlaufen, uns zehn Minuten lang ausruhen und dann wieder fünfzig Minuten marschieren. So macht man das beim Militär.»

Vater war zum ersten Mal während des Ersten Weltkrieges eingezogen worden, als die Niederlande zwar ihre Neutralität bewahren konnten, aber junge Männer wie Vater unter Waffen hielten. So wappneten wir drei Mädchen uns in den dreißiger Jahren denn gegen den Wind (wir liefen offenbar immer gegen den Wind) und kämpften uns «auf militärische Weise» bis zu unserem Ziel durch, wo es als Belohnung für einen strammen Marsch wahrscheinlich Waffeln mit Sahne geben würde.

Jetzt bestimmte Vater an einem Strand in Sumatra das Tempo, und mir fiel auf, daß er seine erwachsene Tochter und die Männer, die vor kurzem noch Offiziere oder Personal der

Handelsmarine oder bei den Königlich-Niederländisch-Ostindischen Streitkräften gewesen waren, und einen Kriegsberichterstatter der *United Press* fast genauso behandelte wie damals seine drei kleinen Töchter am Strand von Holland.

Stunde um Stunde trotteten wir über den mondbeschienenen Sand – in fünfzigminütigen Marschblöcken mit jeweils zehn Minuten Rast dazwischen, in denen uns die Sandflöhe bissen und die Moskitos stachen. Jedesmal, wenn ich nach einer Rast wieder hochtaumelte, pochte es in meinen Füßen stärker, meine Muskeln schmerzten heftiger, und jedesmal sagte Vater wieder: «Ich bin sicher, mit diesem Marsch erreichen wir den Leuchtturm.»

Seine Zuversicht wurde nur von wenigen anderen geteilt. Ich frage mich jetzt, warum sich all diese Männer, viele von ihnen stark und unabhängig, dazu entschlossen hatten, ihm zu folgen. Sie hätten bestimmt auch alleine weiterkommen können. Aber auch sie kamen sich wohl so vor, als trieben sie zwischen Dschungel und Meer, ohne zu wissen, wohin. Umzukehren war nicht möglich. Und vor ihnen lag nur Rettung oder Gefangenschaft. Die Gruppe gewährte wenigstens eine gewisse Sicherheit.

Vater war älter als die andern. Er war schon fast fünfzig. Was verlieh ihm die Kraft zum Durchhalten? Teilweise erklärt sie sich wohl aus der Tatsache, daß er sein Leben lang Sport getrieben hatte – Schwimmen im kalten Meer, Klettern in rauhen Bergen. Aber vor allem hielt ihn wohl sein starker, tiefer Glaube an Gott aufrecht und seine unerschütterliche Überzeugung, daß wir Antoinette und Alette finden würden – dort, wo wir hinmarschierten.

Wir liefen, ruhten uns aus, verzehrten die letzten Lebensmittel einschließlich der kostbaren Bananen, ruhten uns aus, marschierten, bis der neue Tag anbrach. Der Leuchtturm war immer noch nicht in Sicht. Nach einer Ruhepause sagte Vater zu mir, als ich mühsam wieder aufstand: «Du ruhst dich weiter aus. Ich bin sicher, die anderen werden dir nur allzugern Gesellschaft leisten. Ich werde vorgehen und nachsehen, ob dieser Leuchtturm nicht irgendwo in der Nähe ist.»

Ich legte mich wieder hin. Vage nahm ich wahr, daß Mac mit Vater zusammen wegging. Von den anderen kam nicht ein Wort. Sie schliefen bereits.

Ich konnte noch nicht lange geschlafen haben, als ich jemanden sagen hörte: «Mac kommt zurück.»

«Kopf hoch», sagte er, «dieses Mal ist der Leuchtturm wirklich gleich hinter der nächsten Ecke.»

Wir standen alle auf, umrundeten eine weitere Kurve an Sumatras Küstenlinie, und da war er: ein anmutiger, schlanker Turm, der weiß vorm blauen Himmel glänzte. Hinter einer massiven, burgähnlichen Mauer stieg eine dünne Rauchsäule auf. Vater hatte sie schon fast erreicht und verschwand vor unseren Augen hinter der Mauer. Bis zu diesem Leuchtturm zu kommen, der angeblich nur ein paar Stunden von der Stelle, an der uns das Rettungsboot abgesetzt hatte, entfernt war, hatte uns zwanzig mühsame Stunden Weg gekostet.

Ich blieb stehen und starrte den Leuchtturm an und die Rauchsäule. Was man da wohl kochte? Vater tauchte wieder auf und kam im Dauerlauf auf uns zu. Ich wußte, er hatte gute Nachrichten. Hatte er vielleicht etwas über Antoinette und Alette erfahren?

Ich lief weiter und ließ die andern bald hinter mir zurück. Noch eine halbe Stunde zuvor hätte ich geschworen, ich könnte keinen einzigen Schritt mehr tun. Jetzt rannte ich förmlich.

Vater rief irgend etwas, aber seine Stimme ging im Donnern der Brandung unter. Er schwenkte die Arme überm Kopf und legte die Hände ineinander. Er lief schneller. Ich lief ebenfalls schneller. Als wir nur noch ein paar Meter voneinander entfernt waren, sagte er einfach: «Antoinette und Alette sind in Sicherheit.»

«Oh», sagte ich. Wir standen beide dort am einsamen

Strand und schwiegen. Zu viel war in viel zu kurzer Zeit geschehen, als daß wir alles in gewohnter Weise hätten verarbeiten können. So wie ich damals zugesehen hatte, wie Menschen über Bord sprangen, ohne mir Gedanken um sie zu machen, so stand ich jetzt am Strand und sagte auf die Nachricht hin, daß meine beiden verlorenen Schwestern den Schiffbruch überlebt hätten: «Oh. Und wo sind sie?»

«Bis vor ein paar Stunden waren sie mit den anderen aus ihrem Rettungsboot beim Leuchtturm, insgesamt dreiunddreißig Leute. Ihr Boot ist weiter nördlich gelandet, und sie sind von dort aus hier heruntergekommen, aber sie sind dann eilig wieder nach Norden aufgebrochen, als sie hörten, eine japanische Patrouille käme von Süden herauf.»

«Eine japanische Patrouille ...?»

«Ja», und das Funkeln, das ich schon sehr lange nicht mehr in Vaters Augen gesehen hatte, war wieder da. «Wir. Offensichtlich ist unsere Gruppe den Eingeborenen aufgefallen, und die haben uns fälschlicherweise für japanische Soldaten gehalten wie der Mann in dem freundlichen Dorf zuerst auch. Die Überlebenden vom zweiten Rettungsboot haben sich im Dschungel bei den Ölleuten, von denen man uns erzählt hat, versteckt. Sie gehören tatsächlich zur BPM. Nach Aussage des Leuchtturmwärters fehlt den Mädchen nichts, nur daß Antoinette den Arm in der Schlinge trägt. Einer der Männer aus ihrem Boot, ein Besatzungsmitglied der *Poelau Bras*, mußte im Leuchtturm zurückbleiben, als die anderen fortgingen. Er ist tot.»

«Komm, wir wollen die Mädchen gleich überraschen», schlug ich vor.

«Wir werden wohl bis morgen warten müssen. Wir brauchen einen Führer, der uns den Pfad zum Dschungelcamp zeigt, und heute ist keiner mehr zu bekommen. Durch den Aufschub haben wir Zeit, ein Bad zu nehmen und uns auszuruhen.»

Wieder einmal ein Bad – das klang wundervoll. Wieder wickelte ich mich in einen geliehenen Sarong, und dieses Mal stand ich mit Seife in der Hand an einem Brunnen und zog Eimer für Eimer hoch, um die letzten Spuren von Sand und Salz fortzuwaschen. Ich wusch auch Vaters und meine «Javakleidung» und breitete sie auf dem Kopfsteinpflaster zum Trocknen aus.

Im Leuchtturm lag unter einer ausgeblichenen, mottenzerfressenen holländischen Flagge das verstorbene Mannschaftsmitglied der *Poelau Bras*. Am Abend beerdigten wir ihn. Der Wärter hatte einen Sarg zusammengezimmert. Vier Männer aus meinem Boot trugen ihn zu einem Grab, das man unter einer Palme ausgehoben hatte. Nachdem Vater ein kurzes Gebet gesprochen hatte, sangen der Wärter und die Holländer aus meinem Boot einen holländischen Choral, und Mac sang *«Abide with me.»* Und dann schlief ich in dem Sarong in einem Bett mit vier Pfosten, an denen ein Moskitonetz hing.

Unser Führer am nächsten Tag war wohl nicht älter als zehn Jahre, trug aber in einer Hand einen mächtigen *parang*. Drei Stunden lang folgten Vater und ich ihm über den Strand. Dann hielt er vor einer Wasserlache an. Er zeigte auf den Dschungel, der überall den Strand säumte, seit wir das Rettungsboot verlassen hatten: «Da müssen wir hin.» Er begann durch den Tümpel zu planschen und wies auf einen kaum sichtbaren Pfad, der in den Dschungel hineinführte. Hier konnte er endlich stolz seinen *parang* schwingen und Äste und Lianen durchschneiden, um den Pfad freizumachen. Sonnenlicht sickerte nur spärlich ein. Oft glich der Pfad einem Tunnel durch eine geheimnisvolle Welt, in der unsichtbare Vögel riefen, zwitscherten und sangen, Heuschrecken zirpten und andere, unvorstellbare Geschöpfe lärmten. Plötzlich, in einem solchen Tunnel, stießen wir auf zwei barfüßige, schwarzgekleidete Mädchen.

So nämlich trafen Vater und ich mit Antoinette und Alette

zusammen, auf einem Pfad tief im Dschungel Sumatras. Sie liefen dort entlang, weil im Camp jemand verkündet hatte, zwei Weiße wären auf dem Weg zum Camp, und weil die Mädchen dachten, diese Leute hätten vielleicht irgendeine Nachricht von Vater und mir.

«Es war wie ein Wunder», erinnerte sich Antoinette erst kürzlich, «wie eine Erscheinung. Da kam doch Vater mit dir über den Dschungelpfad gestiefelt, hinter einem kleinen Jungen her, der einen ungeheuren *parang* schwang. Ihr wart am Leben!»

Die Szene hätte aus einem Film stammen können, aber wir verhielten uns nicht so, wie der Film uns vielleicht gezeigt hätte, mit Ausrufen der Freude und der Erleichterung, mit Tränen und Umarmungen. Wir schauten immer noch beim Drama unseres Lebens zu, statt es zu leben.

Wir unterhielten uns über Belangloses, als hätten wir uns gerade an einer Bushaltestelle getroffen.

«Was habt ihr denn da an?» fragte ich. Sie trugen halblange Baumwollhosen, die man später als «pedalpusher»-Mode bezeichnen sollte, und vorne zusammengebundene Baumwolljacken. «Ihr seht ja wie die Gärtner in Java aus.»

«Unsere Sachen waren völlig zerlumpt», sagte Antoinette. «Wir haben sie am Leuchtturm zurückgelassen. Der Leuchtturmwärter hat uns diese Sachen gegeben, seine Kulis haben sie getragen.»

«Hast du dich beim Leuchtturm rasiert, Vater? Du siehst so geschniegelt aus», sagte Alette. «Die meisten Männer aus unserem Boot laufen immer noch mit ihrem Zehntagebart herum.»

«Ihr solltet die Häuser sehen, die die BPM-Leute im Camp gebaut haben», sagte Antoinette. «Wunderbare Dinger auf Stelzen, aus Bambus und Palmblättern und von Lianen zusammengehalten. Nicht ein Nagel im ganzen Camp. Aber trotzdem tun sie mir leid. Sie hatten genug Vorräte, um ein

Jahr durchzuhalten, und hätten vielleicht vor den Japanern versteckt bleiben können. Aber mit uns vielen Schiffbrüchigen werden die Lebensmittel nicht lange reichen, und derartige Ansammlungen sind in jedem Fall auch leichter zu entdecken. Stellt euch das doch mal vor: Sie waren nur neun, aber dann tauchten plötzlich die dreiunddreißig Leute aus unserem Boot auf. Ach nein, nur zweiunddreißig, einer davon ist ja gestorben. Und jetzt auch noch ihr beide, und neun andere, die vom Leuchtturm kommen sollen.»

«Wir gehen lieber weiter», sagte Vater und wandte sich unserem Führer zu, der geduldig auf dem Pfad auf den Fersen hockte. «Ihr beiden geht vor, denn ihr kennt ja den Weg.»

Bevor wir losgingen, gab er jeder von ihnen einen freundlichen Klaps auf die Schulter.

Bald erreichten wir das Camp auf einer sonnenbeschienenen Lichtung. Männer badeten lachend in einem klaren Bach. Und in diesem Bach auf einem Felsblock hockend, sprachen wir vier über unsere Zeit auf dem Rettungsboot. Aber wir teilten einander nur Einzelheiten mit, Kleinigkeiten, von denen wir annahmen, sie wären für die Zuhörer interessant. Das nackte Grauen, das meine Schwestern auf der Fahrt mit dem Rettungsboot erlebten, habe ich mir über viele Jahre hin zusammenreimen müssen, weil es für sie immer schwierig blieb, darüber zu sprechen.

Als wir vier von der *Poelau Bras* in das uns zugewiesene Rettungsboot gesprungen waren und das Wasser durch die Bombe, die neben uns explodierte, über uns zusammenschlug, wurde Antoinettes Bein, wie sie meint, zwischen einem der Wasserkanister und der Bootswand eingeklemmt. Sie bemerkte das erst, als Vater rief: «Antoinette, Alette, raus aus dem Boot, schwimmt weg, so schnell ihr könnt.» Vergeblich bemühte sich Alette, Antoinettes Bein freizubekommen.

Das Rettungsboot war immer noch nah am brennenden

Schiff, einem Schiff, das bald untergehen würde, und Antoinette und Alette wollten dringend das kleine Boot verlassen.

«Geh du allein, Alette», sagte Antoinette.

«Sei nicht albern. Wir bleiben natürlich zusammen.»

Ein japanischer Maschinengewehrschütze beschoß die Insassen des Rettungsbootes. Ein Geschoßsplitter riß Antoinettes linken Arm vom Ellenbogen bis zum Handgelenk auf. Alette wurde am Rücken getroffen. Wegen der Schmerzen danach konnten sich die Mädchen nicht mehr an alles erinnern.

Alette erinnert sich daran, daß sie sah, wie eine blonde Frau unmittelbar neben ihr ebenfalls getroffen wurde, «eine grauenhafte Wunde an der Schulter. Sie sah immer wieder hin und sagte: ‹Wie kann man das je wieder in Ordnung bringen?› Sie muß schreckliche Schmerzen gehabt haben, aber sie zuckte nicht mit der Wimper und ließ nicht einmal ein Wimmern hören.»

Antoinette erinnert sich an das Rat-tat-tat-tat einer weiteren Salve, gerade als sie der verletzten Frau etwas Tröstendes sagen wollte, und meint, sie selbst hätte wohl einen Splitter in den Hals bekommen, denn sie hatte Wunden unterm Kinn und ihre Stimmbänder waren gelähmt, wenn auch ihre Zähne heil geblieben waren. «Hätte ich nicht gerade gesprochen, wäre mein Mund geschlossen gewesen, dann hätte das Schrapnell mich wohl getötet.» Eine weitere Salve tötete dann die Frau neben Alette.

Antoinette verlor das Bewußtsein, und als sie wieder erwachte, war die *Poelau Bras* verschwunden. Keine Spur von Vater und mir. Nachdem das Boot wieder mit Überlebenden überfüllt war, wurde die blonde Frau über Bord geworfen.

Ein Mann sah auf Antoinette und sagte: «Die ist auch hinüber. Die muß auch weg.»

Antoinette wollte schreien: «Ich bin nicht tot», aber sie konnte nicht sprechen.

Ein Mann beugte sich über sie, fühlte ihr den Puls, sah ihr

ins blutüberströmte Gesicht und in die Augen, die nicht in der Lage waren, ein Zeichen zu geben, und sagte: «Sie ist tot, es hat keinen Zweck, den Körper im Boot zu lassen.»

Alette erinnert sich nicht daran, das gehört zu haben, obwohl sie in Antoinettes Nähe saß, und meint, auch sie wäre wohl eine Zeitlang bewußtlos gewesen. Sie haben nie erfahren, wer Antoinette davor bewahrt hat, ins Meer geworfen zu werden.

Aus den ersten Tagen ihrer Fahrt mit dem Rettungsboot erinnern sich meine Schwestern hauptsächlich an ihre Schmerzen und Antoinette auch an ihre Unfähigkeit zu sprechen. Es gibt jedoch andere kleine, aber wichtige Erinnerungen. Antoinette erinnert sich, daß, wenn das Wasser herumgereicht wurde, irgend jemand geduldig ihre Ration dazu benutzte, ihr mit einem ins Wasser getunkten Taschentuch die Lippen und die Zunge zu befeuchten, weil sie nicht schlukken konnte. Ein schielender Matrose, dem auch noch ein Vorderzahn fehlte, kämmte ihr das Haar. Jemand anders massierte ihr in kalten Nächten die nackten Füße. Keines der Mädchen hatte Schuhe, aber sie konnten sich nicht daran erinnern, wie und wann sie sie ausgezogen hätten. Neben Antoinette lag, die Füße an ihrem Gesicht, ein Mann, der seine Blase nicht kontrollieren konnte, weil er einen Schuß in den Bauch abbekommen hatte. Immer wieder entschuldigte sich die Stimme, die zu den Füßen gehörte, für den scharfen, durchdringenden Gestank. Antoinette meinte, es könnte das Besatzungsmitglied sein, das Vater und ich unter der Palme am Leuchtturm hatten begraben helfen.

Alette erinnert sich besonders lebhaft daran, daß ihr jemand zu Beginn der Reise erzählt hatte, ich wäre getötet und über Bord geworfen worden. Aber als man Alette dann sechs Tage später einen Satz Ringe übergab: «Die haben Ihrer Schwester gehört», war auch ein Ehering dabei. Da wußte sie, daß die Ringe der blonden Frau gehört hatten, die während des Maschinengewehrbeschusses neben ihr gesessen hatte, und daß ich vielleicht doch noch lebte.

Diese Klarstellung erfolgte kurz vor der Landung. Inzwischen war Alettes Schrapnellwunde schon fast verheilt. Antoinette war wieder bei klarem Bewußtsein und konnte allmählich auch wieder sprechen. Da die beiden im Dschungelbiwak nur wenige Einzelheiten erzählten, fand ich erst Jahre später heraus, wie schwer ihre Verletzungen gewesen waren, und wunderte mich über ihre schnelle Genesung.

Antoinette erzählte allerdings Genaueres über ihren Arm, als Vater sich danach erkundigte. «Niemand wußte, ob er gebrochen war, und so wurde er, um nur ja nichts falsch zu machen, mit einem Stück Holz geschient, das man vom Rettungsboot abstemmte. Das Stück war schwer. Deshalb stützte Alette mir meistens den Arm auf dem Marsch zu diesem Dschungelcamp. Auf dem Rettungsboot legte man mir jeden Tag Salzwasserumschläge an. Dadurch wurde eine Infektion verhindert, und auch die Seeluft war sauber. Jetzt an Land hat sich der Arm entzündet.»

Als sie das sagte, bemerkte ich einen übelkeiterregenden, fauligen Geruch. Sie sah, wie ich die Nase rümpfte, und sagte: «Das ist mein Arm.»

«Wir müssen den Arm wieder gesund bekommen», sorgte sich Vater. «Ich werde jemandem Geld geben, damit er versucht, in den Dörfern weiter nördlich Sulfonamid zu bekommen. Das dürfte gegen die Infektion helfen. Von der Wunde wird wahrscheinlich eine Narbe zurückbleiben. Wenn der Krieg vorbei ist, kaufe ich dir ein wunderhübsches Armband, das sie verdeckt.»

«Da wir gerade von Verletzungen reden», fuhr Vater sachlich fort, «was machen wir mit diesen kleinen Blutegelwunden, die wir uns alle geholt haben. Helens Beine sind am schlimmsten.»

Ich schaute auf meine blutverschmierten Beine. Auf dem

Pfad zum Camp hatte es von Blutegeln gewimmelt. Schon früher waren diese ekligen, fiesen Würmer der Fluch meiner Ausflüge in den Dschungel gewesen, aber damals war ich vernünftig angezogen – mit Wanderstiefeln, eben denen, die ich im Indischen Ozean so unüberlegt ausgezogen hatte, und Strümpfen bis zu den Knien. Wenn ein Egel doch einmal einen Flecken Haut gefunden hatte, um sich darauf festzusetzen, wurde ich ihn mit Hilfe einer brennenden Zigarette aus einem Päckchen, das ich zu diesem Zweck bei mir hatte, schnell wieder los. Jetzt war ich natürlich barfuß, hatte nackte Beine und keine Zigaretten. Und ich besaß nicht genügend Disziplin, um die Egel auf meiner Haut sitzen und so fett werden zu lassen, daß sie von selbst abfielen, was man, wie ich wußte, eigentlich tun sollte. Statt dessen packte ich immer, wenn ich merkte, daß schon wieder ein Egel an mir festsaß, den Wurm mit Daumen und Zeigefinger und riß ihn los, jedesmal mit einem kleinen Schaudern, um ihn dann in den Dschungel zu schleudern. Dann war der Egel weg, und ich hatte an der Stelle eine frische, kleine, blutende Wunde am Bein.

Wir setzten uns alle eine Zeitlang an den Bach und hielten die Beine ins fließende Wasser, in der Hoffnung, die Wunden so auszuwaschen. «Wollen wir hoffen, daß sie sich nicht entzünden», sagte Antoinette. «Hier in der Gegend kann niemand Medikamente entbehren.»

Als wir wieder auf unserem Felsblock saßen, sahen wir den anderen Überlebenden des Schiffsbruchs zu, wie sie im Fluß planschten, sich etwas zu essen machten oder einfach auf ihren Felsen oder am Ufer lagen und sich freuten, am Leben zu sein.

«Wir sollten jetzt allmählich über die Zukunft reden», meinte Vater. «Ich wüßte gerne, was ihr drei darüber denkt.»

Er erläuterte Antoinette und Alette seinen Mentawaiplan, und wir diskutierten lange darüber, ob es sinnvoll sei, dorthin zu gehen. Einerseits arbeitete wahrscheinlich das Missionskrankenhaus noch, und wahrscheinlich gab es dort auch noch einen Arzt. Aber wenn es Komplikationen mit Antoinettes Arm oder Alettes Rücken gäbe, könnte man vielleicht nicht einmal dort die nötige Behandlung und die entsprechenden Medikamente bekommen. Und wir müßten vielleicht monatelang mit unzulänglicher Nahrung auskommen, und unsere geschwächten Körper wären der Malaria und der Ruhr ausgesetzt. Andererseits war die Alternative höchstwahrscheinlich Gefangenschaft.

«Wir müssen alles menschenmögliche tun, damit wir nicht in Gefangenschaft geraten», sagte Antoinette. «Ich bin für den Plan.»

«Ich auch», sagte Alette. «Wenn es uns gelingt, auf die Insel zu kommen und dann nach Australien, dann können wir wenigstens etwas tun, um unsere Soldaten zu unterstützen.»

«Außerdem können wir so zusammenbleiben», sagte ich. «Wenn wir in Gefangenschaft geraten, werden wir womöglich getrennt.» Ich dachte an Mutter, die schon auf Tarakan in Gefangenschaft geraten war.

«Ihr meint also, wir sollten probieren, den Japanern nicht in die Hände zu fallen, ihr meint, trotz der Strapazen, die uns wahrscheinlich erwarten, und trotz des Gesundheitsrisikos wäre es einen Versuch wert?»

«Doch, das meine ich», sagte Alette.

«Natürlich», sagte Antoinette.

«Ganz bestimmt», sagte ich.

KAPITEL 5

Gefangennahme

«Ich fürchte, der Mann, der da auf uns zugeradelt kommt, sieht aus wie ein Japaner», sagte ich, und meine Bemerkung fiel in eine schon länger andauernde Stille auf der Veranda eines Gästehauses in Ngambur.

Die anderen folgten meinem Blick – Vater, meine beiden Schwestern, Mac und Mr. Oosten, ein BPM-Kollege meines Vaters. Er war auf dem Rettungsboot meiner Schwestern gewesen und hatte sich unserem Plan, auf die Mentawaiinseln zu fliehen, angeschlossen.

Der Mann, der die Dorfstraße entlangradelte, trug ein Khakihemd und Reithosen und hohe Reitstiefel. Wahrscheinlich ein Offizier, dachte ich, als ich die lange, leicht gebogene Lederscheide bemerkte, die an seiner Seite hing. Ich stellte mir das scharfe Samuraischwert darin vor, von dem ich gelesen hatte.

Drei andere Männer auf Rädern folgten. Sie trugen ausgebeulte, knielange Shorts und schlampige Gamaschen über ausgetretenen Kampfstiefeln. Sie hatten Schirmmützen auf dem Kopf mit Stofflappen hinten, die den Hals vor der Tropensonne schützen sollten. Auf der Veranda sagte niemand ein Wort. Unser Fluchtversuch war gescheitert. Man würde uns festnehmen.

Wir hatten hier in Ngambur keine Japaner erwartet, wenn wir auch wußten, daß sie in Krui, dem kleinen Hafen weniger als fünfzig Kilometer weiter nördlich, einen militärischen Stützpunkt errichtet hatten. Vor zwei Wochen im Dschungelbiwak beim Leuchtturm von Belimbing hatten uns willkommene 140 Kilometer von Krui getrennt. Aber um das erhoffte Segelboot für unsere Flucht aufzutreiben, mußten wir Dörfer weiter im Norden und damit auch dichter bei Krui aufsuchen. In der Abgeschiedenheit der Dörfer redete Vater leidenschaftlich auf eingeborene Bootsbesitzer ein. «Hier nicht, im nächsten Dorf vielleicht», sagten alle, und so waren wir gezwungen, weiterzureisen.

Wir liefen zu Fuß am Strand entlang und über schlammige Dschungelpfade oder ließen uns in einem gemieteten, von einem schwächlichen buckligen Rind gezogenen, klapprigen, kleinen, zweirädrigen Karren durchschütteln. Mit all den Töpfen und Pfannen und sonstigen Habseligkeiten des Kutschers unterm Baldachin aus Palmwedeln paßten die zwei Passagiere kaum noch auf den Karren.

«Jedesmal, wenn wir den Strand verlassen, werden höchste Anforderungen an unsere Belastbarkeit gestellt», notierte ich Wochen später in das Tagebuch, das ich über die Fahrt mit dem Rettungsboot und den Weg zum Camp führte. «Ich wundere mich sehr, mit welch scheinbarer Leichtigkeit die Ochsen ihre Last durch den Schlamm und hügelaufwärts ziehen – und über die Robustheit der Ochsenkarren selbst. Die Räder stehen manchmal bedrohlich schief, doch sie brechen nie zusammen. Wir müssen dauernd von den Karren absteigen und durch den Schlamm waten, und wenn die Sonne untergeht, müssen wir haltmachen. Nach Aussage der Treiber können wir wegen der Elefanten nicht im Dunkeln weiterfahren.»

Wir schliefen, von zwickenden Sandflöhen geplagt, am Strand oder in einem Dorf, von Moskitos umsummt, auf einer

Matte auf dem Zimmerboden. Einmal teilten meine Schwestern und ich uns ein großes Bett mit einer klumpigen Matratze in einem Gästehaus, das auf unsere holländischen Augen ganz unglaublich schmutzig wirkte, aber so etwas wird hier wohl auch selten in Anspruch genommen.

Auf unserem Treck nach Ngambur mußten wir mehrere schlammige Flüsse überqueren, die aus dem Barisangebirge herabflossen und sich in den Indischen Ozean ergossen. Zuerst wurden die Ochsen ausgeschirrt, so daß sie hindurchschwimmen konnten. Dann wurden die Karren mit den Rädern im Wasser auf einen Einbaum gesetzt, der vom Führer des Ochsenkarrens gestakt oder an einem Seil entlang gezogen wurde. Schließlich setzten dann wir mit dem Einbaum über. In der Zwischenzeit hatte sich der Ochse auf der anderen Seite ins Unterholz davongemacht.

Als wir in wohlhabendere Gegenden kamen, genossen wir Reis in Hülle und Fülle und ein reichliches Angebot an Früchten, aber der Genuß verursachte mir Schuldgefühle. «Es ist schrecklich, daß man materielle Dinge so wichtig nimmt, doch kann ich mich offenbar nicht davon lösen», schrieb ich. «Ich träume Tag und Nacht von gutem Essen und wohlschmeckenden Gerichten. Die erste Papaya in Ngaras, die erste Süßkartoffel mit Butter und gebratenen Eiern in Ngambur, sie verschönten den ganzen Tag. Und dann hatte ich Visionen von einem Bett ganz für mich allein, mit schneeweißen Laken, von einem Badezimmer, mit sauberem Handtuch, statt dieser schmutzigen Flüsse, in denen ich in den Sarong gewickelt bade, während das gesamte Dorf mir zuschaut.»

Mit jedem Tag, an dem es uns nicht gelang, ein Boot zu finden, das zu den Mentawais segelte, vervielfachte sich die Gefahr, in Gefangenschaft zu geraten, das war uns klar. Nicht nur, daß wir Krui und damit den Japanern wirklich immer näher kamen, man erzählte uns auch, daß noch andere Grüppchen von überlebenden Schiffbrüchigen dieselbe Küstenroute benutzten. Sicher würde den Japanern in Krui der plötzliche Zustrom von Überlebenden der *Poelau Bras* nicht verborgen bleiben, die alle, um etwas zu essen zu bekommen oder einen Schlafplatz zu finden, an die Türen der Einheimischen klopften oder sich in den kleinen Dorfläden Seife, Zahnbürste oder Kleidung kauften.

Wir hörten auch von der Landung eines dritten Rettungsbootes mit vierundfünfzig Überlebenden. Das war eine ausgesprochen gute Nachricht, allerdings traf die Gruppe dann auf einen Trupp von Japanern, und sie mußten sich alle gemeinsam ergeben. Sie sollten jetzt in irgendein Gefangenenlager gebracht werden. Es hieß, alle Weißen in der Gegend – Männer, Frauen, Kinder – sollten zusammengetrieben werden. Wir sechs in Ngambur wußten das alles, hatten aber immer noch damit gerechnet, an diesem Abend ein Segelboot zu bekommen. Der Häuptling des Dorfes hatte es Vater zugesagt. Man wollte uns um Mitternacht dorthin führen.

«Stellt euch nur vor», hatte Antoinette noch kurz zuvor versonnen gesagt, «morgen um diese Zeit sind wir vielleicht wieder auf offenem Meer.»

«Und was ist, wenn der Häuptling einen Rückzieher macht? Er hat es sich womöglich wieder anders überlegt. Er ist vielleicht doch zu ängstlich, um uns zu helfen», sagte Alette.

«Aber Vater bietet ihm eine ganz hübsche Summe», warf ich ein.

«Das wird ihm auch nicht viel nützen, wenn die Japaner ihm den Kopf abschlagen.»

Und jetzt kamen vier Japaner in schlechtsitzenden Uniformen die Treppe zu unserer Veranda herauf.

Der Offizier schnallte sein Schwert ab und stellte es in die Ecke. Der Junge, der uns im Gästehaus bedient hatte, kam mit einem Rattanstuhl für ihn angelaufen.

Uns hatte der Junge erklärt: «Stühle nicht da, keine

Stühle!», und wir hatten alle wie die Schneider mit ausgestreckten Beinen in einer Reihe auf den Brettern der Veranda gesessen, mit dem Rücken an die *gedék,* die Bambuswand, gelehnt. Der Junge trug jetzt ein Tuch mit Batikmuster um den Kopf. Als Zeichen des Respekts für die Japaner hatte er den Kopf bedeckt, wie es die Einheimischen ihrem Brauch, ihrem *adat,* entsprechend noch vor kurzem für uns getan hatten. Diese banalen Einzelheiten waren es, die uns plötzlich klarmachten, daß unsere heile koloniale Welt ihrem Ende zuging. In Niederländisch-Ostindien hatten jetzt andere das Sagen.

Die Soldaten hoben ihre Gewehre von den Schultern und bauten die Waffen vor sich auf, mit der Mündung nach oben. Zu meiner Erleichterung hatten sie kein Bajonett auf dem Gewehr.

Erst dann sprach der Offizier. «Guten Morgen», sagte er, auf englisch. Vater erwiderte den Gruß deutlich und höflich, aber wir andern gaben nur ein undeutliches Gemurmel von uns.

Mr. Oosten versteckte den Kopf hinter einer zwei Jahre alten Zeitung, die er in einem der kleinen Dorfläden erstanden hatte. Solche Zeitungen wurden aus den USA in abgelegene Dörfer wie Ngambur verschifft, wo die Eingeborenen sie als Einwickelpapier verwendeten oder die *gedék*-Wände ihrer Hütten damit tapezierten. Ich wußte aber, Mr. Oosten las nicht, sondern hörte der Unterhaltung zu. Mac gab vor, in eine Heft zu schreiben, das er bereits zur Hälfte mit ausführlichen Notizen gefüllt hatte. «Der Anfang einer Serie von Zeitungsartikeln oder vielleicht auch von einem Buch, sobald wir auf diese Mentawaiinseln und wieder dort weg gekommen sind», hatte er gesagt. Natürlich hörte auch er genau zu. Er war froh, daß die Unterhaltung auf englisch geführt wurde.

Alette begann, eine frisch gekaufte Bandage um Antoinettes ausgestreckten Arm zu winden. Sie hatte Antoinettes

Schrapnellwunde gerade wieder mit einer Salzwasserkompresse versorgt, weil kein Sulfonamid für sie aufzutreiben war. Beide Mädchen trugen gleichgültige Mienen zur Schau. Diese Japaner sollen nicht merken, wie sie sich fühlen, dachte ich. Wir waren alle dazu erzogen worden, unsere Gefühle nicht zu zeigen. Da ich nichts zur Hand hatte, womit ich mich beschäftigen konnte, sah ich bewußt an den Japanern vorbei auf die einheimischen Männer, die sich unter der Veranda versammelt hatten, um zu beobachten, wie es ihren früheren Herren jetzt erging. Sie standen da, ohne ein Wort zu sagen. Auch diese Männer trugen Batiktücher auf dem Kopf oder aber *picis,* die randlosen schwarzen Samtkappen der Muslime.

Das Englisch des Offiziers war schlecht. Umständlich schrieb er alles auf, was Vater sagte.

«Name?»

«Andreas Hendrik Colijn.»

«Alter?»

«Siebenundvierzig.»

«Diese Mädchen?»

«Meine Töchter.»

«Namen.»

«Helena Constantia, Antoinette, Alette Cornelia.»

«Alter?»

«Einundzwanzig, zwanzig, sechzehn.»

Der Mann begann die gleichen Informationen von den anderen zu erfragen, dann zeigte er plötzlich auf Antoinette und fragte: «Warum Arm von Mädchen bandagiert?»

«Ein japanischer Pilot hat sie beschossen, als sie sich auf einem Rettungsboot befand.»

«Verzeihung», sagte dieser japanische Offizier, und er gab einem der Soldaten einen Befehl, woraufhin der noch einmal zu seinem Fahrrad ging und mit einem Verbandskasten zurückkam. Er wickelte die Bandage wieder ab, die Alette gerade um Antoinettes Arm gewunden hatte, und reinigte die offene, eiternde Wunde mit Watte und Pinzette. Dann puderte er die Wunde mit einem weißen Pulver, höchstwahrscheinlich dem langgesuchten Sulfonamid. Schließlich verband er den Arm mit einer neuen Binde aus seinem eigenen Bestand. Bei all dem hielt Antoinette den Blick starr geradeaus gerichtet, als ging sie das nichts an.

Das Verhör ging weiter. Der Offizier konzentrierte sich wieder auf Vater.

«Wo haben Sie gearbeitet?»

«Borneo», sagte Vater. Gut, dachte ich, eine riesige Insel. Ich hoffe, er fragt nicht, wo auf Borneo. Tarakan würde den Mann an Öl erinnern, daran, daß die Japaner die Insel eingenommen hatten. Er könnte von den entflohenen Geiseln gehört haben.

«Beruf?»

«Geologe.» Gut gemacht, freute ich mich innerlich. Vater hatte zwar schon jahrelang nicht mehr auf diesem Gebiet gearbeitet, aber Geologe war nicht so wichtig wie «Manager». Und doch bekam ich allmählich Angst. Der Offizier würde bestimmt bald merken, daß Vater Soldat war. Wenn er das nicht dem Verhör entnahm, mußte er sich nur Vaters Kleidung ansehen. Sicher, auf dem Hemd waren keine Abzeichen mehr und auf den Knöpfen des Kampfanzugs kein niederländischer Löwe, aber Shorts und Hemd hatten noch immer den Schnitt und die grüne Farbe einer Uniform der Königlich-Niederländisch-Ostindischen Armee.

Mr. Oosten muß gespürt haben, wie ängstlich ich war und wie sehr ich befürchtete, meine Angst zu verraten, denn er reichte mir einen Teil seiner Zeitung. Die Schrift der *New York Times* verschwamm mir vor den Augen, während ich dem einsilbigen Dialog genau zuhörte und verstohlene Blicke auf die vier Feinde warf.

Das Gesicht des Offiziers war so undurchdringlich, wie es Westler von den Japanern behaupten. Er besaß einigen Schliff und zeigte einige Menschlichkeit – ein scharfer Kontrast zu seinen Soldaten. Diese Männer paßten in keiner Weise in das Bild, das ich mir vom Japan des exquisiten Porzellans, der sorgfältig geharkten Gärten, der raffinierten Blumenarrangements und der Teezeremonien gemacht hatte. Es war durchaus möglich, sich den Offizier vorzustellen, wie er sich im Kimono vor einer Statue in seiner Wohnung verbeugt. Bei den anderen konnte ich mir nur vorstellen, wie sie ein Bajonett auf ihr Gewehr pflanzten, um Gefangene abzuschlachten und dann darüber zu lachen, wie sie es auf Tarakan getan hatten.

Ich sah vorsichtig zu Antoinette hin und merkte, wie ihre Mundwinkel nach oben gingen. O nein, dachte ich. Hoffentlich kriegt sie keinen Lachanfall! Als wir beide klein waren, hatten wir oft so gelacht, daß uns die Augen tränten und ich mir die Hose naß machte. Auch jetzt übertrug sich der Drang, einfach loszukichern. Aber es gab nichts zu lachen, überhaupt nichts. Wir saßen jetzt hier alle äußerst unbequem auf dem Boden, und ein Mann, der unser Schicksal in der Hand hatte, saß in einem bequemen Rattanstuhl, flankiert von drei Kreaturen, die meiner Ansicht nach bestimmt nicht zögern würden, uns zu töten, wenn man es ihnen befahl.

Ich nahm mich zusammen, und Antoinette tat das auch. Sie dachte sich wohl, sie sollte unser Schicksal lieber nicht durch einen Anfall von nervösem Gelächter besiegeln.

Schließlich sagte der Offizier zu Vater: «Morgen melden sich alle in Krui.»

«Da kommen wir so schnell nicht hin. Wir können fast alle kaum noch laufen», protestierte Vater, und er wies mit der Hand über die bandagierten Füße auf der Veranda – die Wunden von den Korallen und den Blutsaugern hatten sich inzwischen entzündet. «Wir müssen den Weg in Ochsenkarren zurücklegen, und die sind sehr langsam.»

Der Offizier schrieb auf japanisch etwas auf ein Stück Papier und übergab Vater das, was vermutlich ein Passierschein war.

«Zwei Tage», sagte er.

Das Foto, das der Offizier von uns machte, bevor wir am nächsten Tag aufbrachen, hätte ich liebend gern einmal gesehen (und ich habe mich oft gefragt, ob es nicht in irgendeinem Aktenordner in einem japanischen Archiv liegt). Wir mußten uns alle in einer Reihe aufstellen, und wir standen alle so gerade wie möglich, bemüht, mit unseren Mienen Stolz und Verachtung auszudrücken. Antoinette und Alette trugen ihre schwarzen «Gärtner»-Hosen. Ich trug meine «Java-Kleidung» – das Khakihemd und die Khakishorts, die ich schon anhatte, als das Schiff unterging. Vater und Mr. Oosten trugen neue Hemden und Sarongs, die sie am Tag zuvor gekauft hatten, nachdem der Offizier gegangen war. Mac gab eine Figur ab wie aus einer Gilbert-and-Sullivan-Operette – eine senkrechte Röhre in einem Sarong aus einer braunkarierten Decke. Außerdem trug er einen weißen Tropenhelm und eine weiße Jacke mit einem Stehkragen, die so eng war, daß er die Knöpfe nicht zubekam. Seine alte Kleidung und einige neu erworbene Habseligkeiten transportierte er in einem Flechtkorb.

In diesem Aufzug ging es in zwei Ochsenkarren nach Krui. Auf jedem der Karren war Platz für zwei Passagiere, deshalb wechselten wir uns mit dem Sitzen ab. Weil ich als einzige keine eiternden Wunden an den Füßen hatte und nicht an Durchfällen litt, ging ich die ganze Zeit zu Fuß. Dabei traf ich, weil ich den Ochsenkarren voranging, an einer Stelle auf etwas, das mir damals nur wenig überraschend vorkam. Im Lichte der nachfolgenden Ereignisse halte ich es mittlerweile für ein kleines Wunder. Es war an einer Furt: Eine Einheimische hatte eine Flechtmatte auf dem Gras ausgebreitet und darauf sechs leere Emailleschälchen verteilt und Schüsseln mit Reis und mit Gemüse und einen Teller mit gebratenen Bananen. Wie sie mir erzählte, war ein japanischer Offizier an ihrem Haus vorbeigekommen und hatte angeordnet, sie solle eine Mahlzeit für uns sechs bereithalten. Wir verbrachten die Nacht in Tandjung Stia im Haus eines Einheimischen, der vor der Besetzung einen Posten für die niederländische Regierung bekleidet hatte. Am nächsten Morgen mietete ich mir ein Fahrrad und radelte über einen ordentlichen Feldweg, um die nächste Unterkunft für uns zu organisieren.

Manchmal, wenn ich heute, so viele Jahre später, mit dem Fahrrad unterwegs bin, denke ich an jene Zwanzigkilometertour nach Krui, mit nackten Füßen, vorbei an Palmen, Reisfeldern, an blühendem Hibiskus, an Frauen, die in einem Bach ihre Wäsche wuschen, und an Kindern, die in ihrer Nähe spielten. Wie wundervoll das war, auch wenn ich verschwitzt und staubig war und wenn in einem der Dörfer die Leute auch johlten. Dort traute ich mich dann nicht, mir eine Kokosnuß zu kaufen, um meinen Durst zu löschen.

In einem anderen Dorf bat man mich in eine Wohnung und lud mich ein zu Reis und gesalzenem Fisch und scharfem *sambal*, einer Chilipaste. Der Häuptling des Dorfes kam herein und erkundigte sich, wie es Exzellenz Colijn ginge, und das beunruhigte mich. Offenbar war die *kabar angin*, die «Windzeitung», uns wieder einmal vorausgeeilt. «Der Sohn des früheren holländischen Premierministers war auf der *Poelau Bras* und ist jetzt auf dem Weg nach Krui.» Es würde schwierig sein, Vaters militärische Vergangenheit vor den Japanern geheimzuhalten, wenn die Einheimischen hier wußten, wer er war. Einige japanische Militärs würden zwei und zwei zusammenzählen können und dahinterkommen, welche Rolle Vater auf Tarakan gespielt hatte.

In meinem Tagebuch schrieb ich mir meine Ängste von der Seele, aber ich notierte auch folgendes: «Es war ein strahlender Tag, als ich mit meiner Tasche voller Erdnüsse und den

Toilettenartikeln, die ich in einen Sarong gebunden hatte, unterwegs war. Ich fühlte mich herrlich leicht auf dem Fahrrad, frei wie ein Vogel und voller guter Laune.»

In der Nähe von Krui warnten mich die Einheimischen, daß die Japaner in der Stadt seien. Trotzdem hatte ich noch keinen getroffen, als ich am Haus der Familie Herrebrugh ankam. Mr. Herrebrugh war Holländer und Vertreter der Koninklijke Pakketvaart Maatschappij, der Schiffahrtslinie, die den Fährdienst zwischen den Inseln Niederländisch-Ostindiens unterhielt.

Ich lehnte das Fahrrad an eine Wand, nahm das Sarongbündel vom Lenker und traf gerade zum Abendessen ein, zu dem das Paar mich einlud. In einem Nebenzimmer wurden drei kleine Kinder von einer Einheimischen versorgt.

«Ein hübsch gedeckter Tisch mit Tischtuch und vollständigen Gedecken», berichtete ich in meinem Tagebuch. «Außerdem war zu meiner Freude ein Leuchtturm in der Nähe, der ideale Schauplatz, um den großartigen Sonnenuntergang zu beobachten, und es gab ein Badezimmer.»

Ich genoß gerade mein Alleinsein, das saubere Wasser, die Seife, als an die Tür geklopft wurde und Mrs. Herrebrugh mir mitteilte, daß eine Nachricht für ihren Gatten gekommen sei. «Sie kommen bitte mit Miss Helena sofort in mein Büro. Japanischer Offizier.»

Es geht also los, dachte ich. Ich werde herumkommandiert. Ich muß tun, was man mir sagt. Ich begleitete Mr. Herrebrugh und wurde zu dem gleichen Offizier geführt, der vor zwei Tagen so unerwartet aufgetaucht war. Wieder war er freundlich, aber jetzt hatte er einen Soldaten dabei, der sein Japanisch ins Malaiische übersetzte. Mein Malaiisch war nicht besonders gut, aber als er sich höflich erkundigte, wie es uns allen ginge, gelang es mir mit Hilfe des Übersetzers mitzuteilen, daß meine Schwester jetzt fieberte, weil ihr Arm sich entzündet hätte. Der Offizier drückte wieder sein Bedauern aus. Er erwarte ungeduldig die Ankunft des anderen Ölmannes, weil dieser Ingenieur wäre (und woher wußte er das? fragte ich mich; das war vor zwei Tagen in Ngambur beim Verhör nicht zur Sprache gekommen), und die japanische Armee Ingenieure benötige. Wahrscheinlich um all die zerstörten Ölanlagen zu reparieren, dachte ich. Was Vater und mich beträfe, fuhr der Offizier fort, so sähe er keinen Grund, warum wir nicht nach Java zurückkehren könnten. Natürlich sollten wir uns erst einmal erholen. Vielleicht könnten wir in die Berge nach Liwa. (Das hatte Vater in Ngambur vorgeschlagen.)

Ich verließ den Offizier an seinem Schreibtisch und kehrte alleine zum Haus meiner Gastgeber zurück. Man stelle sich das nur vor, ein Japaner, der derartig nett ist, wunderte ich mich. Er schickte mir nicht einmal einen Soldaten zur Begleitung mit. Liwa klang gut. Vielleicht ließ man uns ja doch in Frieden.

Ich war bereits bei einem chinesischen Schneider gewesen und hatte mir ein Baumwollhemd mit grauen Ärmeln und Shorts aus dem gleichen Material bestellt. Die wurden mir ein paar Stunden später ins Haus der Herrebrughs gebracht. Von meinen Gastgebern hatte ich mir schon Kleidung geliehen und meine eigene zu einem chinesischen Wäscher geschickt. Er lieferte sie perfekt gewaschen und gebügelt an meine nächste Adresse, ein Gästehaus der holländischen Regierung, wo ich alles für den Aufenthalt unserer Gruppe geregelt hatte. Für kurze Zeit war die alte Welt wiedererstanden – mit Schneidern, Wäschern und einem anständigen Gasthaus zum Übernachten.

Die anderen waren müde, denn sie waren den ganzen Tag im Ochsenkarren unterwegs gewesen. Allerdings hatten sie an einer japanischen Klinik haltgemacht, wo Antoinettes Arm noch einmal behandelt worden war und die anderen neue Verbände bekommen hatten.

Froh über solche Überbleibsel aus einer schon längst vergangenen Welt, entschlummerte ich in einem Bett mit weißen Laken und Moskitonetz, einem Bett, das ich mit Antoinette teilte. Vater und Alette lagen nebenan in einem anderen Bett. Meine Freudengefühle zerstoben, als ich die Uhr eines nahen Turmes eins schlagen hörte. Ein Uhr morgens! Nach meiner Uhr war es erst halb zwölf. Krui richtete sich bereits nach Nippons Uhren. Als wollte sie protestieren, blieb meine Uhr kurze Zeit später stehen.

Am nächsten Morgen hielten mit lautem Hupen zwei Wagen voll japanischer Offiziere vor dem Gasthaus. Hinter ihnen war ein Pritschenwagen voller Soldaten. Rund dreißig davon schwärmten aus und fielen in die Zimmer ein, durchstöberten das Mobiliar, zerstachen mit ihren Bajonetten die Bilder an den Wänden und starrten uns an. Acht Offiziere postierten sich im Halbkreis um meinen Vater, meine Schwestern und mich. Glücklicherweise waren wir schon angezogen. Sie begannen mit einem weiteren Verhör. Diese Männer sprachen kaum Malaiisch und hätten keinen Übersetzer dabei.

«Du, morgen, Benkulen», sagte einer von ihnen zu Vater. Benkulen war eine Küstenstadt hoch im Norden. Wir hatten nicht das geringste Bedürfnis dorthinzugehen. Wir wollten nach Süden, nach Java.

«Nein», sagte Vater auf malaiisch, und er sprach ganz langsam, betonte jedes Wort einzeln. «Nein, anderer Offizier sagt zu meiner Tochter, wir gehen nach Liwa, nicht Benkulen. Liwa, dann Java», und er zeigte in Richtung Java und auf all die Verbände. Er legte Antoinette die Hand auf die Stirn, um anzudeuten, daß sie Fieber hätte.

Aber es sollte Benkulen sein – da gab es kein Vertun. Man sagte uns, wir könnten aus dem Gasthaus mitnehmen, was wir wollten. Das war eine ungeheure Vergünstigung, die nur wenigen gewährt wurde, wie wir später herausfanden. Vater sagte: «Nehmt die Moskitonetze mit. Behaltet sie bei euch, ganz gleich, was passiert.»

«Was ist mit dir?» fragte Antoinette.

«Ich komme schon zurecht, nehmt ihr sie nur. Die zwei sind so groß, daß ihr sie in drei Teile schneiden könnt.»

Also zogen meine Schwestern und ich die Netze von den zwei großen Betten, und wir wollten uns gerade an die Laken machen, als die Soldaten sich wieder in den Raum drängten und mit Gegrunze und unverständlichen Lauten, aber gebieterischem Händewedeln deutlich machten, daß meine Schwestern, Vater und ich hinausgehen sollten.

Vor dem Gasthaus fanden wir Mac und Mr. Oosten, die sich ein Zimmer geteilt hatten. Ein Stück weiter oben in der Straße stand zwischen ihren Gepäckstücken die Familie Herrebrugh. Offenbar wurden wirklich alle Weißen zusammengetrieben. Ich winkte ihnen zu. Es sollten mehr als zwei Jahre vergehen, bevor ich sie wiedersah.

Unsere kleine Schiffbrüchigenschar kam schließlich doch nicht nach Norden, nach Benkulen. Wir kamen nach Liwa in den Bergen, aber nicht zur Erholung, wie der freundliche Offizier es vorgeschlagen hatte. Wir wurden von einem japanischen Fahrer in einem klapprigen Bus nach Liwa gebracht, zusammen mit vier holländischen Familien aus der Gegend von Krui: vier Mütter, acht Kinder und zwei Väter. Die beiden anderen Männer waren eingezogen worden, und wenn sie nicht gefallen waren, befanden sie sich jetzt irgendwo in Kriegsgefangenschaft, allerdings hatten die Frauen nichts von ihnen gehört. Die Kinder waren alle im Kindergarten- oder Grundschulalter. Wenn die Kinder nämlich auf weiterführende Schulen mußten, schickten die Familien aus den Randgebieten Niederländisch-Ostindiens sie nach Java zur Schule, wo auch Alette gewesen war, oder ließen sie in Holland bei Gastfamilien zurück, wie es mit Antoinette und mir geschehen war. Eine der Mütter hatte offenbar genug Zeit gehabt, sich auf ihren Auszug vorzubereiten. Sie hatte zwei Matratzen in den Bus gezerrt und eine Anzahl Koffer, die sie, so stellte ich mir vor, vernünftig gepackt hatte. Eine andere Mutter hatte weniger Glück gehabt. «Ich hatte keine Gelegenheit mehr, noch einmal in die Küche zu gehen und ein paar Konservendosen in einen Korb zu werfen.» Ihre kleine Tochter, eine blonde Fünfjährige mit großen blauen Augen, jammerte: «Ich will meinen Teddy.» Ihre Mutter versuchte, sie zu trösten. «Den habe ich doch zu Hause gelassen, damit er für uns aufs Haus aufpaßt. Da wartet er auf dich, bis du wiederkommst.» Sie erklärte mir leise: «Ich habe gewußt, sie würde nach dem Bären fragen. Er ist schon ganz schäbig, aber sie nimmt ihn immer zum Kuscheln mit ins Bett. Ich war so durcheinander, als die Scheusale uns holen kamen, daß ich ihr die Zierpuppe mit Porzellankopf und Spitzenkleid eingepackt habe. Aber mit Eugenie kann sie ja nicht kuscheln.»

Alette fragte die Kleine: «Soll ich mit dir spielen?» Die beiden spielten dann ein Fingerspiel, ein holländisches Äquivalent zu «Wie ein Fähnchen auf dem Turme».

Liwa ist nur fünfunddreißig Kilometer von Krui entfernt, aber da wir zwischendurch oft haltmachten, brauchte der japanische Bus den ganzen Nachmittag. In jeder kleinen Siedlung schwenkten einheimische Kinder Fähnchen mit roten Sonnen darauf und jubelten: «Nippon, Nippon.» An den Häusern wehten Flaggen mit der aufgehenden Sonne.

«Ich will all diese japanischen Fahnen gar nicht sehen», sagte ich.

«Dann guck doch nicht hin», sagte Antoinette ärgerlich.

Das war das einzige, was sie am ersten Tag unseres Transports von sich gab. Normalerweise war sie die redseligste von uns dreien. *Ritje-me-fitje* nannten wir sie im Familienkreis, ein Ausdruck, der nicht im holländischen Wörterbuch steht. Wir meinten damit jemanden, der schnell redet und auch sonst ziemlich flink ist. Heute litt sie wohl zu sehr, um zu schwatzen.

Weil die Männer in unserer Gruppe davon ausgingen, daß sie mehr Autorität besäßen als wir Frauen – die, wie wir alle wußten, bei Japanern weniger gelten als Männer –, fragten sie bei den Aufenthalten immer wieder nach, was man denn nun genau mit uns vorhätte. Die Japaner sagten immer, sie wüßten es nicht. Vielleicht wußten sie es auch wirklich nicht. Die japanische Armee hatte ein riesiges Gebiet mit mehreren 100 000 nichtasiatischen Zivilisten besetzt, die in Lager gebracht werden sollten. Hatte denn in Tokio irgend jemand einen umfassenden Plan?

«Ein fester Plan ist nicht zu erkennen», schrieb ich. «Wenn der eine Japaner etwas anordnet, dann kann man absolut sicher sein, daß der nächste genau das Entgegengesetzte anordnen wird.» Ich hatte wenig Grund, diese Beobachtung während der nächsten dreieinhalb Jahre, die ich in den Händen der japanischen Besatzungsarmee verbringen sollte, zu korrigieren.

An diesem Abend des 3. April 1942 quartierten uns die Japaner alle im Haus eines Holländers ein, der einen Verwaltungsposten bei der Kolonialregierung bekleidete und vom Militärdienst befreit war. «Alle Regierungsbeamten müssen auf ihren Posten bleiben», hatte der Generalgouverneur angeordnet, als Niederländisch-Ostindien in den Krieg mit Japan eintrat. Unmittelbar vor unserer Ankunft hatten die Japaner diesem Beamten mitgeteilt, daß auch er sein Haus verlassen müsse. Er entschloß sich, aus den verfügbaren Lebensmittelvorräten das Beste zu machen und wies seinen Koch an, für die ganze Gesellschaft ein Bankett auszurichten. Und der Vorkriegsfirlefanz war mir immer noch so wichtig, daß ich in mein Tagebuch eintrug: «Der Wein ging ihm aus, und so mußten wir zum Essen Wermut trinken.»

In dieser Nacht verteilten wir uns alle auf dem Boden und auf Möbelstücken (ein Sessel diente als Bett für ein größeres Kind). Am nächsten Morgen kamen die Japaner schon vor

Sonnenaufgang durchs Haus gestampft und teilten uns mit, wir müßten uns fertigmachen für den Weg nach Palembang, einer Stadt auf der anderen Seite von Sumatra, an der Südostküste. Dort sollten wir uns zu «Verhören» sammeln. Andere gefangengenommene Männer, Frauen und Kinder stießen zu uns. Die Japaner begannen nun mit einem Vorgang, der sich noch zweimal wiederholen sollte, bevor wir unser endgültiges Ziel in Palembang erreichten: Die Männer wurden von den Frauen und Kindern getrennt. Es war eine willkürliche und umständliche Prozedur mit einem Hin und Her von Anordnungen. Schließlich befanden sich alle Männer auf dem einen offenen Lastwagen und die Frauen auf einem anderen. Da wir alle annahmen, am Ende des Tages wieder vereint zu sein, gab es keine tränenreichen Abschiedsszenen.

Unterwegs winkte Vater uns dreien zu, während wir mit anderen Frauen und deren Kindern ausgestreckt auf der Ladefläche unseres Lasters lagen, «um einen japanischen Soldaten auf einem Rattanstuhl drapiert», schrieb ich. «Er winkte den jubelnden einheimischen Kindern mit ihren schrecklichen Fähnchen hochmütig zu. Wie Germanicus mit seiner Beute auf seinem Triumphwagen bei seinem Einzug in Rom.»

Ich fühlte mich wie im Theater. Das war nicht Wirklichkeit. Ich erlebte das nicht.

«Ich glaube, die treiben wirklich alle Weißen zusammen», sagte Alette, als weitere Fahrzeuge mit Weißen, darunter auch einige Eurasier, sich unserer Karawane nach Palembang anschlossen. Offensichtlich würden wir es nicht schaffen, den Ort an einem Tag zu erreichen. Einige Frauen auf meinem Lastwagen vermuteten, wir würden über Nacht in Lahat bleiben, wo es ein größeres Hotel gab.

Unterwegs hielten die Fahrzeuge immer wieder an, und die Japaner, die am Steuer oder in besonderen «Begleitfahrzeugen» saßen, stiegen mit wackeligen Beinen aus, stellten sich in einer Reihe auf und erleichterten sich. Uns gaben die Japaner weder zu essen noch zu trinken, auch wenn sie regelmäßig anhielten, um das zu verzehren, was sie für sich selbst mithatten.

In Lahat wurden wir tatsächlich alle ins Julianahotel gepfercht, das nach Prinzessin Juliana, der Tochter der holländischen Königin, benannt war. Männer und Frauen waren wieder vereint, mußten aber in getrennten Räumen, aus denen man die Betten entfernt hatte, auf dem Fußboden schlafen. Vater kam vorbei, um uns zu sagen, daß er mit Männern auf seinem Lastwagen interessante Gespräche darüber geführt hätte, was die holländische Regierung unternehmen würde, wenn man die Japaner wieder loswäre. Mac fragte mich, wie man das Malaiische Wort für *lekas* buchstabiert, was ‹schnell› heißt. Er hatte wie ich bemerkt, daß *«lekas, lekas»* zu den Lieblingsausdrücken der Japaner gehörte. Alles mußte schnell erledigt werden, auch wenn es nicht den geringsten Grund zur Eile gab.

Ich weiß nicht mehr, wie viele Menschen und wie viele Gepäckstücke in dem Raum untergebracht werden mußten, in dem ich und meine Schwestern schliefen. Was ich noch weiß, ist, daß ein japanischer Soldat Matten für all jene herbeischaffte, die keine Matratze zum Schlafen hatten. Er schlug Nägel in die Wände und besorgte Schnur, damit die Moskitonetze aufgehängt werden konnten. Er zog jedesmal, wenn er etwas sagen wollte, ein malaiisch-japanisches Wörterbuch zu Rate. Da er alles, was er sagte, mit «ihr Menschen» einleitete, was auf Malaiisch *kamu orang* heißt, nannten ihn alle im Raum Kamu Orang.

Kamu Orang benutzte sein Bajonett, um den Frauen, die keinen Dosenöffner mithatten, die Lebensmittelkonserven zu öffnen, und umsorgte uns Frauen und Kinder wie ein Gruppenleiter in einem Sommerlager. Er ließ uns wieder auf eine Besserung der Lage hoffen. Die Japaner könnten sich vielleicht doch als rücksichtsvoll und großherzig erweisen.

Am nächsten Tag zeigte sich, daß diese Hoffnung trügerisch war.

Wir sollten mit dem Zug von Lahat nach Palembang fahren, eine Strecke von 160 Kilometern, und wurden vom Julianahotel zum Bahnhof getrieben. Die kleine Gruppe von zwanzig Leuten, die Krui vor zwei Tagen verlassen hatte, war bei unserer Ankunft im Julianahotel bereits auf ungefähr sechzig angewachsen und schwoll nun weiter an, als auf dem Bahnhof von Lahat eine Gruppe holländischer Nonnen in wallenden weißen Gewändern und noch mehr Männer, Frauen und Kinder zu uns stießen. Alles war bepackt mit Körben, Bündeln, Koffern und Bettzeug. Sie waren wenigstens vorgewarnt worden, dachte ich. Außerdem war unter diesen Neuankömmlingen eine Gruppe von *Poelau Bras*-Überlebenden, aber keine Frau und niemand, den ich kannte.

Einige Leute aus der neuen Gruppe kannten Leute aus unserer Gruppe aus dem Hotel, und das «Oh, ihr seid auch hier» sorgte für einen Hauch von Frohsinn zwischen den besorgten Gesprächen über unser zukünftiges Schicksal in Palembang. Als der Zug endlich eintraf, setzten sich die japanischen Offiziere in die beiden Personenwaggons, während wir in Viehwaggons zusammengepfercht wurden, deren Türen man fest verschloß, oder auf dem offenen Tender hinter der Dampflokomotive. Auf dem kauerte ich mit Vater und meinen beiden Schwestern unter Handtüchern, die wir in einem der Dörfer erstanden hatten. Glühende Kohlefunken brannten Löcher in die Handtücher, und der Rauch der Lokomotive ließ uns bald aussehen wie Heizer. Seit zwei Tagen schon bekamen wir von den Japanern nichts mehr zu essen. Allerdings wimmelte der Bahnsteig jedesmal, wenn wir an einem Bahnhof hielten, von einheimischen Händlern, und hin und wieder gestatteten unsere Aufseher, daß wir uns Bananen, Ananas oder saftige Orangen kauften. Dann wieder gaben sie heisere Geräusche von sich und verscheuchten die Händler mit ihren

Bajonetten. Manchmal übersah ein Japaner einen Händler, ließ zu, daß er seine Waren an uns verkaufte, und eine Minute später wurde der Händler von einem anderen Japaner verjagt. Es sollte uns nie gelingen zu erraten, was unsere Bewacher als nächstes tun würden.

«Pferde!» rief Antoinette, als sie am Bahnhof von Palembang vom Tender stieg.

Ich sah über ihren Kopf hinweg auf den Bahnsteig. Daneben standen kreuz und quer ein paar Eisenbahnwaggons, die als Soldatenunterkunft dienten. Überall drängelten sich mit nichts als Lendenschurzen bekleidete japanische Soldaten. Ihre Köpfe waren kahlgeschoren. Und tatsächlich, hinterm Bahnsteig standen Pferde. Pferde in dieser Gegend, die nur aus Flüssen und Sümpfen besteht …

Auf dem Bahnsteig bemühten sich normal angezogene japanische Soldaten, Ordnung in diesen Ansturm von Menschen zu bringen, die aus den Viehwaggons und vom Tender strömten. Dann mußten wir wieder warten, die endlose Prozedur hindurch, bei der die Männer von den Frauen und Kindern getrennt wurden. Wir spürten alle, daß die Trennung dieses Mal wohl länger dauern würde als vorher. Mir sank der Mut, als mir klar wurde, daß wir Vater vielleicht für wer weiß wie lange zum letzten Mal sahen. Vater – der sich in diesen Wochen um alles gekümmert hatte, der uns beraten hatte und für uns mit diesen fremden und manchmal furchterregenden Japanern verhandelt hatte. Ich warf einen Blick auf die Männer im Lendenschurz und mich schauderte.

Glühbirnen baumelten von Drähten, die man in diesem improvisierten Armeelager von Wagen zu Wagen gespannt hatte. Die Männer wirkten mongolisch, und ich sah förmlich Dschingis-Khan und seine Horden vor mir, wie sie säbelschwingend auf ihren Pferden durch Europa stürmten, plündernd, mordend und brandschatzend.

Auf dem Bahnsteig umarmte ein Mann seine Frau und

seine kleinen Töchter, die herzzerreißend nach «Pappi» schrien. Eine Frau öffnete ein Bündel und suchte nach einem Spielzeug oder nach etwas Eßbarem für ihren weinenden Sohn. Ein Mann gab seiner Frau etwas Geld: «Hier, du steckst besser etwas ein.» Eine Frau sagte zu ihrem Mann: «Hier, du solltest auch ein Handtuch dabeihaben.» Die Nonnen gingen herum, versuchten Müttern mit ihren Kindern zu helfen und die zu trösten, die es offenbar nötig hatten. Einer der *Poelau Bras*-Überlebenden verteilte Bananen an Frauen, die allein dastanden.

Vater, der mit einem dieser Männer gesprochen hatte, kam jetzt wieder zu uns herüber und sagte: «Die Brücke über den Musi ist zerstört, deshalb müssen wir alle mit dem Boot zur Stadt übersetzen. Kopf hoch», sagte er und umarmte uns noch einmal kurz. Dann ging er dorthin zurück, wo die Männer sich sammelten. Dann mußten sie in die Dunkelheit hinausmarschieren, während die Frauen winkten und schluchzten. Kurze Zeit später befahl man uns Frauen mit den Kindern, uns auf den Weg zu machen. Offenbar war auf der Fähre über den Fluß noch Platz. Die Frauen würden mit den Männern gemeinsam übersetzen.

Auf der Fähre mischten sich natürlich Männer und Frauen wieder, und nach der Überfahrt war erneut eine Trennung fällig: die Männer auf die eine Straßenseite, Frauen und Kinder auf die andere. Diesmal war die Aufforderung zur Trennung so schnell gekommen, daß wir Vater nicht einmal mehr umarmen konnten. Doch hob er auf der anderen Straßenseite die Hand und formte mit den Fingern ein V, das «Churchill-Zeichen».

Männer und Frauen begannen, sich über die leere Straße hinweg etwas zuzurufen. Antoinette hatte gerade zu mir gesagt: «Du hast die lauteste Stimme, erkläre du Vater, er solle sich keine Sorgen um uns machen», als ein japanischer Wachsoldat neben uns ärgerlich wurde, ein Geräusch wie Hundegeheul von sich gab, und den Frauen, die ihren Männern etwas zugerufen hatten, ins Gesicht schlug.

Gefangene! Wir waren Gefangene. Wie schwer war das für unsere Gruppe von Menschen aus wohlhabenden, gutbürgerlichen Familien, die gewohnt waren, zu tun und zu lassen, was sie wollten. Aber die Schläge, die Befehle, die spitzen Bajonette machten dem schnell ein Ende.

Scheinbar eine Ewigkeit lang, doch in Wirklichkeit wohl nicht länger als eine halbe Stunde, stand jede Gruppe stumm auf ihrer Straßenseite. Wir warteten, doch auf was? Die Schritte der hin- und herlaufenden Wachsoldaten klangen hohl und unheimlich.

«Was immer sie vorhaben mögen, ich wünschte, sie würden allmählich damit anfangen», seufzte eine Frau neben mir. «Diese Ungewißheit bringt mich um.»

Andere Frauen begannen zu reden.

«Die Kinder sollten schon seit einer Ewigkeit im Bett sein.»

«Mein Kleines hat Durchfall, aber ich habe kein Töpfchen mit.»

«Hier, ich leihe Ihnen meins.»

Zwei Frauen begannen sich leise darüber zu unterhalten, was sie beim Verlassen ihrer Wohnung noch schnell mitgenommen hatten.

«Wie vernünftig von Ihnen, Küchengeräte einzupacken. Wir müssen ja wahrscheinlich selbst kochen.»

«Ich habe von meinem Koch auch noch ein paar von diesen weißen Eßschälchen aus Emaille einpacken lassen, die das Personal immer benutzt hat.»

Eine gedrungene Frau mittleren Alters betupfte ihr Gesicht mit Kölnisch Wasser.

«Ich hasse dieses feuchte Klima. Ich lebe jetzt seit sechs Jahren auf Sumatra und habe mich immer noch nicht daran gewöhnt.»

Der Geruch von Kölnisch Wasser hing für kurze Zeit in der

Luft und erinnerte mich an alte Damen in den Sonntagsgottesdiensten in der Reformierten Kirche, an denen ich in Den Haag mit meinen Großeltern teilgenommen hatte. Während meines letzten Jahres an der Höheren Schule hatte ich bei ihnen gewohnt, weil meine Eltern sich wieder in Niederländisch-Ostindien aufhielten. Frisch und adrett saßen die Damen jeden Sonntag in immer derselben Kirchenbank. Wie weit war diese behütete und wohlgeordnete Welt jetzt entfernt.

Antoinette stieß mich an. Sie wies mit dem Kopf in die Richtung der Männer. Ich sah, wie Vater zu einem Wachsoldaten ging und auf meine Schwestern und mich zeigte. Offenbar hatte er sich die Erlaubnis erschmeichelt, mit uns zu sprechen. Er kam über die Straße und setzte dabei seine bandagierten Füße mit erzwungener Festigkeit auf. Wir drei traten an den Rand des Bürgersteigs.

«Die Männer kommen in Palembang ins Gefängnis», sagte Vater, «und ihr sollt alle in ein Frauenlager in Palembang.»

Wirklich erstaunlich! dachte ich. Er sollte eigentlich beim Geheimdienst sein. Ihm gelingt es immer, an die notwendigen Informationen zu kommen. Zu mir sagte er: «Versucht unbedingt einen Arzt zu finden, der sich Antoinettes Arm ansieht. Sie sollte schnell behandelt werden. Die Japaner sagen, diese Internierung sei nur vorübergehend. Sie wollen uns wohl alle überprüfen. Vielleicht wird man uns vieren dann doch noch erlauben, nach Java zurückzukehren.»

Er ging zurück.

Empfand er wirklich den Optimismus, den er ausstrahlte? fragte ich mich jetzt.

Bald wurden die Männer auf Lastern weggebracht, und die Trostlosigkeit der jetzt dunklen leeren Straße überwältigte uns.

Eine ältere Frau neben Antoinette schluchzte: «Was wird jetzt aus meinem Mann? Er braucht doch eine besondere Diät.»

«Mein Vater hat uns gerade versichert, daß die Japaner uns nur überprüfen wollen», sagte Antoinette. «Ihr Mann wird vielleicht schon bald wieder mit Ihnen zu Hause sein, und dann können Sie sich wieder um ihn kümmern.»

Einige Frauen wollten sich hinsetzen. Aber der Aufseher ließ das nicht zu. Wir mußten stehen bleiben. Einige Kinder schliefen auf Bündeln oder in den Armen ihrer Mütter ein. Die meisten von uns waren wieder still, jede in ihre eigenen Gedanken und Hoffnungen versunken. Aber die Stimme einer Frau posaunte den Gedanken in die Stille, von dem wir alle mittlerweile fest überzeugt waren:

«Das kann doch nicht seine Richtigkeit haben, Frauen und Kinder gefangenzunehmen. Wer hat so etwas schon gehört? Wir werden bald freigelassen, da bin ich sicher.»

Als hätte der Wachsoldat ihr Holländisch verstanden und wollte uns klarmachen, wer jetzt das Sagen hätte, begann er, uns in Zwanzigertrupps neu aufzustellen. Das machte er uns deutlich, indem er seine rechte Hand mit ausgestreckten Fingern viermal in die Luft stieß.

Ich sah mich um. Zu wem sollten meine Schwestern und ich sich stellen?

«Wie wär's mit den Nonnen?» flüsterte Antoinette.

«Den Nonnen?» fragte ich, befremdet. Ich war in einer protestantischen Familie groß geworden, hatte eine protestantische Schule besucht, wo man mir Geschichte vom protestantischen Standpunkt aus beigebracht hatte: In den dreihundertjährigen Konflikten zwischen Protestanten und Katholiken waren die Katholiken immer die Schurken gewesen. Allerdings strahlten die sechs Nonnen Ruhe und Selbstbeherrschung aus – zwei Eigenschaften, die unsere Eltern bei uns immer gefördert hatten. Warum nicht die Nonnen? dachte ich. Ich ging hinüber zur ältesten, deren weißer Schleier ein markantes, runzliges Gesicht umrahmte, das geradewegs aus einem Renaissanceportrait hätte stammen können.

«Dürfen sich meine Schwestern und ich zu Ihnen stellen?» fragte ich.

«Aber natürlich. Ich habe euch Mädchen am Bahnhof von Lahat gesehen. Ich glaube, Sie sind genauso groß wie Schwester Catharinia.»

Antoinette, Alette und ich nahmen unsere Sarongbündel mit den Sachen, die wir in den Dörfern gekauft hatten, und das Paket mit den Moskitonetzen aus dem Gasthof und stellten uns zu den Nonnen. Als ich die weißen Gewänder und die freundlichen Gesichter unter den Schleiern ansah, fiel mir auf, daß ich noch nie mit einem Katholiken gesprochen hatte, geschweige denn mit einer Nonne. Aber diese vom Krieg erzwungene Begegnung auf einer Straße in Palembang war der Beginn lebenslanger Freundschaften.

Mit den Nonnen, drei Müttern und Kindern und einem Berg aus Sarongbündeln, Flechtkoffern, Pappkartons, einer großen Kapokmatratze und Bündeln von Töpfen und Pfannen fuhren meine Schwestern und ich eine Viertelstunde auf dem Lastwagen. Der Lastwagen hielt vor einer Absperrung aus Stacheldraht quer über der Asphaltstraße. Vor einem Schilderhäuschen stand ein weiterer japanischer Soldat, der ein weiteres Bajonett auf ein Gewehr gepflanzt hatte.

Hinter der Absperrung konnte ich eine Reihe weiß verputzter Häuser mit roten Dachziegeln erkennen, erbaut für die europäischen Bewohner, die Palembang verlassen hatten, unmittelbar bevor die Japaner Mitte Februar in der Stadt aufgetaucht waren. Die Häuser standen auf den beiden Seiten einer kleinen Straße, die auf dem Kamm eines kleinen Hügels verlief. Eine noch kleinere Straße ging rechts davon ab. Frauen tauchten aus den Häusern auf und kamen langsam ans Tor. Sie waren alle viel älter als ich, weit über zwanzig oder schon dreißig oder vierzig Jahre alt. Manche hatten bereits schneeweißes Haar. Die Gruppe wirkte unheimlich und geisterhaft im gelben Licht der hell leuchtenden Straßenlaternen. Einige hatten die Hemden von Männeruniformen in ihre Sarongs gestopft. Manche waren barfuß, und etliche hatten die Hände verbunden.

Immer mehr Frauen versammelten sich am Tor, und auch Kinder. Bei unserem Anblick schrien sie laut auf holländisch *«Nieuwe mensen, nieuwe mensen»*, neue Leute, neue Leute.

Manche Frauen sprachen Englisch. «Wie seltsam», dachte ich. «Was tun Engländerinnen in Palembang?»

«Hast du gesehen, wie die Straßen heißen?» fragte mich Alette.

«Allerdings.» Die Schilder bezeichneten sie als Irenelaan und Bernhardlaan. Bernhard war Prinzessin Julianas Mann. Irene hieß Julianas Tochter, die nur wenige Wochen vor Ausbruch des Krieges geboren wurde. Die Zeitungen hatten berichtet, daß die Königin den Namen gewählt hatte, weil er «Friede» bedeutete.

«Das nenne ich Ironie, oder? Ein Konzentrationslager – denn danach sieht das hier aus – mit einem Schild, auf dem Irenelaan steht.»

«Diese Andenken an unsere Königsfamilie werden wohl nicht lange stehenbleiben», meinte Antoinette. «Man wird sie wohl bald durch irgendwas mit japanischen Schriftzeichen ersetzen, die niemand von uns lesen kann.»

Während meine Schwestern und ich mit unserem Gepäck neben dem Lastwagen standen und versuchten, uns zu orientieren, wandte sich eine zierliche, energisch wirkende Frau mit Cockney-Akzent an mich: «Wenn man Ihre Lastwagenladung dazurechnet, sind wir jetzt 400 Frauen und Kinder. Ungefähr 140 von uns kommen aus Singapur. Da haben wir gewohnt oder in Malaya. Und wir waren alle so dankbar, daß wir noch Platz auf den Evakuierungsschiffen gefunden hatten, die unmittelbar vor dem Einmarsch der Japaner aus Singapur ausliefen. Aber drei von unseren Schiffen wurden bombardiert und in der Straße von Bangka versenkt – die *Vyner Brooke*, die *Giang Bee* und die *Kuala* – und eine wurde aufgebracht – die *Mata Hari*. Einige von uns rutschten an den Tauen nach unten, als sie die *Vyner Brooke* verlassen wollten, und verbrannten sich die Haut an den Händen.»

Das erklärte die Verbände.

Die Informationen wurden durch andere Frauen ergänzt. Während des Bombardements verloren viele Menschen ihr Leben. Die Überlebenden verbrachten zermürbende Stunden auf Booten, Flößen, klammerten sich an Orangenkisten fest, und manche hielten sich tagelang sogar schwimmend über Wasser. Um die *Vyner Brooke* herum war die See mit Öl bedeckt. Die Kleidung der Schwimmer saugte sich damit voll. Als sie die Küste der Insel Bangka erreichten, schenkten Einheimische ihnen Sarongs. Und bei britischen Soldaten, die in der Nähe gefangen waren, konnten die Frauen sich mit Hemden versorgen.

So waren also Schiffbrüche verantwortlich für die bizarre Kostümierung, dachte ich. Zum erstenmal überwältigte mich das ungeheure Ausmaß an Leid, das dieser Krieg verursachte. Der Krieg hatte bereits seit zwei Jahren in Europa gewütet, war für uns aber ein fernes Drama geblieben, ein abstraktes Ereignis, von dem man in der Zeitung las. Es hatte mir Spaß gemacht, für die *Spitfires*, die Churchill brauchte, Spenden zu sammeln und beim Roten Kreuz auf Tarakan am Erste-Hilfe-Kurs teilzunehmen. Als der Krieg dann näher rückte und die Insel Tarakan verschlang, wurde er zu einer Geschichte, die Vater uns nach seiner Flucht erzählte. Danach in Batavia wurden die Opfer des Krieges zu kodierten Botschaften in dem Büro, in dem ich arbeitete, als der größte Teil der alliierten Flotte bei einem Versuch, die japanische Invasionsflotte von Java abzulenken, in der Javasee verlorenging. Und doch hatte der Krieg mich noch nicht wirklich berührt.

Eigentlich konnte der Krieg mir ja nicht näher kommen als

bei dem Angriff feindlicher Bomber auf die *Poelau Bras*, bei dem die Hälfte der Menschen mit dem Schiff unterging. Aber der Untergang der *Poelau Bras* blieb für mich nur ein isoliertes, verrücktes Ereignis. Nachdem die Tortur der Fahrt auf dem Rettungsboot überstanden war, empfand ich den dreiwöchigen Treck durch den Dschungel von Sumatra – trotz der entzündeten Blutegelwunden und der Angst, kein Fluchtboot zu finden – eher als Abenteuer. Wir würden trotz allem davonkommen.

Jetzt war ich von Kriegsopfern *umgeben*, die man aus ihrer Heimat gerissen hatte, und manche waren an fremder Küste gestrandet.

«Wo sollen wir Sie nur unterbringen?» rief eine der Frauen am Tor. «Das hier sind Fünfzimmerbungalows, gebaut für Einzelpersonen oder Paare mit ein oder zwei Kindern. Bei uns im Haus leben jetzt dreißig Menschen. Was sollen wir mit Ihnen anstellen? Die Zimmer bei uns sind voll von Menschen, Bettzeug und sonstigen Habseligkeiten.»

«Also, unser Haus ist nicht mit Besitztümern vollgestopft», sagte jemand mit australischem Akzent. Es war, wie sich herausstellte, eine australische Armeekrankenschwester, eine von zweiunddreißig im Lager. «Wir waren alle auf der *Vyner Brooke* und sind hier ohne alles angekommen, bis auf die Kleider, die wir am Leib hatten. Einige Holländerinnen haben uns etwas abgegeben, Gott schütze sie, aber wir haben immer noch keine Sitzgelegenheit, auch keine Tische, keine Betten. Als die Holländer weg waren, haben bestimmt die Einheimischen die Häuser geplündert, es sind nämlich kaum noch Möbel da. Und wir haben natürlich auch keine Koffer voller Kleidung oder Kochgeräte, wie manche Holländer hier.»

Es war immer dieselbe Litanei. Diese Frauen konnten es nicht abwarten, uns mit unserem neuen Leben vertraut zu machen.

«Ja, und nichts, um darauf zu kochen. Aber wir haben uns aus Ziegeln, die wir aus der Wand gebrochen haben, einen Ofen gebaut. Und wir verheizen die Türen als Brennmaterial.»

«Bis jetzt ist kein Brennmaterial angekommen», sagte eine andere Frau.

Ihrem Akzent nach zu urteilen, war auch sie bestimmt eine australische Armeekrankenschwester.

«Ihr Neuankömmlinge solltet euch schon mal auf Reisessen einstellen. Das ist nämlich alles, was wir bekommen. Nicht mal ein bißchen Brot ...»

«Wenigstens können wir Leitungswasser trinken», sagte jemand anders.

«Tja ... wenn die Leitungen in Ordnung sind. Hier funktioniert überhaupt nichts. Der Strom ist meistens abgestellt, so daß die elektrischen Geräte in der Küche nicht benutzt werden können. Ich habe keine Ahnung, warum die Straßenbeleuchtung jetzt an ist. Vermutlich weil die Wachen es dann einfacher haben, Sie zu zählen. Diese Burschen zählen uns einfach zu gerne, aber es dauert ein Weilchen, weil sie immer durcheinanderkommen.»

Frauen traten vor, um uns Unterkunft anzubieten.

«In unserem Haus hätten fünf Platz. Die Unterbringung ist natürlich nicht gerade fürstlich, aber Sie können ja nicht auf der Straße schlafen. Möglicherweise gibt es wieder einen von diesen Monsunplatzregen.»

«In unser Haus passen noch vier. Aber keine Kinder, bitte.»

«Was meint ihr, wer wird uns wollen?» murmelte Antoinette.

In dem Augenblick kam eine Frau den Hügel hoch gerannt, die uns bekannt vorkam. «He, ihr Colijn-Mädchen!» rief sie.

«Man hat mir erzählt, Sie wären auf dem letzten Laster.

Ich war auch auf der *Poelau Bras*, mit meinem Mann zusammen.»

Ich erinnerte mich, sie mit ihrem Mann auf dem Schiff gesehen zu haben. Ich fragte mich, ob ich mich nach ihrem Mann erkundigen sollte, aber bevor ich mich entschieden hatte, ob das wohl richtig wäre, brachte sie es zur Sprache.

«Gestern haben mir die Japaner eine Liste mit den Namen aller Überlebenden gezeigt, soweit man darüber durch die drei Rettungsboote, die gelandet sind, Bescheid weiß, aber Joops Name war nicht darauf.»

«Vielleicht ist ein viertes Rettungsboot ja irgendwo anders gelandet, oder ein Floß hat es bis zur Küste geschafft.»

Aber ich wußte genausogut wie sie, daß man nur drei Rettungsboote zu Wasser gelassen hatte. Die andern waren durch die Bomben in die Luft gejagt worden, und niemand auf dem Schiff hatte den Flößen eine Chance gegeben. Ich dachte angestrengt darüber nach, was ich ihr jetzt Tröstendes sagen sollte. Aber ihr nervöses Geplapper nahm kein Ende.

«Erinnern Sie sich an die Frau mit dem zehn Tage alten Baby, die direkt aus dem Krankenhaus im Morgenmantel an Bord gekommen war? Sie ist auch hier. Mit dem Baby, das die Fahrt auf dem Rettungsboot mit der Muttermilch überlebt hat, und mit dem Sechsjährigen. Ihr Mädchen habt bestimmt einen langen Tag gehabt. Es ist fast Mitternacht. Nach *unserer* Zeit jedenfalls. Ich habe für diesen Unsinn, sich nach der Nipponzeit zu richten, nichts übrig. Ich habe immer noch meine Uhr, sie geht noch, und ich stelle sie nach unserer Zeit. Warum kommt ihr Mädchen nicht mit zu mir? Ihr könnt heute in meinem Zimmer übernachten. Auf dem Fußboden ist zwar kein Zentimeter Platz mehr, aber ich kann meine Sachen ein bißchen umräumen. Ich habe nicht viel, und ich bin sicher, es macht Mrs. de Bert und ihren vier Kindern, die zur Zeit mit mir zusammenwohnen, nichts aus, dasselbe zu tun. Ich werde ihnen helfen, ihre Sachen ein bißchen zu stapeln.»

Die vier Kinder schliefen weiter, als ihre Mutter und Mrs. Van den Hout stapelten und schoben, stießen und zogen, um für uns drei auf dem Fliesenboden Platz zum Schlafen freizumachen.

Mrs. Van den Hout borgte uns Sofakissen, die sie im Garten gefunden hatte – «Die haben bestimmt die Plünderer dahin geworfen» –, und half uns, unsere Netze festzubinden.

So begann meine erste Nacht im Internierungslager. Ich fühlte mich vorübergehend sicher, von einer freundlichen Frau umsorgt. Es war kein Japaner zu sehen, der uns herumkommandierte. Meine Schwestern und ich waren zusammen. Wir wußten, wo Vater sich befand. Auch wenn er im Gefängnis saß, so war er doch wenigstens in der gleichen Stadt. Wir würden ihn zweifellos bald wiedersehen, wenn dieser ganze Wahnsinn ein Ende hatte. Nur Mutters Schicksal bereitete uns Kummer. Wo war sie? War sie in einem Lager wie diesem? Wurde sie gut behandelt?

Antoinette, Alette und ich schliefen ein – auf leuchtend grünen Kissen mit einem Muster aus roten Hibiskusblüten. Und es ging uns immer noch nicht in den Kopf, daß wir drei rechtschaffenen Bürgerinnen – junge Frauen mit Träumen und Plänen – sich im Lager der feindlichen Besatzungsmacht befanden.

Aber es war kein Irrtum. Wir waren Gefangene der Japaner.

KAPITEL 6

Im Hauslager: Zählappell

Als wir am nächsten Morgen in aller Herrgottsfrühe unter unserem Moskitonetz hervorkrochen, flüsterte Mrs. Van den Hout, die schon aufgestanden und angezogen war: «Ich mache uns zum Frühstück Haferbrei.»

«Eine Frau hat mir ein Kohlenbecken geschenkt, das sie im Hinterhaus gefunden hat. Wahrscheinlich haben es die Diener dagelassen. Ich habe noch nie im Leben auf einem Kohlenbecken gekocht, aber so langsam gewöhne ich mich daran. Es ist draußen auf der Veranda. Eine von den Aussies hat mir Feuerholz dafür gegeben.»

«Was bekommt man denn hier zu essen?» fragte ich.

«Ich bin erst seit drei Tagen hier, deshalb weiß ich es nicht so genau. Gestern kam ein Lastwagen mit einer Fuhre Lebensmittel. Der Fahrer, ein Einheimischer, hat einfach alles auf die Straße gekippt. Einen Jutesack mit Reis und etwas faules Gemüse, das *kangkung* heißt, eine Art welker Spinat. Nicht die Kartoffeln, um die wir gebeten hatten, und auch nicht das Brot. Oh, und dann haben wir noch eine Ration Enteneier bekommen. Die bestand aus einem Ei für sieben Personen.»

«Wie teilt man denn ein Ei unter sieben Leute auf?»

«Manche haben das Ei in eine Suppe geschlagen, oder es wurde hartgekocht, zerstampft, und jeder bekam einen Klecks davon ab, oder man hat mit Unmengen Wasser Rührei daraus gemacht und an alle einen Teelöffel davon verteilt. Manche haben es auch verlost.»

«Und was haben Sie damit gemacht?» fragte Alette.

«Ich muß noch warten, bis ich an der Reihe bin. Die wenigen Eier für dieses Haus gingen an andere *kongsis*.»

Meine Schwestern und ich hatten sich nun schon lange genug in Niederländisch-Ostindien aufgehalten, um zu wissen, daß das chinesische Wort *kongsi* eine Gemeinschaft, Partnerschaft oder Gruppe bezeichnete. Hier wurde das Wort offensichtlich für Kochgemeinschaften benutzt.

Mrs. Van den Hout fuhr fort. «Die größte *kongsi* ist die der australischen Krankenschwestern, die alle zweiunddreißig in eins der Häuser in der Irenelaan gepfercht sind. Es gibt auch britische, holländische, holländisch-eurasische und englisch-eurasische *kongsis*.»

Später wurde mir klar, daß es sich nicht um rassistische Einteilungen handelte. Sie resultierten eher aus einem Trostbedürfnis. Mit Leuten zusammenzusein, die einem ähnlich waren, sorgte für ein Gefühl der Geborgenheit in einer Zeit, in der sich plötzlich alles so drastisch verändert hatte.

«Die kleinste *kongsi* besteht aus einer Person, wie in meinem Fall. Ich konnte mich nicht entscheiden, wem ich mich anschließen sollte. Aber wenn ihr Mädchen euch mit mir zusammentun wollt, würde mich das sehr freuen.»

Wir sahen uns an und nickten zustimmend.

Sie strahlte: «Prima.»

Und so begann für meine Schwestern und mich das Leben in einer Vierer-*kongsi* in dem, was wir später das «Hauslager» nannten.

Nach großzügigen Portionen von Mrs. Van den Houts Haferflocken, die sie in einer leeren Konservendose gekocht hatte, liefen wir drei über die Bernhardlaan den Hügel hinauf, um zu sehen, was im Lager vor sich ging. Die Morgenkühle war verflogen, und die Luft war wieder schwül und drückend.

«Vielleicht finden wir heraus, warum wir überhaupt hier sind», sagte Antoinette.

Das wußte im Grunde genommen niemand. Schwester Catharinia, eine von den Nonnen, denen wir uns am Abend zuvor auf der Straße in Palembang angeschlossen hatten, sagte, sie hätte gehört, wie ein japanischer Offizier jemandem erklärte, wir wären hier, weil man uns vor den Einheimischen schützen wollte. Aber was sollten die gegen uns haben? fragte sie sich.

Betty Jeffrey, eine von den australischen Krankenschwestern, die wir dann etwas später trafen, sagte, sie hätte gehört, daß die Japaner eine großasiatische Wohlstandszone planten, in der kein Platz für Nichtasiaten wäre.

«Das hat auch der amerikanische Journalist auf unserem Rettungsboot gesagt», erklärte ich.

«Es verstößt jedenfalls gegen alle internationalen Konventionen, uns Armeekrankenschwestern zu internieren.»

«Sie haben auch unsere Mutter interniert», sagte Alette.

«Sie hat als Rotkreuzschwester auf Tarakan gearbeitet.»

Eine Engländerin, die sich als Shelagh Brown vorstellte, gesellte sich zu uns. Sie wohnte mit ihrer Mutter und einem Dutzend anderer Leute «eng wie die sprichwörtlichen Sardinen» in der kleinen Garage von Haus Nummer 9. Sie schien fünf oder sechs Jahre älter als ich zu sein. Andere Frauen aus ihrer Garage schlenderten herbei, und wir machten weiter unserer Empörung darüber Luft, daß wir uns an diesem scheußlichen Ort aufhalten mußten.

«Wir wollen nur hoffen», sagte jemand, «daß man bald einsieht, wie albern das Ganze ist. Vierhundert unschuldige Frauen und Kinder hinter Stacheldraht. Nachts auf dem Boden schlafen. Kein Moskitonetz, fürchterliches Essen ...»

«Und für die Schiffbrüchigen weder Kleider noch Schuhe», schaltete eine andere sich ein.

«Von unseren Männern getrennt ...»

«Womit haben wir das alles verdient? Vor allem diese lieben holländischen Nonnen, die ihr Leben damit verbracht haben zu unterrichten, und die aufopfernden Missionarinnen aus Singapur ...»

«Hausfrauen, die sich nur um ihre Kinder und Ehemänner gekümmert haben. Hier gibt es doch niemanden, der aktiv am Krieg beteiligt war.»

Wir bemerkten einen kleinen Auflauf am Tor und gingen hin, weil wir wissen wollten, was dort los war. Der Aufseher öffnete das Tor, und eine der Frauen lief aus der Stacheldrahtumzäunung nach draußen, in die Freiheit.

«Das Mädchen hat Glück», sagte Shelagh. «Sie kommt aus der Schweiz. Neutrales Land. Auch deutsche Staatsbürger dürfen gehen, denn Deutschland ist ja mit Japan verbündet. Ich habe gehört, daß man den holländischen Eurasiern die Wahl läßt, weil sie teilweise asiatisches Blut haben. Aber ohne Ehemänner, die für sie sorgen ... Ah, da ist ja Nel.»

Nel Mahodim, eine holländische Eurasierin, versuchte, sich einem Aufseher verständlich zu machen. Es sah aus, als dürfte auch sie gehen. Wir sahen uns verblüfft an, als sie sich umwandte und wieder zurück ins Lager ging. Die Frauen umringten sie und fragten: «Warum bist du nicht weggegangen?»

Nel erwiderte schüchtern und leise: «Ich fühle mich hier sicherer als draußen, wo all die fremden Soldaten herumlaufen.»

Die Frauenschar verstummte. Wir alle hatten schreckliche Geschichten über Plünderungen und Vergewaltigungen durch japanische Soldaten gehört.

Shelagh bemühte sich, schnell das Thema zu wechseln. «Eine von den Missionarinnen in unserer Garage hat das

‹Lied vom Lager in Palembang› geschrieben. Es wird zur Melodie von *‹A Hunting We Will Go›* gesungen. Soll ich euch die letzte Strophe vorlesen?» Sie zog einen Zettel aus dem übergroßen Herrenhemd, das man ihr nach dem Schiffbruch geschenkt hatte.

> Die Sonne sinkt, die Nacht bricht an,
> die Mücke summt heran.
> Ich rück den Tisch, bereite mir
> mein Bett wie immer dann.
>
> Wenn's Netz mir fehlt, nehm' Waffen ich
> aufs Bodenlager mit.
> So woll'n wir schlafen geh'n,
> ja, schlafen woll'n wir geh'n, ja, geh'n.
> Der Feind wird uns nicht mutlos sehn!
> Ja, schlafen woll'n wir geh'n.

Sie hatte gerade die letzte Zeile vorgelesen, als das ganze Lager vom durchdringenden Pfiff eines Aufsehers aufgescheucht wurde, der zum *tenko* oder Zählappell rief. Frauen strömten aus den Häusern. Frauen füllten die Straßen. Wie ein flüssiger Lavastrom bewegte sich alles auf das Schilderhaus zu.

«O je, wir müssen uns wieder zählen lassen und dieses Verbeugungstheater mitmachen», sagte Shelagh. «Und es ist schon wieder so heiß. Ich denke, sie warten absichtlich, bis sie uns in der Sonne leiden lassen können.»

«Du meinst, wir müssen uns vor dem Aufseher verbeugen?» fragte Alette.

«Nein, nein, vor dem Kaiser von Japan. Der Soldat verkörpert ihn nur. Deshalb macht er auch so ein Theater darum, daß wir es ja richtig machen. Ein Grinsen, ein falscher Winkel, eine Geste, die als Beleidigung für Hirohito, den Herrscher im Land der aufgehenden Sonne, aufgefaßt werden könnte, schon regt er sich auf. Das kann einem dann eine schallende Ohrfeige oder einen üblen Tritt vors Schienbein einbringen. Vor zwei Tagen mußten wir alle eine Ewigkeit lang stehen, in praller Sonne, weil eine arme Seele sich nicht ordentlich verneigt hatte. Albern, diese Zählerei. Als würden wir weglaufen. Wo sollten wir weißen Frauen uns denn auf dieser Insel mit dunkelhäutiger Bevölkerung verstecken? Wie sollten wir hier wegkommen? Aber wir gehen jetzt besser zu den andern und lassen das Theater über uns ergehen.»

Meine Schwestern und ich folgten Shelagh und suchten nach Mrs. Van den Hout. Wir wurden nämlich hausweise gezählt. Dort am Fuße der Irenelaan, wo die Zählung stattfand, sah ich zum ersten Mal, wie viele Kinder sich im Lager befanden – meist holländische, Babys auf Armen, Kleinkinder, die sich an den Händen ihrer Mütter festhielten, Kinder im Grundschulalter.

Neben dem Tor stand der Aufseher, eine brutal wirkende Kreatur mit der bereits vertrauten Khakimütze mit Lappen hinten und einem von diesen gräßlichen Bajonetten auf dem Gewehr. Die «Häuser» stellten sich reihenweise vor ihm auf. Eine Holländerin, die ich bis dahin noch nicht gesehen hatte, meldete sich als Kapitän von Haus Nummer 16. Ich lernte sie dann als Mrs. Van Zanen kennen, die mir später ein Paar Schuhe schenkte.

«Keirei!» brüllte der Soldat.

Offensichtlich bedeutete das Wort «verneigen», denn alle klappten aus der Hüfte heraus nach vorn wie ein Taschenmesser, den Kopf gesenkt, die Arme senkrecht am Körper. Meine Schwestern und ich taten dasselbe.

«Absurd», murmelte ich Alette neben mir zu.

«Schschsch», zischte Mrs. Van den Hout.

Die Hauskapitäne riefen auf malaiisch, wie viele aus ihrem Haus anwesend waren. Der Soldat überprüfte die Zahlen mit Hilfe eines Blattes, das er in seiner Uniformtasche bei sich trug, und lehnte dabei seine Waffe ans Stacheldrahttor.

«Gott sei Dank lief der *tenko* heute problemlos ab», meinte unsere neue Zimmernachbarin, Mrs. De Bert, als wir ins Haus Nummer 16 zurückkehrten. «Vor zwei Tagen mußten wir alle in der Sonne stehen, sogar die Kinder. Eine Frau fiel in Ohnmacht, und als sie wieder zu sich kam, mußte sie trotzdem weiter stehen bleiben. Eine der Eurasierinnen, die fließend Malaiisch spricht, hat diese Vorgehensweise auf malaiisch als *djemur* bezeichnet, in der Sonne trocknen lassen. Wir wurden also *djemurt*, ein sehr sprechender Ausdruck, finde ich.»

Tenko wurde zur täglichen Übung. Einige Frauen konnten sich die ganze Internierungszeit hindurch nicht damit abfinden. Eine solche Erniedrigung, sich vor diesem Unbekannten in Tokio verbeugen zu müssen! Wir hatten bisher nicht einmal ein Foto von ihm gesehen. Andere jedoch ließen ihre Phantasie spielen, stellten sich vor, sie würden sich vor Gott verneigen, vor Jesus, vor einem geliebten Menschen, jeden Tag vor jemand anderem. Eine der Frauen aus Garage Nummer 9 wählte sie aus der Liste ihrer klassischen Lieblingskomponisten aus. «Kein Japaner kann unsere Gedanken kontrollieren», sagte sie.

Zuerst fand ich es schwierig, Abstand zur realen Situation zu gewinnen. Der Aufseher und seine verhaßte Pfeife erinnerten mich ständig daran, daß ich mich in Gefangenschaft befand. Aber auch ich lernte, mich vor dem Kaiser zu verbeugen, ohne einen Gedanken an *ihn* zu verschwenden.

Mit der Zeit schwand unsere Angst davor, vergewaltigt zu werden. Anfänglich hatten japanische Offiziere versucht, die Australierinnen dafür zu gewinnen, ihnen in einem Club Gesellschaft zu leisten. Die Schwestern durchkreuzten diese Bemühungen, indem sie sich so häßlich wie möglich machten und jeden Annäherungsversuch ablehnten. In unserem Lager wurde niemand vergewaltigt. Wir entwickelten eine Theorie, nach der die Japaner unseren Geruch nicht ausstehen konnten. Offenbar hatte man den Soldaten strengstens untersagt, die gefangenen Frauen sexuell zu belästigen. Ein solcher Befehl wurde nicht in allen Lagern in gleicher Weise befolgt, aber wenn ein Soldat dabei erwischt wurde, daß er diesem Befehl zuwiderhandelte, wurde er gewöhnlich für diesen Verstoß hingerichtet.

Andererseits hatten die japanischen Offiziere in einigen Lagern auf Java junge Frauen aus den Lagern in Bordelle verschleppt und gezwungen, die sexuellen Wünsche der Männer zu befriedigen. Da Frauen ungern über Vergewaltigung, besonders über wiederholte Vergewaltigungen reden, behielten die «Freudenmädchen» ihre Geschichte für sich. In den letzten Jahren jedoch haben sie begonnen zu reden und Bücher zu schreiben. Jane Ruff O'Herne, eine Holländerin, die nach dem Krieg nach Australien ausgewandert ist, schrieb *«Fifty Years of Silence»* (Fünfzig Jahre des Schweigens), das ein australischer Filmemacher dann zur Grundlage einer Dokumentation machte – ein «wunderbarer Film, ein bewegendes und mutiges Dokument», meinte meine Tochter in Amsterdam, die ihn im holländischen Fernsehen sah.

An jenem ersten Tag im Lager verdrängten meine Schwestern und ich einfach jeden Gedanken an eine Vergewaltigung. Sicherlich würden wir es nicht lange bei diesen Unmenschen aushalten müssen.

«Ich bin sicher, das Rote Kreuz wird bald für uns tätig werden», sagte ich, als wir drei am Abend vor Nummer 16 saßen.

«Ich glaube, wir werden bald von Vater hören. Wenn ich das richtig verstanden habe, ist das Gefängnis nur ein paar Kilometer von hier entfernt», sagte Antoinette.

Alette war mit ihren Gedanken in Borneo. «Was Mutter wohl macht? Das ist jetzt schon ihre zweite Internierung.»

Im südafrikanischen Burenkrieg (1899–1902) wurden meine Großmutter mütterlicherseits und ihre fünf Kinder in einen Hühnerstall gepfercht, während britische Soldaten ihre

Farm in Brand setzten. Mein Großvater, der Holland verlassen hatte, um Farmer in Transvaal zu werden, war mit seinem besten Pferd unterwegs, um gegen die *«Rednecks»* zu kämpfen. Als von der Farm nur noch zwei Mauern standen, karrten die Soldaten die Familie in ein Konzentrationslager für Frauen und Kinder. Mutter war damals neun.

«Ist es nicht eine Ironie des Schicksals, das ausgerechnet Lord Kitchener, ein Engländer, als erster auf die Idee für ein Konzentrationslager für Frauen und Kinder gekommen ist», dachte ich laut. «Und jetzt stecken die Japaner englische Frauen und Kinder in so ein Kitchener-Lager.»

«Das solltest du hier besser nicht laut sagen», meinte Alette.

* * *

Drei Monate später waren wir immer noch da. Es kam niemand mehr aus dem Lager heraus. Und niemand kam mehr hinein. Es gab auch keine Nachrichten mehr aus der Welt draußen, was ein schreckliches Gefühl der Isolation bewirkte. Wie war der Krieg verlaufen? Wo befanden sich die Ehemänner, die in den Krieg gezogen waren? Lebten sie noch und waren in Kriegsgefangenschaft? Und wie ging es unseren Männern im Gefängnis von Palembang? Etliche der Holländerinnen hatten ihre Ehemänner dort, einige Engländerinnen ebenfalls. Und Vater war auch dort. Es war uns nicht gestattet, Nachrichten auszutauschen.

«So nah», empörte sich Antoinette. «Nur ein paar Kilometer entfernt, und bis jetzt nicht ein Wort. Und in der Bibel heißt es, du sollst deine Feinde lieben!»

Als uns klar wurde, daß wir keinesfalls mit unserer baldigen Entlassung rechnen konnten, begannen wir uns im Lager einzurichten.

Es gab keinen offiziellen Weg, um irgend etwas zu bitten. Die Frauen begaben sich einzeln zur Wachstube und fragten nach dem, was sie brauchten. Bald wurden unsere Bewacher die Flut der Beschwerden leid und weigerten sich, mit irgend jemandem außer einer Lagervertretung zu sprechen.

Es gab einige Unruhe, bis wir uns auf eine Vertretung geeinigt hatten, mit der alle in diesem gemischten Lager glücklich waren. Schließlich bestimmten wir dann zwei Frauen: eine für die Holländerinnen, und zwar Mutter Oberin Laurentia; und Jean McDowell, eine Ärztin, die in Singapur praktiziert hat, für *de Engelsen.* Sie war eine von den Britinnen und Australierinnen, die wir Holländerinnen aus Faulheit fälschlicherweise als «die Engländerinnen» zusammenwarfen, eine Angewohnheit, die wir unsere ganze Lagerzeit hindurch beibehielten.

Einige der holländischen Protestantinnen nahmen Anstoß daran, daß eine Katholikin sie vertreten sollte, aber keine andere war so würdevoll, so gelassen und wohl auch so weise wie diese Oberin der Carolus-Borromeus-Schwestern von Lahat.

Das Paar ging immer im Tandem zur Wache. Die hochgewachsene Mutter Laurentia schritt forsch und kräftig aus, und ihr freundliches, angenehmes Gesicht wirkte entschlossen. Sie trug einen blauen Arbeitskittel, angefertigt von einer Schwester aus einem Ballen Baumwollstoff, den Mutter Laurentia in weiser Voraussicht mitgebracht hatte. Dieses Habit war weit weniger beengend und verhüllte die Figur auch weit weniger als ihr ursprüngliches weißes, und der weniger straff sitzende Schleier ließ ein wenig von ihrem ergrauenden Haar sehen. Mutter Laurentia war zu dem Entschluß gekommen, daß die Nonnen ihren Kopf nicht mehr kahlzuscheren brauchten.

Neben ihr wirkte Dr. McDowell – im roten Rock mit großen weißen Punkten und kurzärmeliger weißer Bluse, die mit jedem Waschen schmuddeliger wurde – wie ein Schulmädchen. Sie trug das einzige Stethoskop, das im Lager vorhanden war, um den Hals in der Hoffnung, ihr Status als Ärztin würde ihren Bitten um bessere Unterkunft, um Kleidung, Verpflegung und Medikamente größere Durchschlagkraft verleihen.

Die beiden Frauen sprachen Malaiisch oder Englisch mit der Wache. Manchmal ging zum Übersetzen Tine Muller mit, die Mutter mit dem Kleinkind von der *Poelau Bras*. Da sie in Japan gewohnt hatte, wo ihr Ehemann als holländischer Marineoffizier an der Holländischen Botschaft zu tun hatte, konnte sie ein wenig Japanisch. Ob der Aufseher die Forderung verstand oder nicht, machte allerdings keinen Unterschied. Die Antwort lautete mit ziemlicher Sicherheit nein, selbst wenn wir für diejenigen, die sich wegen der Anophelesmücken mit Malaria infiziert hatten, um Chinintabletten baten.

«Was soll man auch anderes erwarten, wenn man kein Moskitonetz hat, unter dem man schlafen kann», meinten wir. Allerdings zogen sich auch viele mit Netz Malaria zu, eine schwächende Krankheit mit regelmäßig wiederkehrenden Anfällen von Schüttelfrost, auf die hohes Fieber folgte.

Ein Rotkreuzkomitee traf die Entscheidung darüber, welche Mütter etwas Milch aus den wenigen Kannen, die die Japaner hin und wieder lieferten, abbekommen sollten. Sie überlegten auch, an welche ‹Lagerarmen› etwas von dem Geld verteilt werden sollte, das bei Wohltätigkeitsbasaren gesammelt wurde – bei denen man einen aus einer Flechttasche angefertigten Hut verloste und «Nadelbücher» verkaufte. Dabei handelte es sich um kleine rechteckige Stoffstücke, die man wie ein Buch zusammengenäht hatte, normalerweise mit einem Umschlag aus feinbesticktem Reissackgewebe. Dort konnte man Nadeln aufbewahren.

Als die Japaner einen Ballen von schwarzem Stoff lieferten, der zur Verdunkelung der Fenster gedacht war, verteilte das Rotkreuzkomitee ihn auf die Häuser. Allerdings deckte niemand die Fenster ab. Lieber saßen wir im Dunkeln und ließen die Luft herein. Aus dem schwarzen Stoff machten wir Kleider.

Viele von uns benötigten Geld. Die meisten Schiffbrüchigen

besaßen keins. Mit Geld konnten wir uns Lebensmittel oder Gebrauchsgegenstände von Mitgefangenen oder von einem indischen Händler kaufen. Der durfte hin und wieder ins Lager samt seinem Ochsenkarren, auf dem er so dringend benötigte Sachen wie Nadeln, Seife, Zahnbürsten hatte und Köstlichkeiten wie *gula jawa*, Zucker aus dem Saft der Zukkerpalme, der in Form von runden, in Bananenblätter gewikkelten Küchlein verkauft wurde.

Obwohl der Besitz von Geld noch keine Angelegenheit auf Leben und Tod war, zerbrachen sich die Frauen, die keines hatten, den Kopf darüber, wie sie es sich bei den Frauen mit Geld verdienen konnten. Shelaghs Mutter fertigte Hüte aus den Flechttaschen aus Gras, in denen gelegentlich Gemüse geliefert wurde. Australische Krankenschwestern in Betty Jeffreys Haus schnitten Haare. Manche Frauen verkauften selbstgebackene Kekse.

Es gab im Lager Diskussionen darüber, ob man das Geld vielleicht in einen gemeinsamen Topf tun und für die Gemeinschaft als Ganzes ausgeben sollte. So wurde es, wie ich später herausfand, in einigen Kriegsgefangenenlagern auch gehalten. In unserem Frauenlager ließ sich diese Idee nicht durchsetzen. «Mein Mann hat mir das Geld gegeben, damit ich für die Kinder sorge», sagte eine holländische Mutter, «und deshalb gebe ich das Geld auch nur für meine Kinder aus.»

Vater hatte mir und meinen Schwestern ebenfalls Geld gegeben. Außerdem besaß ich meine Abfindung von drei Monatsgehältern. In Öltuch gewickelt, waren die Scheine nach dem Schiffbruch kaum naß geworden, so daß ich sie rasch trocknen konnte, als wir wieder an Land waren. Warum sollten wir drei jetzt Geld in einen Gemeinschaftstopf werfen?

Es wurden weitere Einrichtungen geschaffen, die an unser früheres Leben erinnerten, wie eine Bücherei für die Erwachsenen, Singgruppen und Schulunterricht für Kinder. Bei einer der Zählungen waren insgesamt 92 Kinder im Lager. Die Stunden für die holländischen Kinder wurden von den Carolus-Borromeus-Schwestern gehalten und von den Heilig-Herz-Schwestern, die an einer Schule in Palembang unterrichtet hatten. Ohne jedes Schulbuch saßen die blauen und die gestreiften Schwestern, wie man sie wegen ihres Habits oft nannte, inmitten ihrer Schüler draußen auf dem Boden, wenn es nicht regnete, oder, wenn doch, geschützt auf irgendeiner Veranda. Lesen unterrichteten die Nonnen mit einem handgeschriebenen Lesebuch und Schreiben und Rechnen auf Blättern aus den kostbaren Heften, die sie mit ins Lager gebracht hatten. Die älteren Kinder lernten die Geschichte Hollands und die Namen der elf holländischen Provinzhauptstädte auswendig.

Als wir im Lager ankamen, lagen überall in den Häusern Bücher herum. Sie waren für die Plünderer offenbar nicht von Interesse, die sonst wirklich alles, was die früheren holländischen Bewohner zurücklassen mußten, hatten mitgehen lassen. Es gab holländische Romane und ein paar englische wie *«Gone With the Wind»* und *«Anthony Adverse»* und einen französischen Roman, Victor Hugos umfangreiches Werk *«Les Misérables»*. Schwester Catharinia brachte damit Alette den Französischstoff der höheren Schule bei.

Die Bücher landeten in einer großen Kiste, die mit LAGERBIBLIOTHEK beschriftet war. Sie wurde hin und her geschoben, bis sie auf dem überdachten Gang vor unserer zweiten Unterkunft landete. Ich wurde Lagerbibliothekarin, mit ausgehängten Büchereizeiten. Es war ein Segen, daß die Bücher schon bald nach unserer Internierung zu Bibliotheksbüchern erklärt wurden. Wenn man sie nicht so deklariert hätte, wären ihre Seiten sicher in den zahlreichen Kohlenpfannen und Kaminen, die ständig im Lager prasselten, verfeuert worden. Mutter Laurentia leitete einen holländischen Kinderchor und einen für die holländischen Erwachsenen.

Die «Engländerinnen» hatten sowohl einen Kirchenchor wie einen Chor, aus dem später der Singkreis wurde.

Die englischen Gruppen wurden normalerweise von Miss Dryburgh geleitet, einer der vier presbyterianischen Missionarinnen, oder von Norah Chambers, einer Britin, die an der Königlichen Akademie in London Violine, Klavier und Gesang studiert hatte. Es gab kein Liederbuch im Lager bis auf ein presbyterianisches Kirchengesangbuch, ein paar alte und moderne Choräle der Anglikanischen Kirche und vielleicht auch das eine oder andere holländische Liederbuch, von dem ich keine Kenntnis hatte. Die meisten Lieder wurden aus dem Gedächtnis gesungen.

Antoinette und Alette, die gut Englisch sprachen, sangen in den englischen Chören mit. Sie schrieben die Liedertexte in Hefte, die wir in einem Wandschrank in Haus Nr. 16 gefunden hatten (ein Glücksfall, den wir damals noch nicht zu schätzen wußten).

Oft beneidete ich Antoinette und Alette und wünschte, ich könnte sie begleiten. Sie waren andere Menschen, wenn sie gesungen hatten. Sie waren beschwingter, glücklicher. Aber ich war ein *brommertje*, der unmusikalische «kleine Brummer» in der dritten Klasse, der mit ein paar anderen *brommertjes* im Klassenzimmer bleiben und holländische Volkslieder singen mußte, während die andern aus der Klasse sich in die Turnhalle begaben, um bei einem richtigen Gesangslehrer mehrstimmig zu singen.

Ein Chor wurde manchmal von einer Frau aus dem australischen Haus begleitet, die auf einem lädierten Klavier spielte, das durch die tropische Feuchtigkeit und weil es schon lange nicht mehr gestimmt worden war, unsauber klang. Eine Holländerin von der Heilsarmee hatte ein kleines Harmonium ins Lager mitbringen können, und sie stellte das tragbare Instrument für bunte Abende zur Verfügung. Allerdings war das Instrument hauptsächlich für die Gottesdienste der holländischen Protestanten gedacht, und orthodoxe Kirchenmitglieder monierten, es bedeute eine Entweihung des frommen Instrumentes, wenn es für weltliche Musik verwendet würde – oder, was noch schlimmer war, gar zur Begleitung des Tanzensembles, bei dem Frauen in den Proben für eine Varietéaufführung, die die Sängerinnen auf die Bühne bringen wollten, ihre Beine hochwarfen. Nach Ansicht der Kirchenmitglieder waren solche Tänze unmoralisch.

Beide Seiten hielten an ihren Standpunkten fest. Selbst der Hinweis, daß unsere Frauen ihre nackten Beine doch nur vor anderen Frauen zeigten und nicht mit der Absicht, Männer zu erregen, überzeugte die äußerst kleine Schar der Harmonium-fürs-Vergnügen-Gegnerinnen nicht. Die Besitzerin des Harmoniums machte der Sache ein Ende, indem sie, als spräche sie mit zankenden Sechsjährigen, sagte: «Wenn Sie sich über das Harmonium nicht einigen können, dann bekommt es eben niemand.»

«Ein Sturm im Wasserglas», sagte Alette. «Das Harmonium klingt sowieso nicht mehr besonders gut. Was soll also das Theater?»

Es tat allen leid, daß der Streit zu Ende war. Man hatte sich bei den Abendspaziergängen auf der Irenelaan oder bei einem kleinen Schwatz in den Häusern so wunderbar darüber unterhalten können.

Das Ensemble tanzte nach den Melodien des verstimmten Klaviers in einem Programm von A-cappella-Gesangsnummern – der englische Chor, der holländische Chor, Solisten, mehrstimmig vorgetragene Lieder und Sketche. Dafür schrieb Miss Dryburgh die Texte.

* * *

Die Japaner hatten angeordnet, daß Haus Nr. 16 und zwei andere freigemacht werden müßten, und die Bewohner verteilten sich auf die restlichen dreizehn Häuser. Meine Schwestern und ich nahmen Abschied von der gutherzigen Mrs. Van den Hout und zogen in einen winzigen Verschlag im Dienstbotenflügel von Haus Nr. 13, der früher wohl als Bügelzimmer gedient hatte. Wir waren nun eine Dreier-*kongsi*.

Eine von uns schlief auf der Betonablage, die an der Rückwand entlanglief. Die beiden anderen auf dem Betonboden darunter. Wir hatten unsere beiden Moskitonetze so zerschnitten, daß man drei daraus machen konnte, und unsere Matratzen bestanden aus grasgefüllten Reissäcken. Der Verschlag besaß kein Fenster. Licht und Luft kamen durch die Türöffnung. Bei Regenwetter war es feucht und klamm darin, und es roch ständig muffig und schimmelig. Der Verschlag ermöglichte uns allerdings ein gewisses Privatleben, es sei denn, die dreißig Menschen aus dem Haus standen davor Schlange, weil sie ins Bad wollten.

Es war ein Badezimmer östlichen Stils, in dem wir uns baden konnten, mit einem Wasserbehälter in einer Ecke. In diesen Wasserbehälter hätten wir einen Schöpflöffel getaucht und uns zum Waschen mit Wasser übergossen, wenn denn Wasser im Tank gewesen wäre. Statt dessen mußte jede Frau sich ihr Wasser in einem Eimer holen, den sie am zentralen Wasserhahn, der vielleicht gerade einmal funktionierte, oder aber am Regenrohr gefüllt hatte. Damals richteten wir uns alle noch nach den Anstandsregeln der Vorkriegszeit und legten Wert darauf, uns nacheinander hinter geschlossenen Türen zu waschen.

Meine Schwestern und ich kochten abwechselnd in Konservendosen auf einer Kohlenpfanne, die uns jemand geschenkt hatte. Wir hatten bis dahin nie kochen müssen, aber Mrs. Van den Hout gab uns gute Ratschläge, und unsere tägliche Ration Reis und Gemüse zu kochen verlangte kein besonderes kulinarisches Talent. Als nützlich erwiesen sich unsere Erfahrungen als Pfadfinderinnen. Ich fand es ganz erholsam, vor der Kohlenpfanne zu hocken und das Feuer mit einem kleinen Bambusfächer anzufachen – es sei denn, die Holzration war wieder einmal grün und saftig und verbrannte nur ungleichmäßig mit beißenden Qualmwolken.

Gelegentlich kam das Lager in den Genuß einer Ration Kokosnüsse. Eine der Eurasierinnen zeigte uns, was man alles mit einer Kokosnuß anstellen konnte. Ziehe die zottige äußere Hülle ab, und du kannst sie als Topfkratzer oder Zahnbürste verwenden. Binde Palmwedel zusammen, und du hast einen Besen. Schlage die harte Schale der Kokosnuß in zwei Hälften, und du hast, wenn du das Fleisch herausgelöst hast, zwei Schüsselchen. Das Fleisch kannst du einfach naschen oder aber grillen oder auspressen, so daß du «Kokosmilch» erhältst. Daraus kann man eine Sauce herstellen, z. B. mit Ingwerwurzel oder Tamarinde. Diese einheimischen Gewürze, die man beim indischen Händler kaufen konnte, mußten in einem geborgten Granitmörser mit einem Granitstößel zerkleinert werden.

Wir drei meldeten uns, als dann Freiwillige für Gemeinschaftsaufgaben wie Straßenfegen oder die Lebensmittelverteilung gesucht wurden. Letzteres gehörte zu den eher strapaziösen Aufgaben, denn der Lastwagen kam immer in der heißesten Tageszeit. Das hielt andere Internierte nicht davon ab, sich um den Laster zu versammeln, um darauf zu achten, daß es beim Verteilen in die auf der Straße aufgereihten Behältnisse auch gerecht zuging. Zweiunddreißig Portionen von ungekochtem Reis in den Kübel für die australischen Krankenschwestern ... fünfzehn in den Eimer für die *kongsi* in Garage Nr. 9 ... fünf in den Nachttopf einer holländischen Familie ... drei in die Konservendose für die Colijn-Mädchen. Besonders aufmerksam waren die Kiebitze, wenn hin und wieder einmal Rationen von *kacang hijau* – grünen, linsengroßen Erbsen, reich an Vitamin B – verteilt werden mußten oder wenn Chilischoten ankamen – reich an Vitamin C und gut, um Sambal daraus zu machen.

Abends liefen Frauen die kurze Irenelaan (vier Häuser auf jeder Seite) auf und ab, auf und ab wie gefangene Tiger. Das war die Zeit für den Austausch der neuesten Gerüchte. Oft waren die Gerüchte so phantastisch, daß selbst die Leichtgläubigste im Lager sie nicht schlucken mochte: «Die Alliierten sind im Begriff, Sumatra zurückzuerobern» oder «Eine Rotkreuzdelegation wird nächste Woche das Lager besichtigen». Immerhin gaben uns solche Gerüchte Hoffnung. Gelegentlich klang ein Gerücht auch ziemlich überzeugend. Präsident Roosevelts angebliche Äußerung, die Truppen wären an Weihnachten wieder zu Hause – mit anderen Worten, der Krieg wäre bis Weihnachten zu Ende –, hielt uns im Hauslager alle über Monate hinweg aufrecht.

KAPITEL 7

Die Gefangenenhymne

Für unser Lager verantwortlich war eine Reihe japanischer Offiziere in gut gebügelten Uniformen und hohen, glänzenden Stiefeln. Unseren Lagerkommandeur bekamen wir oft wochenlang nicht zu Gesicht. Vermutlich war ihm unser Anblick verhaßt, denn unseretwegen saß er hier an diesem langweiligen Außenposten auf Sumatra fest, weit entfernt von jeder ruhmreichen militärischen Aktion.

Die Japaner aber, die wir zu Gesicht bekamen und mit denen wir täglich zu tun hatten, waren im allgemeinen ungebildete, ungehobelte, ungepflegte einfache Soldaten. Sie waren es, die uns zählten, die all unsere Forderungen ignorierten und gelegentlich ihre üble Laune an uns ausließen.

Besonders gemein waren die Wachsoldaten dann, wenn sie vom Reiswein betrunken waren. Dann bekamen sie Tobsuchtsanfälle, falls eine Frau die Kühnheit besaß, eine Kiste vom Lebensmittellaster zu nehmen, um sie als Sitzgelegenheit zu verwenden. Oder weil sie nicht ordentlich angezogen war, wenn ein Offizier zur Lagerinspektion erwartet wurde. (Natürlich konnte sie ja auch nur in der schäbigen Lageruniform aus Shorts und Sonnenhemdchen erscheinen, denn die Bitte um Stoff hatte man ignoriert.) Oder die Wachen zogen durch eines der Häuser, zerrten die Matratzenlager auseinander, leerten Koffer und Vorratstaschen auf der Suche nach verbotenen Tagebüchern.

Eines Tages allerdings schlenderte ein Soldat zu dem Haus hinüber, wo sich gerade ein paar Australierinnen zur Unterhaltung gegenseitig etwas vorführten, und machte am Fenster Zeichen, daß er hineingebeten werden wolle. Im Haus wollte ihn allerdings niemand dabeihaben. Also bot man ihm einen Platz auf dem Abfalleimer an, der ihm zuliebe vor das Fenster gestellt wurde, und von da aus sah er den Frauen dann zu. Er amüsierte sich ungemein und lachte sehr über eine Pantomime, die zwei Frauen aufführten.

Ein anderer Wachsoldat bat die gleichen Frauen (im Juli) *«Auld Lang Syne»* für ihn zu singen. Sie taten es, und er sagte höflich *«arigato»*, danke schön auf japanisch.

Hinter dem Haus der Australierinnen fand der normale «Schwarzmarkt»-Handel statt. Ein chinesischer Bursche wurde dabei erwischt, daß er einen Laib Brot über den Stacheldrahtzaun warf. Die Wachen schleppten ihn ins Lager und banden ihn an einen Pfahl. Sie hoben seine Arme über seinen Kopf und banden ihm ein Seil so um Hände und Hals, daß er sich erwürgen mußte, wenn er die Arme senkte.

Mutter Laurentia flehte die Wachen an, ihn fortzubringen, aber ohne Erfolg. Wir durften ihm in keiner Weise helfen.

Einer der englischen Jungen widersetzte sich dem Befehl und gab dem Mann etwas zu trinken. In der Nacht legte ihm jemand ein geknotetes Taschentuch über den Kopf. Als die Wache das am nächsten Morgen bemerkte, schlug sie es herunter. Es dauerte drei Tage, bis der Mann tot war. Besonders schlimm war dieses grausame Schauspiel für die Kinder, die auf dem Weg zum *tenko* an dem Mann vorbeimußten.

Wir hatten uns kaum von diesem schrecklichen Ereignis erholt, als die Mütter aufgefordert wurden, ihre elf- und zwölfjährigen Söhne zur Wache zu schicken. Die neun Jungen sahen sich mit ängstlichen Blicken um, als sie davonmarschierten. Die besorgten Mütter fragten sich, ob ihre Söhne wohl wiederkommen würden.

Sie kamen wieder. Aber nur für kurze Zeit. «Wir müssen um vier Uhr fertig sein. Wir sollen ins Männerlager.»

Lautes Stimmengewirr. «In welches Lager? Wo?»

«Das wissen wir nicht.»

Einer der Jungen, Theo Rottier, hat vor kurzem geschildert, was damals geschah:

«Wir mußten durch einen Gang auf den Hinterhof, einen ummauerten Hinterhof – den idealen Schauplatz für eine Hinrichtung. Wir bekamen den Befehl, uns auszuziehen. Einer der Jungen flüsterte: «Mann, das machen wir einfach nicht!» Der Japaner hörte das. Nach ein paar Schlägen und Tritten waren wir blitzschnell aus unseren Hosen. Und da standen wir, nackt, und sie sahen uns an. Sie sagten: «Du, du, du ... um vier Uhr mit Gepäck antreten.»

Vergeblich erklärten die Mütter, daß ihre Söhne doch noch Kinder seien und noch ihre Mütter brauchten. Die Japaner erwiderten: «Sie sind jetzt Männer! Sie kommen ins Männerlager!»

Die Jungen marschierten hinter dem Wachsoldaten aus dem Lager und bemühten sich, sich ihre Angst nicht anmerken zu lassen. Sie hatten keine Ahnung, wo es hingehen sollte. Die Mütter bewahrten ebenfalls tapfer die Fassung. Doch als die Jungen fort waren, brachen sie in Tränen aus.

Es dauerte viele Wochen, bis wir erfuhren, daß man die Jungen zu unseren Männern ins Palembang-Gefängnis gebracht hatte. Einige Jungen fanden dort ihren Vater vor; manche kannten niemanden, und man wies ihnen einen Lager-«Onkel» zu.

Unsere ganze Internierungszeit hindurch blieben die Japaner undurchschaubar und unberechenbar. Selbst Tine, die in

Japan gelebt hatte, mußte gestehen, daß sie nicht «aus ihnen schlau» würde.

Ich habe mich seither immer wieder gefragt, ob ein Vermittler mit gründlichen Kenntnissen der japanischen Sprache und unserer äußerst verschiedenen Kulturen das Los der Frauen hätte verbessern können, indem er für gegenseitiges Verständnis gesorgt hätte. Für uns waren die Japaner damals vollkommen fremdartige Geschöpfe, und wir müssen ihnen ebenso fremdartig vorgekommen sein. Wie anders waren wir doch als die immergleiche japanische Frau mit ihrer Unterwürfigkeit, ihrem Gehorsam, ihrer Geduld. Wir stritten uns mit den Wachen und beschwerten uns pausenlos. Wie ich später erfuhr, gilt es in Japan als Verstoß gegen die guten Sitten, wenn man sich über Unannehmlichkeiten beklagt. In den Jahren vor dem Krieg hatte man den Japanern beharrlich eingeredet, daß japanischer Geist über alles siegen könne – über Müdigkeit, Hunger und die Kanonen der Feinde. Und wir Weißen, die wir den Krieg verloren hatten, besaßen so wenig Anstand, unverschämte Forderungen nach Möbeln und Lebensmitteln zu stellen. Die Japaner kannten auch in ihrer Heimat nicht viel Komfort. Wir entsprachen wahrscheinlich vollkommen ihrem Begriff von den verweichlichten Westlern, die immer großes Theater machen, wenn ihnen etwas nicht paßt.

Ich glaube nicht, daß sich viele von uns darüber klar waren – ich jedenfalls nicht –, wie minderwertig wir deshalb den Japanern vorgekommen sein müssen. Darüber hinaus hatten wir uns auch noch gefangennehmen lassen. Für Soldaten, die sich gefangennehmen ließen, hatten die Japaner nichts als Verachtung übrig. Früher wurden solche Männer bei ihrer Rückkehr nach Japan hingerichtet oder von der Gemeinschaft geächtet. Oft stellte Selbstmord den einzig ehrenhaften Ausweg dar. Nun waren wir Frauen zwar keine Soldaten und hatten nichts mit dem Kriegsgeschäft zu tun, aber

... wir waren immer noch Frauen, ganz unten auf der Wertskala der japanischen Gesellschaft.

Eines Tages fuhr ein Soldat mit äußerst selbstzufriedenem Ausdruck einen Laster ins Lager. Er brachte uns einen schweren, sechs Fuß hohen hölzernen Pfahl als «Stößel» und einen runden ausgehöhlten Block von zwei Fuß Durchmesser als «Mörser».

«Das soll das Leben leichter machen», gelang es ihm, den Umstehenden mitzuteilen. Wir müßten dann den Pfahl auf und ab bewegen, um den Reis zu zerstoßen, wie ich es bei Frauen in Java gesehen hatte. Ich hatte sogar Bilder von ihnen aufgenommen. Wie malerisch, diese Frauen in farbenprächtigen Sarongs und engen Oberteilen, die oft paarweise zusammenarbeiteten und sangen, während sie den Pfahl gleichmäßig auf und ab bewegten, auf und ab ... Von uns dreien konnte Antoinette mit ihrer großen Ausdauer am besten stampfen.

Der Block wurde am Fuß der Irenelaan aufgestellt. Ich war dort hingegangen, um Antoinette beim Zerkleinern unserer Ration harter, dollarscheingroßer Scheiben getrockneten Maniok, der *gaplék* genannt wurde, zuzusehen. Ihre schwarzen Shorts aus den gekürzten halblangen Hosen, die sie nach dem Schiffbruch bekommen hatte, ihr rotkariertes Hemdchen aus einem Geschirrtuch und ihre nackten Arme, Beine und Füße waren bereits samtig vom Mehlstaub.

«Warum hörst du nicht auf? Diese letzten knochenharten Teilchen bekommt man sowieso nicht mehr zu Pulver», meinte ich.

«Ich bin sicher, da läßt sich noch mehr Mehl herausholen. Außerdem werde ich beim Stampfen meinen Ärger los. Wenn man sich das vorstellt, schon sechs Monate in diesem Lager ...» und ihr Stampfen wurde schneller und heftiger.

Schließlich hörte sie auf und schöpfte das Mehl und die Reste mit einer leeren Hafermehldose vom Block auf ein geborgtes Sieb von der Größe eines Fahrradreifens. Sie hielt das Sieb mit beiden Händen fest und schüttelte es, bis sich ein Mehlhügel auf der einen Seite des Siebes befand und die Reste auf der anderen. Dann ließ sie das Mehl in die Dose rieseln und schob die Reste an den Straßenrand. «Heute abend gibt's *ongel-ongel*, Helen.» *Ongel-ongel* war der Ausdruck, mit dem wir einen Brei aus diesem Mehl und Wasser bezeichneten. Er war von schleimiger, klebstoffartiger Konsistenz und schmeckte so abscheulich, wie der Name klang.

«Nein, ihr müßt heute kein *ongel-ongel* essen», sagte Alette, die gerade am Block aufgetaucht war, zu Antoinette und mir. «Ich habe Brot für uns gemacht.»

Im Lager war Brot eine Kreation, die in einem Doppelkessel aus einer Hafermehldose und einer Trockenmilchbüchse gegart wurde. «Ich habe dazu das Reismehl genommen, das ich uns vor ein paar Tagen gestampft habe.»

«Wie geht's denn heute Klein-Wim?» fragte ich. Alette hatte ihn auf dem Arm.

«Der wird langsam schwer, mit seinen vier Monaten jetzt.»

Wim Wenning gehörte zu den sechs Babys, die im Lager geboren wurden. Seine Mutter war Künstlerin, und sie war nicht besonders fürsorglich. Alette kam eines Tages durch Haus Nr. 13 und bemerkte, daß seine Windel schmutzig war. Er war allein, seine Mutter nirgendwo zu sehen. Alette machte sie ausfindig, erhielt eine saubere Windel, wickelte das Baby frisch und wusch die schmutzige Windel. Die Mutter war entzückt. Bald wusch Alette die gesamte Wäsche des Babys, fütterte es und spielte häufig mit ihm, wenn seine Mutter fort war, um an ihren künstlerischen Projekten zu arbeiten.

Für mich war es eine Überraschung, Alette von dieser Seite kennenzulernen. Aber ich kannte sie ja auch nicht besonders gut, weil unsere Familie so oft getrennt gewesen war. Sie hatte beispielsweise drei Jahre lang mit Vater und Mutter auf einem Außenposten auf Borneo gelebt, wo Mutter sie in den ersten drei Grundschuljahren mit Hilfe eines Fernkurses selbst unterrichtete, während ich bei einer holländischen Familie in Den Haag wohnte und zur Schule ging. Als ich mit Antoinette über diese mütterliche Seite unserer «kleinen Schwester» sprach, erinnerte sie daran, wie liebevoll Alette sich auf Borneo um ihre Haustiere gekümmert hatte. Mutter hatte uns Fotos von Alette geschickt, wie sie Enten, Miniaturhirsche oder exotische Vögel füttert oder Beppo in einem Kinderwagen schiebt. Beppo war ein Orang-Utan-Baby. Man hatte ihn im Dschungel gefunden, nachdem ein Jäger das Muttertier erschossen hatte. Als Mutter Alette wieder mit nach Holland nahm, brachte man Beppo per Schiff nach Den Haag in einen Zoo. Ein geräumiger Käfig erwartete ihn dort, und Alette besuchte ihn regelmäßig. Der immer noch kleine Orang-Utan mit dem mahagonifarbenen Fell und das Mädchen mit den blonden Locken umarmten sich, während die Zoobesucher vorm Käfig «Oh!» und «Ah!» riefen.

Im Lager fragte ich Alette eines Tages, warum sie soviel Zeit mit einem fremden Baby verbrächte. Sie antwortete: «Er ist süß. Und wenn ich seiner Mutter helfen kann, dann hat sie mehr Zeit für die Lagerzeitung. So trage ich indirekt auch etwas zur Zeitung bei.»

Es gab eine englische und eine holländische Ausgabe, die mit Durchschlägen auf der klapprigen Lagerschreibmaschine getippt und an jedes Haus verteilt wurde. Ich besitze immer noch ein Exemplar der ersten Ausgabe vom 16. August 1942. Wie man dem Impressum entnehmen konnte, bestand die sechsköpfige Redaktion zu gleichen Teilen aus «Engländerinnen» und Holländerinnen. Der Leitartikel lautete:

Es ist uns ein Vergnügen, eine neue Zeitschrift auf den Weg zu bringen, und wir hoffen fest, daß sie auf Zustimmung stößt. Obwohl wir keine große Gemeinschaft sind, wissen wir erstaunlich wenig voneinander, und wir hoffen, durch ein gemeinsames Nachrichtenmagazin dazu beitragen zu können, daß wir einander näherkommen, indem wir uns besser kennenlernen. «Einigkeit macht stark» ist eine Redensart, deren Wahrheit sich in letzter Zeit nur allzuoft bestätigt hat. Wir sind zuversichtlich, daß wir, indem wir unsere Sorgen und Freuden miteinander teilen und für gemeinsame Ziele tätig werden, allmählich ein stärkeres Zusammengehörigkeitsgefühl entwickeln ... So gesellt sich dies kleine Blatt zu den anderen Neugeborenen im Lager. Möge ihm ein erfolgreiches Leben beschieden sein, wenn ihm auch niemand ein langes wünscht.

«Kirchennachrichten» informierten über Gottesdienste auf englisch und holländisch, Sonntagsschule, Bibelstunden. «Medizinnachrichten» empfahlen das Zerstoßen von Eierschalen (wenn wir denn je wieder ein Ei erhalten sollten), um Kalziumpulver herzustellen, das täglich eingenommen werden sollte. Die Kolumne warnte: «Es gibt viele Entzündungen im Lager. Sie werden durch den Schmutz der Fliegen und Mücken hervorgerufen, die sich auf jedem winzigen Kratzer am Körper niederlassen. Die Fliegen und Mücken leben von den Abfällen und den offenen Abwasserkanälen (die vor den Häusern entlangliefen) und verursachen Infektionen: Bedecken Sie auch den kleinsten Kratzer.»

Rita Wenning hatte ein Lageremblem entworfen, das in der Zeitung wiedergegeben war. «Es stellt die britische und niederländische Fahne dar. Das Kreuz aus den Fahnenstangen symbolisiert das Kreuz, das wir gemeinsam zu tragen haben. Der funkelnde Diamant am Schnittpunkt ist ein Bild der lobenswerten Anstrengungen der Internierten beider Nationen, sich das Leben ein wenig schöner zu machen.»

Und wir verschönten unser Leben auf verschiedenste Weise. Einige «Engländerinnen» schufen den Brauch der *«elevenses»* (ein Imbiß oder ein ‹Umtrunk› um elf Uhr) und des Nachmittagstees. Jedes *kongsi*-Mitglied wusch sich die Hände, wenn Wasser aus dem Hahn kam, kämmte sich mit dem *kongsi*-Kamm die Haare und setzte sich an so etwas wie einen Tisch. Dabei handelte es sich mit großer Wahrscheinlichkeit um eine Kiste oder ein Brett auf einem Koffer, blumengeschmückt, falls am Stacheldrahtzaun gerade ein Strauch in Blüte stand.

Der «Tee» war ein Gebräu aus geröstetem Reis. Die Besucherinnen nippten vornehm an den halben Kokosnußschalen oder den angestoßenen Bechern, die man von zu Hause mitgebracht hatte. Manchmal wurden «Kekse» gereicht – winzige, auf einer Konservendose gebackene Reisplätzchen. Die Löffel, mit denen man das Gebräu umrührte, variierten vom echt silbernen Löffel, den die Plünderer übersehen hatten, bis zum Schuhanzieher; die meisten ähnelten den kleinen Löffeln, die man heutzutage in Chinarestaurants benutzt. Es war tabu, bei diesen Gelegenheiten übers Lager zu reden. Oft wurden die Gäste gebeten, eine Anekdote zu erzählen, ein Gedicht aufzusagen oder in einer Scharade eine berühmte Persönlichkeit darzustellen.

Bei einer dieser Teescharaden mimte ich ein Nickerchen (englisch: *nap*), indem ich beide Hände zusammen an ein Ohr legte, den Kopf schief hielt und die Augen schloß. Ich hatte mir einen Zettel mit dem Buchstaben «O» ans Hemd geheftet und mir einen langen dünnen Schwanz, dessen buschiges Ende aus irgendwelchen Materialresten bestand, an die Shorts gesteckt. Ich war Nap-O-Leon, und alle errieten es. Im Lager fand ich diese Pseudoteestunden albern. Inzwischen ist mir klargeworden, daß die Struktur und die Etikette, die mit diesen Besuchen verbunden waren, dazu beitrugen, eine unerträgliche Lebenssituation erträglicher zu machen. Man traf sich auch zu «kulturellen» Veranstaltungen. Bisher gab es die Chöre. Jetzt wurden abends draußen auf der Irenelaan Vorträge gehalten. Tagsüber war es zu heiß, und außerdem würde der Asphalt an unseren nackten Füßen klebenbleiben – oder an unseren Hinterteilen, falls wir uns setzten. Nachts sorgte ein voller oder fast voller Mond für Licht. Die elektrische Straßenlaterne, die bei unserer Ankunft so hell geleuchtet hatte, war wegen der Verdunkelung schon lange nicht mehr an.

Bei den Vorträgen ging es ums Schmetterlingssammeln, um Astronomie, die Gummiernte und was auch immer jemand für so wissenswert hielt, daß er anderen etwas darüber erzählen wollte.

Bei den Erwachsenen waren Kurse beliebt. Shelaghs Mutter brachte Holländerinnen Englisch für Anfänger bei und verfaßte dazu eine Fibel mit kleinen Bildern. Antoinette machte mit jeder Frau, die bereit war, beim Kniebeugen und Trainieren der Bauchmuskeln ins Schwitzen zu kommen, Mensendieckgymnastik.

Ich gab australischen Krankenschwestern Holländischunterricht. Die Stunden wurden immer wieder von Lachstürmen unterbrochen, wenn die Mädchen sich bemühten, das holländische «g» auszusprechen, und wurden ausgesetzt, als die Gruppe Zeit brauchte, um an einem Mah-Jongg-Brett zu arbeiten. Mit einem Taschenmesser schnitten sie Holzstückchen aus Dachsparren und verzierten 144 dominoähnliche Plättchen mit Zeichen, die von einer Mitgefangenen in ihrer chinesischen Muttersprache vorgezeichnet wurden.

Mehrere Monate lang lernte ich «Englisch für Fortgeschrittene» bei Ruth Russel-Roberts. Sie sorgte dafür, daß mein Englisch nach Oberschicht klang, und erklärte mir, wie ich mich bei der Jagd zu benehmen hätte («Man nennt den roten Rock *pink*, also rosa, nach einem Mr. Pink, der ihn entworfen hat»), wie bei Gartenfesten, Pferderennen, Kricketspielen, bei all den Ereignissen, von denen ich Bilder im britischen Gesellschaftsblatt *Tatler* gesehen hatte. Ich wäre bestimmt nicht unangenehm aufgefallen, wenn ich nach dem Krieg an einem dieser Ereignisse teilgenommen hätte, Ruth Russel-Roberts sei Dank.

All die Konzerte, Tees, Scharaden, Vorträge, Kurse spiegelten die Interessen einer Schicht von Frauen mit viel Freizeit wider, der die meisten von uns angehörten. Diese Freizeitaktivitäten halfen uns in der niederdrückenden Langeweile der Internierung den Verstand zu wahren, so wie die häuslichen Fertigkeiten – die weiblichen Fertigkeiten – uns am Leben erhielten.

Ruth und ich trafen uns außerdem regelmäßig abends zu Spaziergängen auf der Irenelaan. Sie war fast so groß wie ich, und in unseren identischen Lagerkostümen aus Shorts und Trägerhemdchen sahen wir uns sehr ähnlich, bis auf den runden steifen Strohhut, den Ruth immer auf dem Hinterkopf trug, selbst nach Sonnenuntergang. Mit dem Hut sah sie unbeschwert und verwegen aus, und sie wirkte zu jung für die Mutter eines kleinen Mädchens, das sie, gleich nachdem die Japaner in Malakka einmarschiert waren, aus Singapur fort nach England geschickt hatte.

Ruth war sehr schüchtern, und auch darin waren wir beide uns sehr ähnlich. Sie sprach wenig über ihre Kleine, Lynette, aber ich spürte, daß sie vor Sorgen fast umkam. War das Mädchen in dem Dorf in England auf dem Lande auch sicher, weit genug entfernt von den Luftangriffen der Deutschen, die London wohl immer noch verwüsteten? Und wo war ihr Mann, der auf Malakka in der britischen Armee gedient hatte? «Wenn die Japaner doch wenigstens zuließen, daß wir Post übers Rote Kreuz bekommen», sagte sie.

Shelagh war eine andere Engländerin, mit der ich oft spazierenging. Wir hatten beide als Sekretärinnen in Büros gearbeitet und konnten daher Vergleiche anstellen. Sie erzählte mir immer von ihrer «Vergangenheitskrankheit», ihrer Sehnsucht nach den schönen Abenden, an denen ihre Freunde sie ausgeführt hatten.

«Die Jungen sahen so gut aus in ihren Ausgehuniformen. Ich kam mir hübsch vor in meinem Abendkleid, schmuck und adrett, und sie machten mir Komplimente über mein nettes

Aussehen. Und die kleinen Abendessen, die wir zu Hause gaben, und die Tennispartien und all der Spaß – es ist schön, wenn man solch eine gute Zeit erlebt hat, so daß man sich daran erinnern kann ... Ach ja, wenn ich hier jemanden hätte, der mich ein wenig hofierte.»

* * *

So schlugen wir uns gemeinsam durch, versuchten, das Beste aus allem zu machen, waren für jede Kleinigkeit dankbar. Oh, es gab auch die chronischen Nörglerinnen, wie die Frauen, die Betty Jeffrey die «Herzchen» nannte. Sie klagten über Herzbeschwerden, die ihnen nicht erlaubten, Gemeinschaftspflichten zu übernehmen. Es gab Mütter, die ständig darüber jammerten, daß keine einheimische Frau zur Verfügung stand, die sich um das Kind kümmerte. Im Fernen Osten war es damals durchaus üblich, daß eine solche Person das Kind weckte, badete, anzog, fütterte, den Tag über beaufsichtigte und es wieder zu Bett brachte. Plötzlich mußten die Mütter das alles selbst tun. Einige ließen ihren Ärger darüber an den Kindern aus. «Geh nach draußen, Jantje, ich versuche gerade, die Betten zusammenzurollen, damit wir Platz zum *Sitzen* haben.» – «Sei nicht so laut, Muriel, ich habe Kopfschmerzen.» – «Du bist ein schreckliches Kind, du hast dich schon wieder schmutzig gemacht, und ich habe die Hosen gerade erst gewaschen, und du weißt doch, das Wasser wird dauernd abgestellt.»

Meine Schwestern und ich hatten immer zu tun. Obwohl wir als Trio ins Lager gekommen waren und die anderen von uns als den «drei Colijnmädchen» sprachen, sahen wir einander oft nur zu den Mahlzeiten und bei den Diskussionen darüber, wer was für unseren Haushalt zu tun hätte. Das lief mittlerweile ganz mechanisch ab. Heute erledigst du das, ich erledige es morgen.

Und wie ich mit Shelagh und Ruth Freundschaft geschlossen hatte, so schlossen Antoinette und Alette Freundschaft mit englischen Chormitgliedern und verbrachten viel Zeit bei den Proben für die neueste Aufführung oder den nächsten Liederabend.

Außerdem war Antoinette oft für andere unterwegs. Alette bemutterte weiterhin den kleinen Wim und kämpfte sich mit Schwester Catharinia durch *«Les Misérables»*. Ich las mich durch die Bücher der Bibliothek.

Jede von uns nähte sich ein Kleid aus Sarongs, die wir nach dem Schiffbruch erstanden hatten. Es waren unsere «Befreiungskleider» – unsere «Erlösungstag-Kleider», wie manche Engländerinnen sagten –, die wir anziehen wollten, wenn wir das Lager verlassen würden. Mrs. van Zanen hatte uns gezeigt, wie man einen Schnitt anfertigt und die Teile mit der Hand zusammennäht. Wie das Kochen hatte auch das Nähen bisher nicht auf unserem Lehrplan gestanden.

Ich machte mir auch eine langärmlige Jacke aus einem Reissack, vorne offen und an den Kanten mit Kreuzstich bestickt. In Rot, Weiß und Blau – den Farben der holländischen Fahne. Ich hätte gerne noch Orange hinzugefügt, die Farbe des Banners, das zu Ehren der königlichen Familie aus dem Hause Oranien neben der holländischen Fahne weht, aber es gab kein orangefarbenes Garn im Lager. Ich war sehr stolz auf meine Jacke.

Manchmal besuchten meine Schwestern und ich den englischen Gottesdienst in Shelaghs Garage, aus der die *kongsi*-Mitglieder bei dieser Gelegenheit Bettzeug und sonstige Gerätschaften entfernt hatten. Er wurde oft von Miss Dryburgh gehalten. Sie hieß mit Vornamen Margaret, doch wegen des Altersunterschiedes nannte ich sie niemals so. Sie war Anfang Fünfzig.

Als ich Miss Dryburgh zum erstenmal begegnete, war sie mir ziemlich uninteressant vorgekommen: Augen, die durch dicke, runde Brillengläser blickten, das braune Haar am Hinterkopf zu einem strammen Knoten zusammengefaßt, eine kleine, stämmige Gestalt in einem bequemen Baumwollkleid und festen, praktischen Schuhen, die sie schon auf der *Mata Hari* bei der Flucht aus Singapur angehabt hatte. Aber schon bald stellte ich fest, daß sie alles andere als eine uninteressante Frau war. Ich hatte bereits am allerersten Tag im Lager Teile ihres lustigen Liedes vom Lager in Palembang gehört und eine Varietéaufführung gesehen, zu der sie den Text geschrieben hatte. Sie schrieb auch Geburtstagsverse und kleine Gedichte auf die Lagerinsassen. Meine Schwestern und ich waren von ihrem Gedicht auf uns sehr berührt gewesen:

Geht Ihr mal auf eignen Wegen
In einer Welt, bedürftig tapfrer Jugend,
Erweise die Erfahrung sich als Segen,
Leid als ein Tor zu wahrer Tugend.
Mag Gottes Gnade stets den Weg erhellen
Für Antoinette, Alette und Helen!

Und sie war offensichtlich nicht nur im Dichten gut, sondern auch in Musik. «Sie hat in Singapur in unserer Kirche Orgel gespielt, und zwar großartig», erzählte man mir. «Außerdem hat sie einigen jungen Leuten recht gut Klavierspielen beigebracht.»

Im Juli 1942 vereinigte Miss Dryburgh ihre dichterischen und musikalischen Talente und schrieb Text und Musik für die «Gefangenenhymne».

«Ich war vorm Haus und bemühte mich, mit einem Fächer ein Feuer in Gang zu halten, als mir Miss Dryburgh einen Zettel in die Hand drückte», erzählte mir Shelagh. «Sie sagte: ‹Das soll unsere Hymne werden. Sie müßten das üben.› Und es war wirklich nicht einfach zu singen. Der Text bedeutete uns viel. Es war gar nicht so einfach, nicht zu zeigen, wie gerührt wir waren.»

Die Hymne wurde am 5. Juli 1942 in der Garage von Haus Nr. 9 uraufgeführt. Shelagh Brown, Dorothy Macleod und Margaret Dryburgh, die die Altstimme sang, trugen sie a cappella vor.

Vater, wir Gefangenen hier,
Erheben unser Gebet zu Dir.
Erhalte uns in Deiner Liebe.
Gib, daß wir täglich neu bezeugen,
Daß die, die wirklich auf Dich bauen,
Größer als die Eroberer sind.

Gib uns Geduld, das Leid zu tragen.
Erhalt das Herz uns froh und rein.
Schenk Mut uns und Barmherzigkeit.
Stärk Glauben und Bescheidenheit.
Mach uns bereit, nur Dir zu dienen,
Ob als Gefangene oder frei.

Auch unser Volk sei Dir befohlen.
In dieser Zeit sei Du sein Hort.
Hochmut und Selbstsucht ihm verzeih.
Lehr es, nach Deinem Wort zu leben.
Durch Deine Gnad werd offenbar,
Daß Großes kommt aus Dir allein.

Wir beten auch für unsre Lieben:
Behüte Du sie Tag und Nacht,
Gefahren halte ihnen fern.
Verschone sie von allen Sorgen.
Sie sollen uns Dir anbefehlen,
Vertraun, daß unser Leid Du kennst.

Wenn einst der Tag der Freiheit naht
Und Recht und Frieden neu erstehn,
Gib, daß die Völker, die Dich lieben,

Zu Brüdern werden überall,
Durch Leid zu neuem Leben streben,
Auf Erden Gottes Reich erleben.

Ich war bewegt wie Shelagh, aber genau wie sie wollte auch ich es nicht zeigen. Damals hielt ich die Hymne, besonders die vierte Strophe über unsere Lieben, wenn ich von den Empfindungen ausgehe, die sie in mir hervorrief, nur für ein gefühlvolles Lied. Heute sehe ich sie als Bekenntnis einer großmütigen, gütigen und liebevollen Frau. Sie hat sich nicht damit aufgehalten, die Eroberer beim Namen zu nennen – so wie sie auch im Lager nie das Wort ‹Japse› gebrauchte und auch nie Ausdrücke, die anderen schon einmal entfuhren, wie ‹häßliche kleine Teufel›. Sie bekundete weder Bitterkeit noch Zorn, nur Zuversicht und die Hoffnung, daß die Völker der Welt einmal zu Brüdern würden. Jetzt sehe ich Margaret Dryburghs Gefangenenhymne als Aufruf zum Frieden.

KAPITEL 8

Treffen hinterm Zaun

Indem sie uns erlaubten, Sketche aufzuführen und in der Kirche und bei Chorkonzerten zu singen, zeigten sich die Japaner ungewöhnlich menschlich. Nach dem Krieg erfuhren wir, daß in anderen Internierungslagern Singen und Theaterspielen verboten waren.

In der ersten Zeit unserer Internierung verhielten sich die Japaner auch noch in anderer Weise human – und zwar human in einer Hinsicht, die sie selbst wohl kaum beabsichtigt hatten –, indem sie uns nämlich erlaubten, uns im Caritas-Krankenhaus in Palembang behandeln zu lassen. Dort arbeiteten noch immer holländische Franziskanernonnen und der holländische Arzt Dr. Peter Tekelenburg, dessen Frau und zwei Töchter sich ebenfalls bei uns im Frauenlager befanden.

Einmal in der Woche erschien im Lager ein schnaufender alter Krankenwagen, dessen Innenleben man entfernt hatte, um die Patientinnen mitzunehmen, die unsere Lagerärztin, Jean McDowell, auf die Liste für die Caritas gesetzt hatte.

Antoinette fuhr wegen ihrer infizierten Schrapnellwunde am Arm mit. Andere fuhren mit, um sich einen Zahn ziehen, ein Furunkel aufschneiden, ein Rezept für eine Brille aufschreiben zu lassen. Etliche Frauen hatten nämlich bei den Schiffbrüchen ihre Brille verloren. Manche fuhren auch mit, weil sie wissen wollten, ob sie schwanger wären, denn ihre Menstruation war ausgeblieben. Das erwies sich als unnötige Sorge: Schon sehr bald, nachdem wir im Lager angekommen waren, blieb die Menstruation bei uns allen aus. Frauen, die tatsächlich schon bei ihrer Ankunft im Lager schwanger waren, kamen ins Caritas-Krankenhaus, um dort ihre Babys zur Welt zu bringen. Der Krankenwagen brachte die meisten Patientinnen am gleichen Tag zurück und die Patientinnen, die stationär behandelt werden mußten, dann ein oder zwei Wochen später.

Das Krankenhaus der Caritas, zu dem man uns hinfuhr, war nicht das brandneue Gebäude, das die Nonnen kurz vor dem Kriege bezogen hatten. Das hatten die Japaner für sich selbst beschlagnahmt und die Schwestern in eine weit weniger geeignete alte Einrichtung verbannt. Hier sorgten die Nonnen mit eingeschmuggelten Medikamenten und Instrumenten fachkundig für die Kranken aus der einheimischen Bevölkerung, aus dem Frauenlager und aus dem Gefängnis in Palembang, in dem die Männer interniert waren.

Die drei Gruppen hatten sich in getrennten Abteilungen aufzuhalten. Die Anordnung der Japaner lautete, daß sie nicht miteinander reden, geschweige denn sich gegenseitig besuchen dürften. Ich weiß nicht, wie oft es den Internierten im Krankenhaus gelang, sich auf die jeweils andere Station zu schleichen, um schriftliche oder mündliche Botschaften an Insassen des anderen Lagers weiterzugeben oder einen Ehepartner oder Freund tatsächlich zu treffen. Ich weiß aber mit Sicherheit, daß Mutter Alacoque im Krankenhaus dabei behilflich war, einen Kanal für die heimliche Korrespondenz zwischen Frauen- und Männerstation offenzuhalten. Sie versteckte kleine zusammengefaltete Zettel unter ihrem voluminösen Rock und trug sie zwischen den Stationen hin und her. Patienten, die ins Frauenlager oder ins Gefängnis zurückkehrten, gaben die Zettel dann an die Adressaten weiter. Die

Frauen nähten sich Zettel in die Säume ihrer Shorts oder in die Träger ihrer Hemdchen oder versteckten sie am Körper. Glücklicherweise durchsuchten unsere Bewacher uns normalerweise nicht.

Über diesen Caritas-Kanal hörten meine Schwestern und ich dann endlich auch etwas von Vater, und wir konnten ihm ebenfalls schreiben. Seine Briefchen waren stets kurz und unverbindlich.

«Was ist nun, wenn er uns etwas Wichtiges mitteilen will, Neuigkeiten über den Krieg zum Beispiel?» fragte Antoinette eines Tages. «Er ist doch wohl besser informiert als wir hier.»

Also begannen wir, einen Code auszuarbeiten. Es war ein einfacher Code und für einen Detektiv sicher äußerst leicht durchschaubar. Das Datum war nicht auf holländische Weise geschrieben, beispielsweise «2 August, 1942» (mit dem Tag an erster Stelle), sondern in amerikanischer Manier «August 2, 1942» (mit dem Monat an erster Stelle). Der Unterschied zwischen Monat und Tag, in diesem hypothetischen Fall also sechs, markierte die Schlüsselwörter in der Botschaft. Wir brauchten viele Wochen, bis wir Vater von unserem Code in Kenntnis gesetzt hatten, mittels drei verschiedener Mitteilungen über das Krankenhaus.

Dieser Austausch fand sein trauriges Ende, als die Japaner Mutter Alacoque dabei überraschten, wie sie Zettel aus der Frauenstation in die Männerstation schmuggelte. Sie wurde von der *Kenpetai*, der japanischen Militärpolizei, verhört und mißhandelt und mußte Monate in einer Isolationszelle verbringen. Die Nachricht, daß Mutter Alacoque weggebracht worden sei (daß man sie gefoltert und zu Einzelhaft verurteilt hatte, erfuhren wir erst viel später) und daß es keine heimliche Korrespondenz mehr gäbe, traf das Frauenlager hart.

* * *

Nicht lange danach – wir waren bereits sieben Monate im Lager – wurden wir aufgeschreckt durch durchdringendes Kindergeschrei: «Unsere Määäänner! Unsere Männer kommen vorbei!»

Wir rannten fast alle nach draußen, kletterten auf jede erreichbare hohe Stange und hielten die Hand über die Augen, um in die Ferne zu sehen. Und wirklich, da marschierte eine Gruppe von Männern – es waren Weiße, mit Hüten, die einige Frauen als die ihrer Männer identifizierten, und Hemden, die ihnen ebenfalls bekannt vorkamen. Die, die Männer erkannten, schrien «Piiiiiiet», «Jooooohhhn» und winkten ihnen verzweifelt zu.

«Sieh mal», flüsterte Antoinette. Sie brachte kaum ein Wort heraus. «Sieh mal, Vater ist auch dabei.»

Er schwenkte eine orangefarbene Fahne. Wir winkten zurück. «Ich wette, diese Trottel neben ihnen wissen nicht einmal, warum die Fahne, die er schwenkt, orange ist», sagte Alette.

Langsam zog die Prozession der Männer vorbei, immer zwei nebeneinander, flankiert von ihren japanischen Bewachern. Wo gingen sie hin?

Der Fahrer des Versorgungslasters informierte uns am nächsten Tag. «Sie bauen sich eine neue Unterkunft, ein Barackenlager. Die Japaner brauchen das Gefängnis für die Einheimischen.»

Seitdem kam jeden Tag eine Gruppe von Männern an unserem Lager vorbei, in einer Entfernung von mehreren hundert Metern, morgens in der einen Richtung und nachmittags wieder zurück. Die englische Mary stand immer auf den Stufen ihres Hauses in der Irenelaan und winkte ihrem Mann, mit dem sie aus Singapur fortgegangen war, mit einem rosafarbenen Handtuch zu. Die holländische Marie stellte sich auf die Kreuzung der beiden Lagerstraßen und hatte ein leuchtend gemustertes Hemd an, das sie sich erst kürzlich aus Batikstoff geschneidert hatte. Ihr Mann, der in der Ferne vorbeimarschierte, trug ein Hemd aus dem gleichen Material.

Im Lager wurde viel darüber spekuliert, wie diese beiden identischen Hemden zustande gekommen waren. Marie wollte es nicht verraten. Viel später erfuhren wir dann, daß ihr Mann ihr den Batikstoff heimlich über eine Patientin im Caritas-Krankenhaus geschickt hatte. Marie hatte den Stoff dann in zwei Teile geschnitten, zwei Hemden daraus genäht und eines davon auf demselben verbotenen Weg an ihren Mann im Gefängnis zurückgeschickt.

Nel de Bert, die Mutter mit den vier Kindern, mit der meine Schwestern und ich die erste Nacht im Lager das Zimmer geteilt hatten, stellte ihre siebenjährige Tochter und die drei jüngeren Brüder, zwei davon waren Zwillinge, nebeneinander auf einer kleinen Mauer auf. Sie kämmte jedem Kind sorgfältig das Haar. «Die Männer sind zwar viel zu weit weg, um die Kinder deutlich zu erkennen, aber ich finde es wichtig, daß die Kinder ordentlich aussehen. Das vermittelt ihnen vielleicht doch eine Vorstellung von guten Manieren. Es ist so schwierig, ihnen so etwas hier beizubringen.» Die Kinder winkten gehorsam, wenn ihnen ihre Mutter das sagte, aber sie wirkten bedrückt und manchmal weinten sie, weil andere Kinder ihrem Vater wirklich zuwinkten und ihr eigener gar nicht da war.

Jeden Tag kletterten meine Schwestern und ich bei dem Schrei «Unsere Määäääänner!» auf einen Mauervorsprung an Haus Nr. 13, zogen uns am vorstehenden roten Ziegeldach hoch, balancierten über die spitze Kante und saßen alle drei rittlings auf der Ecke, wenn die marschierenden Männer auf Höhe des Lagers waren. Wir brüllten das, was wir als Kinder unseren «Alpenruf» genannt hatten, röhrten ein langes «Huuuuh» und klopften uns dabei mit der flachen Hand auf den Mund, so daß eine Reihe kurzer «Huuh-huuh-huuhs» entstand. Wir beendeten den Stakkatoschrei mit einem abschließenden hoch-tiefen «Juh-huuuh». Danach formten wir mit unseren Armen das V als Siegeszeichen, hielten manchmal unsere kleinen Handtücher ausgestreckt dazwischen fest, damit man es besser erkennen konnte.

Die Männer gingen in Schichten zur Arbeit. Vater kam normalerweise montags und mittwochs vorbei. An den Tagen, an denen wir Vater nicht erwarteten, kletterten wir trotzdem aufs Dach. Von irgendwem würde er schon erfahren, daß wir alle drei auf dem Dach gewesen waren, alle drei offenbar gesund und munter. So gestatteten die Japaner mir und meinen Schwestern wenigstens einen kurzen Blick auf unseren Vater.

* * *

Eines Tages bekamen die Männer die Erlaubnis, uns Geschenke zu schicken. «Päääächen von den Määäännern!» riefen die Kinder, als der Versorgungslaster angefahren kam. Neben dem fauligen *kangkung* lagen pralle Beutel aus Grasgeflecht, in Stoffreste oder Taschentücher gewickelte Päckchen, ein Pappkarton, und alles mit Namen versehen. Antoinette, Alette und ich liefen den Hügel hoch, und, siehe da, es befand sich auch ein Grasbeutel mit unseren Namen dabei. Vater hatte uns eine glänzende Dose Trockenmilch und eine Dose mit fünf Pfund Butter geschickt, die aussahen, als wären sie gerade in einem Lebensmittelladen erstanden. Außerdem waren in dem Paket *kacang hijau*, eine Kokosnuß und ein Bündel Bananen.

Die Bananen verblüfften uns. Wo um alles in der Welt hatte Vater denn die her? Natürlich wuchsen überall in der Gegend von Palembang Bananen, aber im Lager hatten wir noch nie welche zu Gesicht bekommen. Kein Händler wollte sie mitbringen, weil sie so schnell verdarben. Wir kamen zu dem Schluß, daß die Männer entweder besser verhandeln konnten oder daß immer noch ein Schwarzmarkt mit den Einheimischen außerhalb des Gefängnisses existierte. Nach dem schrecklichen Erlebnis mit dem gefesselten Mann am Pfahl hatten die Frauen ihre Bemühungen aufgegeben, sich zusätzliche Nahrungsmittel von jenseits des Stacheldrahtzauns zu beschaffen.

Die Männer, die wußten, daß viele Frauen niemanden im Gefängnis kannten und deshalb wohl auch kaum ein Paket bekommen würden, hatten außerdem mehrere Säcke aus Grasgeflecht mit der Anschrift «Frauenlager» mitgeschickt. Unser Rotkreuzkomitee sollte diese Geschenke nach bestem Wissen und Gewissen verteilen. Das muß eine Aufgabe gewesen sein, die viel Fingerspitzengefühl erforderte. Wer sollte die Geschenke der Männer bekommen? Alle die Frauen, die nichts erhalten hatten, als der Laster ankam? Nur die Frauen, die nichts bekommen hatten, aber auch kein eigenes Geld besaßen, um sich beim Händler zusätzlich zu versorgen? Nur die Frauen, die nichts bekommen hatten, kein Geld besaßen und krank waren?

Im Dezember, als wir schon acht Monate im Lager waren, trafen weitere Pakete von den Männern ein. Wieder war eins von Vater dabei mit unseren Namen darauf. Wir eilten damit in unseren Verschlag und begannen, den Beutel auszupacken.

«Oh, seht mal, Seife», sagte Alette. Als sie das quadratische Stück aufhob, um es zu den anderen Geschenken auf der Ablage zu legen, zerfiel die Seife in zwei Teile.

«Seht euch das an, Vater hat sie offenbar durchgeschnitten und wieder zusammengefügt, um das hier zu verstekken», und sie zog einen zusammengerollten Zettel aus einer Höhlung in der Seife.

«Er war noch nie besonders geschickt», sagte Antoinette zärtlich.

«Das ist ja in unserem Code», rief sie, nachdem sie Alette über die Schulter geschaut hatte. «Das Datum ist in amerikanischer Manier geschrieben.»

«Kommt, dann wollen wir sehen, wie die Botschaft lautet.» Antoinette schlug eines der Hefte auf, die sie gekauft hatte. Während ich den Brief laut vorlas, notierte sie die Schlüsselwörter.

Hier ist der vollständige Brief: «Halb elf abends. Hinter den Zellen und dem Zaun geht der Mond auf. Wie geht es Euch, ist Euer Haus nicht zu vollgestopft? In acht Tagen ist Weihnachten. Seltsame Vorstellung, alleine zu feiern. Ich bin dann natürlich in der Kirche. Ihr solltet auf jeden Fall auch da sein. Bald kommt das Jahr 1943. Wenn Gott will, sind wir dann wieder zu Hause. Ihr könnt Euch das wohl kaum vorstellen? Cheerio.»

Und das ist die Botschaft, die sich daraus ergab: «Halb elf hinter dem Zaun Haus acht Weihnachten ich bin da kommt wenn ihr könnt.

«Will er uns tatsächlich besuchen?» fragte Antoinette ungläubig.

«Aber wie will er das anstellen?» wunderte sich Alette.

Wir kamen zu dem Schluß, daß Vater sich bei seinem Arbeitseinsatz an der Baustelle für das neue Männerlager davonschleichen und irgendwo bis zum Lager gelangen müßte, ohne sich von einem japanischen Wächter oder einem *Hei-ho* (ein als Hilfssoldat rekrutierter Einheimischer) erwischen zu lassen. «Das wird heikel», sagte ich sorgenvoll. Ein japanischer Soldat würde wahrscheinlich schießen, wenn er Vater entdeckte, oder ihn vor die *Kenpetai* schleppen. Ein *Hei-ho* wäre überglücklich, einen umherstreifenden Holländer festzunehmen, nur um den Japanern zu beweisen, wie tüchtig er wäre.

«Der Zettel muß sofort vernichtet werden», sagte die praktische Antoinette und zerriß ihn in winzige Stücke, die sie mir übergab. «Hier. Du bist heute abend mit dem Essenkochen dran. Nimm das zum Feuermachen.» Sie zerriß die Heftseite ebenfalls.

Endlich kam der Weihnachtstag. Um acht Uhr morgens, beim Geschrei der Kinder «Unsere Määänner», kletterten

Antoinette, Alette und ich noch hurtiger als sonst aufs Dach des Hauses Nr. 13, röhrten unseren Alpenruf und formten das V-Zeichen mit den Armen. Vater befand sich in der Männergruppe und winkte uns mit dem orangefarbenen Tuch zu.

Um Viertel nach zehn verließen wir unseren Verschlag, eine nach der andern. Antoinette ging zuerst.

«Achte auf die Klatschbasen», warnte ich sie. Es gab Frauen im Lager, die uns möglicherweise an die Wache verraten hätten.

Ich ging als letzte. Das Lager war in festlicher Stimmung, und draußen auf der Irenelaan hielten sich mehr Frauen als gewöhnlich auf. Eine Engländerin sprach mich an und fragte, ob ich ihr heute eine Holländischstunde geben könnte. Ich sagte, nein, nicht am Weihnachtstag. Eine andere Frau wollte mir unbedingt in allen Einzelheiten von zwei Frauen in ihrem Haus erzählen, die sich ununterbrochen um den Platz in ihrem Zimmer zankten. Ich schüttelte sie ab, indem ich behauptete, ich wäre unterwegs zu Freunden im australischen Haus. Das war zufällig das Haus neben Nr. 8. Ich erreichte ungesehen den Zaun dahinter.

Ich ließ mich auf Hände und Knie fallen und kroch unterm Zaun durch. Die Japaner mußten sich ziemlich sicher sein, daß wir nicht weglaufen würden, dachte ich, sonst hätten sie wohl einen abschreckenderen Zaun errichtet. Dann kroch ich weiter durchs Gras, das stellenweise einen halben Meter hoch war. Meine Lagerkleidung war glücklicherweise khakifarben.

Ich sah mich nach Antoinette und Alette um. Es war so still. Wo waren sie? Keine Bewegung. Kein Atemzug.

«He, du hättest mich fast umgerannt», hörte ich Alette glucksen. Sie war ebenfalls auf Händen und Knien. Antoinette hockte direkt hinter ihr.

«Kommt ein bißchen weiter», flüsterte ich. «Vater wird sich bestimmt nicht allzu dicht ans Frauenlager wagen.»

Wir krochen noch ein bißchen weiter und hielten dann in einem Gebüsch auf einer Lichtung an. Kein Zeichen von Vater. Es war weiterhin totenstill. Die Natur schien ebenso den Atem anzuhalten wie ich. Kein Blättchen raschelte. Kein Ästchen rührte sich. Mein Mund war trocken. Mein Herz klopfte. War Vater etwas passiert? Hatte ihn die Wache erwischt, als er sich davonschleichen wollte?

Dann sah ich ihn. Er stand reglos unter einem Baum. Er ging gleichfalls in die Hocke und kam zu uns auf die Lichtung, glitt durchs Gras wie ein Leopard. In einer Hand hielt er etwas, das in rotkarierten Stoff gewickelt war. Er legte das Bündel hin und umarmte uns. Niemand sprach.

«Fröhliche Weihnachten», flüsterte Alette schließlich, und wir andern fielen ein: «Fröhliche Weihnachten.»

«Wie geht es deinem Arm?» fragte Vater Antoinette, und sie hielt ihm den Arm hin, so daß er die zehn Zentimeter breite Narbe über ihrem Handgelenk sehen konnte.

«Ich kaufe dir ein Armband, wie ich es dir im Dschungel versprochen habe.»

«War es schwierig herzukommen?» wollte ich wissen.

«Es war nicht schwer, mich von der Arbeitsgruppe abzusetzen und ein gutes Stück durch die Felder zum Lager zu kriechen. Das größte Problem war etwas, womit ich nicht im geringsten gerechnet hatte: Ich hatte mich gerade aufgerichtet und hinter drei japanischen Soldaten eine Straße überquert, als ein alter Chinese auftauchte. Er fragte mich, was ich außerhalb des Lagergeländes zu suchen hätte. Ich erklärte ihm, ich wollte meine drei Töchter sehen, und da ließ er mich vorbei.»

«Ich habe euch dreien ein Geschenk mitgebracht», sagte Vater und übergab Antoinette das Bündel im rotkarierten Tuch. «Laßt es noch zu. Es ist eine Dose Huhn. Ich hab sie auf dem Schwarzmarkt gekauft. Das Huhn ist bereits gekocht.»

«Wir haben auch ein Geschenk», sagte Alette und zog eine kleine Mappe aus ihren Shorts. Sie hatte sie mit Leinen bezogen und mit Vaters Initialen, A. C., bestickt, mit dem roten und blauen Garn, das von meiner Jacke aus Reissäcken übriggeblieben war. «Es sind Zeichnungen darin, die eine von den Holländerinnen gemacht hat. Auf einem Bild sitzen wir drei auf dem Dach und winken dir zu.»

Vater sah auf seine Uhr, dieselbe Schweizer Uhr, die er schon seit Jahren besaß.

«Die Japaner haben mir gutes Geld für diese Uhr geboten», flüsterte er, als er meinen Blick bemerkte. «Aber bis jetzt habe ich noch kein Geld gebraucht. Wenn es mir ausgehen sollte, können sie sie haben. Ich muß jetzt gehen. Sonst bin ich nicht rechtzeitig zum Mittagsappell zurück. Wenn ihr mich in der Arbeitskolonne seht, wenn wir am Frauenlager vorbeikommen, dann wißt ihr, daß alles gutgegangen ist.»

«Wenn Mutter nur erfahren könnte, daß wir heute alle zusammen sind», sagte Antoinette. «Sie macht sich bestimmt große Sorgen um uns.» Wie wir uns Sorgen um sie machen, dachte ich. Was für eine lächerliche Situation, die Familie völlig auseinandergerissen und ohne jeden Kontakt. Ich wußte damals nicht, daß viele tausend Familien in den ostindischen Kolonien der Niederlande in der gleichen Lage waren.

«Laßt uns für Mutter beten», sagte Vater. Eng aneinandergedrängt auf der Lichtung hinterm Stacheldrahtzaun, falteten wir die Hände, neigten den Kopf, und Vater bat Gott, sie zu behüten. Er gab jeder von uns einen hastigen Kuß. «Ich muß jetzt gehen. Laßt euch nicht unterkriegen. Es kann nicht mehr lange dauern.» Und fort war er.

«Du gehst zuerst zurück», sagte ich zu Antoinette. «Alette und ich kommen in ein paar Minuten nach. Paß gut auf das Huhn auf.»

«Unsere Männer ...» riefen die Kinder. Antoinette, Alette und ich konnten nicht schnell genug aufs Dach kommen. Wir mußten unbedingt wissen, ob eine Gestalt, die eine orangefarbene Fahne schwenkt, unter den Männern war. Vater war dabei. Wir schickten ihm unseren Alpenruf mit noch mehr Begeisterung als sonst hinüber.

Wie verabredet sangen die Frauen «Herbei, o ihr Gläubigen» und «Stille Nacht» für die Männer. Hoch oben auf dem Dach hörte ich den vertrauten Chorälen zu. Durch einen Tränenschleier sah ich, wie die Männerkolonne anhielt, um zu lauschen.

Mac (der amerikanische Journalist in meinem Rettungsboot) war damals auch in der Arbeitskolonne. Vierzig Jahre später erzählte er dann: «Statt unsere Namen zu rufen, wie es die Frauen sonst immer taten, herrschte Stille, Totenstille. Und plötzlich hörten wir Gesang. Über diesen Abgrund hinweg drang das wunderbare ‹Herbei, o ihr Gläubigen› zu uns. Und dann ‹Stille Nacht›. Wir standen da, umgeben von den Aufsehern. Die Aufseher – sie waren ebenfalls wie verzaubert. Es war wirklich so bewegend, daß wir weinten. Auch heute noch finde ich, es war einfach wundervoll, uns auf diese Weise neuen Lebensmut zu schenken.»

* * *

Schon kurz nach Neujahr zogen die Männer in ihre neue Unterkunft, und in unserem Lager machte sich gedrückte Stimmung breit. Die Männer marschierten nicht mehr vorbei. Sie konnten uns auch keine Geschenke oder heimliche Botschaften mehr zukommen lassen.

Monat um Monat verging. Und eines Tages, im Sommer 1943, kam ein Laster mit einer Ladung Holz in unser Lager, nachdem er vorher eine Ladung bei den Männern abgeliefert hatte. Und in unserer Ladung lag ein Balken, auf den jemand mit Kohle geschrieben hatte: «WIR MÜSSEN NACH BANGKA.»

Das waren erschreckende Nachrichten. Es war so ein gutes Gefühl gewesen, selbst für die, die keine Angehörigen dabeihatten, zu wissen, daß die Männer immer noch in der Nähe waren. Nun würde eine weite Strecke auf dem Musi und über die offene See zwischen uns liegen.

Wir hatten uns kaum an diese räumliche Trennung gewöhnt, als weitere schlimme Neuigkeiten das Frauenlager erschütterten. Wir sollten ebenfalls verlegt werden. «Haltet euch in vierundzwanzig Stunden bereit und nehmt nicht mehr mit, als ihr tragen könnt», lautete der Befehl.

Wir waren bis dahin achtzehn Monate im Hauslager gewesen. Die erste Gruppe, die fortmußte, wurde auf Lastwagen verfrachtet, ohne zu wissen, wo es hingehen sollte. Als die Lastwagen zurückkamen, um die zweite Gruppe zu holen, ließ einer der Fahrer aus Palembang die Bombe platzen: «Ihr müßt in das Barackenlager, das die Männer gerade verlassen haben.»

KAPITEL 9

Das erste Barackenlager: Gemeinschaftsleben

Wie hatten wir alle über die Bedingungen im Hauslager geklagt! Über die vollgestopften Zimmer, über das immer wieder abgestellte Wasser, über das eintönige und manchmal unappetitliche Essen. Verglichen mit unserem neuen Lager war das Hauslager allerdings ein reines Zuckerschlecken.

Das neue Lager war nicht größer als ein Fußballfeld und bestand aus einem Rechteck elender, roh zusammengezimmerter Baracken mit *gedék*-Wänden aus Bambusgeflecht und Dächern aus Palmwedeln. Das Rechteck umschloß einen je nach Witterung staubigen oder schlammigen Innenhof. In den Baracken gab es zwei Waschräume, eine Küche, ein Krankenhaus (das Caritas-Krankenhaus hatte man geschlossen). Wir waren in langen Reihen auf *balai-balais* untergebracht, diesen Bambuspodesten, auf denen mein Vater und ich im ersten Dorf damals nach der Landung unseres Rettungsbootes geschlafen hatten. Nachdem rund zweihundert weitere Frauen und Kinder aus einem anderen, jetzt aufgelösten Camp und dazu noch die weißgekleideten Caritas-Schwestern (die bald die «weißen Schwestern» hießen) in unser Lager gepfercht worden waren, hatte jede auf dem 1,80 Meter langen *balai-balai* ungefähr 50 Zentimeter für sich. Das war also unser *tempat* (ein malaiisches Wort für Platz), unser Heim, wo wir schlafen, essen und unsere Freizeit verbringen sollten, wenn es regnete, ein Heim von 50 mal 180 Zentimetern. Unsere persönliche Habe war auf genau bemessenen 50 Zentimetern Regal entlang der Barackenwand untergebracht.

Auf dem *balai-balai* gab es kein Privatleben. Auch im Gemeinschaftswaschraum gab es keinerlei Privatheit. Wir mußten nackt um ein großes, rechteckiges, leeres Becken stehen, so eng nebeneinander, daß man sich mit den Ellenbogen stieß. In diesem Lager kam das Wasser aus Brunnen. Wenn wir unsere Behälter mit Brunnenwasser auf dem Rand abstützten, wurde jede von uns schnell sehr vertraut damit, wie die anderen ihre Katzenwäsche mit einer Ration Brunnenwasser aus einer Fünf-Pfund-Butter-Dose bewerkstelligten. Nachts in den Waschraum zu gehen, in dem Wahn, man könnte sich wenigstens dann einmal alleine waschen, war sinnlos. Es gab immer Frauen, die auf die gleiche Idee gekommen waren.

Sehr wenig Privatheit boten auch die Latrinen – eine Reihe kleiner Bambusverschläge an der Außenwand des Waschraums mit einem offenen Graben hinter halben Schwingtüren. Waren die Türen geschlossen, konnte man beim Hokken den Unterleib sehen, im Stehen das Gesicht.

Auf dem Hof war man nie allein. Immer waren noch andere Frauen da, wanderten wie Gespenster im Mondlicht umher, bleich, mit müden und schleppenden Schritten. Wir liefen umher, um den Sternenhimmel zu bewundern oder weil der Juckreiz uns wahnsinnig machte. Das war eine neue Plage des Lagerlebens: Es bildete sich weder Ausschlag noch Schorf, aber die Haut juckte so furchtbar, daß man sich am liebsten mit den Fingernägeln oder mit einem scharfen Gegenstand gekratzt hätte. Das wäre allerdings unklug gewesen. Jede Hautabschürfung entwickelte sich zu einer bösen tropischen Infektion.

In diesem Lager war es auch vorbei mit den kleinen Freuden des Hauslagers: mit den Varietévorführungen, den Liederabenden, dem Bücherlesen (die gesamte Bücherei mußte zurückgelassen werden), den Vorträgen, dem Unterricht unter den Erwachsenen, dem Unterricht der Nonnen für die Kinder. Wir mußten unsere ganze Energie zusammenhalten für die neue Lebensweise: für das Gemeinschaftsleben. Wir bildeten jetzt gezwungenermaßen alle einen gemeinsamen Haushalt und mußten unseren Teil an *Gemeinschafts*aufgaben übernehmen.

Wassertrupps schleppten Wasser in rostigen Eimern von den Brunnen zur zentralen Küche, damit Reis und Gemüse gegart und Trinkwasser abgekocht werden konnte.

Gemüsetrupps, die auf Bänken um einen klobigen Tisch vor der Küche saßen, sägten sich mit stumpfen Messern durch zähe *kangkung*-Strünke und entfernten die meist fauligen Blätter (später sollten wir auch die noch essen).

Reistrupps säuberten den Reis, breiteten ihn aus, um die Spreu zu entfernen, oder schütteten ihn in verschiedene Töpfe. «Der Reis sah meist aus, als hätte man ihn von der Straße gelesen. Er war voller Glas, voller Steine, voller Schmutz, ganz zu schweigen von Schwärmen fetter Maden und Rüsselkäfer», schrieb Miss Dryburgh, die häufig Reis säuberte, in ihr Tagebuch.

Verteilungstrupps verteilten das in der Küche abgekochte Trinkwasser und die Lebensmittel, von denen es immer weniger gab: soundso viele Portionen in einen großen oder in einer Reihe kleiner Behälter für Baracke A; soundso viele Portionen für Baracke B. Manchmal wurden Rationen von Salz, Zucker und rotem Palmöl, die man in der Küche nicht gebraucht hatte, ebenfalls auf die Baracken verteilt. Auf diese Weise konnte man selbst entscheiden, ob man das Palmöl (ein dickes Öl, das wie Tomatensuppe aussah) lieber in den morgendlichen Reisbrei oder zusätzlich in den Mittags- oder Abendreis rühren wollte oder ob man eine entzündete Stelle damit einreiben (es hieß, es habe eine heilende Wirkung) oder es in einer Kokosnußschale mit einem Docht als Nachtlicht für die Kinder verwenden wollte oder um Tagebuch zu schreiben oder die Bibel zu lesen. Mehrere Bibeln waren im Gepäck der Frauen ins Lager gelangt.

Daß wir selbst entscheiden konnten, was wir mit dem Öl, dem Zucker oder dem Salz anfangen wollten, verschaffte uns wenigstens ein Quentchen Individualität in unserer neuen kollektiven Welt.

Waschraumtrupps putzten den Zementfußboden der stinkenden Waschräume. Viele Frauen und Kinder, die an Durchfall litten, schafften es nur selten rechtzeitig zu den Latrinen. Auch die dünnen Planken über dem Latrinengraben, auf die wir unsere Füße stellten, mußten saubergemacht werden. All das hatte mit wenig Wasser und ohne Seife oder Desinfektionsmittel zu geschehen. Da es keine Schrubber oder Bürsten gab, benutzten die Frauen, die die Waschräume auf den Knien schrubbten, die zottigen Hülsen der Kokosnüsse. Latrinentrupps leerten die Gräben auf beiden Seiten des Lagers. Außerhalb der geflochtenen Bambuswände schöpften zwei Frauen die Fäkalien mit einer Dose oder einer Kokosnußschale, die man an einen Stock genagelt hatte, aus dem Latrinengraben. Ein Einheimischer brachte die Behälter dann weg. Antoinette und Alette meldeten sich zum Küchentrupp und standen über den steinernen Feuerstellen, oft in Rauch und beißender Hitze, und rührten mit langen Stäben den Reis oder das Gemüse in den Kesseln. Oder sie hockten davor und versuchten, Flammen aus den spritzenden Funken, die mit grünem Feuerholz genährt wurden, herauszufächeln.

Klein-Wim, der mittlerweile laufen konnte, wurde von seiner Mutter versorgt. Alette sagte, das fände sie in Ordnung. Aber sie war enttäuscht, daß die Französischstunden bei Schwester Catharinia nicht mehr stattfanden. «Ob ich in der

Schule je wieder mitkommen werde? Ich bin jetzt schon fast zwei Jahre im Rückstand.»

Für die Küche waren zwei Frauen verantwortlich, die täglich Dienst hatten – meist von morgens bis abends, es sei denn, sie waren krank –, solange die Gefangenschaft währte. Das waren die Britin Norah Chambers und die Holländerin Saartje Tops. Jeden Morgen um vier oder fünf Uhr standen sie auf, um das Feuer anzufachen, die Flammen aus der gut gehüteten Glut vom Vorabend zu locken. Ein Streichholz war im Lager eine Kostbarkeit.

Anfänglich brauchten viele dieser Arbeiten nicht täglich erledigt zu werden. Noch gab es genügend gesunde, kräftige und willige Frauen, so daß wir uns bei der Arbeit regelmäßig abwechseln konnten.

Als Anführerin des Holztrupps hatte ich eigentlich nie täglich zu tun. Mein Einsatz hing von den Holzlieferungen für die Küche ab. Wenn die Kinder, immer noch die Lagerboten, schrien: «Holz, es ist Holz angekommen», dann trommelte ich die Frauen auf meiner Liste aus den «englischen» und den holländischen Baracken zusammen. Paarweise schleppten wir das Holz vom Tor zur Küche. Wir legten uns die ganz langen Balken, die «Bäume», waagerecht auf die Schultern und trugen sie gemeinsam. Die Klötze, die manchmal so schwer waren, daß wir nur einen auf einmal bewältigen konnten, schleppten wir in einem Korb an einer Bambusstange, die ebenfalls auf unseren Schultern lag.

Es war wichtig, daß die Partnerinnen gleich groß waren, damit der Korb nicht auf der Stange entlang nach vorn oder nach hinten zur Kleineren hin rutschte und mit einem Schlag an Rücken oder Busen landete. Die beste Gangart war ein leichter Trab, in gleichmäßigem Rhythmus, wie wir es vor unserer Gefangenschaft bei den chinesischen Händlern mit ihrem Joch, an dessen beiden Enden die Waren hingen, gesehen hatten.

Anführerin eines Arbeitstrupps zu sein war eine neue Erfahrung für mich, und ich fand nie heraus, wie ich die Frauen auf meiner Liste, die zehn oder fünfzehn Jahre älter waren als ich – und die ich mit Mrs. oder Miss anredete –, dazu bewegen konnte, das Podest zu verlassen und mit anzufassen, wenn sie sagten: «Es tut mir leid, heute nicht, ich glaube, ich werde krank», oder wenn eine auf ihre Nachbarin zeigte und sagte: «Fragen Sie die doch. Sie hat seit Wochen nicht einen Handschlag getan.»

Da wir gleich groß waren, schleppte ich das Holz oft mit Ruth zusammen, die im Hauslager meine «upper-class»-Englischlehrerin gewesen war. Sie trug immer noch ihre Kreissäge, wenn auch die Krempe mittlerweile an den Rändern ausgefranst war. Ruth war bei ihrer Ankunft im Lager wundervoll schlank gewesen, doch mittlerweile war sie dermaßen dünn geworden, daß ihre Knochen hervorstachen. Im Hauslager hatten wir bereits ausführlich über gesellschaftliche Ereignisse wie Fuchsjagden oder Kricket geredet. Jetzt spielten wir das Tagtraumspiel.

Eines Morgens fiel mir nämlich auf, daß der Bambusstab zwischen uns genauso knarrte wie mein Sattel bei den Ausritten mit meiner Familie. Die elenden Baracken, der Staub der Trockenzeit, der auf dem Hof aufwirbelte, sie waren verschwunden. Ich galoppierte über einen Strand in Holland. Ich preßte die Schenkel gegen die glatte, warme Flanke des Pferdes. Der Wind blies mir ins Gesicht. Die Luft schmeckte nach Salz. Ich sah die Sanddünen, die Hollands Küste schützen, und das dunkelgrüne Meer, das Hollands Ufer umspült. Weiße Kämme kräuselten sich, überschlugen sich, verschwanden und bildeten ein ständig wechselndes Muster auf dem Wasser.

«Woran denkst du?» fragte mich Ruth.

Ich erzählte ihr von meinem Tagtraum, und daraufhin erzählte sie mir von ihren Träumen. Bald wurde es für uns beide zur Gewohnheit, «tagträumen zu gehen», uns gegenseitig schöne Erinnerungen aus der Vergangenheit mitzuteilen, während wir Holz zur Lagerküche schleppten.

Wir trabten langsam. Obwohl wir jung waren, hatten unsere Kräfte merklich nachgelassen. Die Hitze war feucht und drückend und machte offenbar selbst unserem Bewacher zu schaffen. Zumindest erhob er sich nicht von seinem Stuhl in der Wachstube, um «*lekas, lekas*», schnell, schnell, zu rufen. Ruth erzählte mir von ihrem Indienaufenthalt vor ihrer Hochzeit. Ihr Verlobter war dort als Offizier der Britischen Armee. Vor den schneebedeckten Gipfeln des Himalaja unternahmen die beiden Bootspartien auf den Seen bei Srinagar in einem *shikara*. «Das war so etwas wie ein schwimmendes Sofa», sagte Ruth, «mit drei Bootsmännern, die das Boot ruderten: einer spielte Ukulele, und die anderen sangen Lieder aus Kaschmir für uns.»

Von solch romantischen Ausflügen hatte ich nicht zu berichten, aber ich ließ Ruth teilhaben an meinen Erinnerungen an glückliche Tage mit den Schwestern und Eltern, an das Schlittschuhfahren in Holland, an Klettertouren und Skiabfahrten in den Alpen. Sport und weite offene Landschaften liebte Ruth genauso wie ich.

Ruth und ich spielten lieber unser Tagtraumspiel als das stärker verbreitete Lagerspiel, das darin bestand, Rezepte zu sammeln. Auf kostbaren Papierschnipseln schrieben die Frauen in winzigen Buchstaben voneinander Rezepte ab für raffinierte Saucen und komplizierte Nachspeisen. Laut aßen sie dann festliche eingebildete Diners mit den köstlichsten Gerichten. Während sie ihre winzigen Reisrationen vertilgten, taten sie so, als handele es sich um Roastbeef mit Yorkshirepudding oder Spargel mit Sauce hollandaise. Sie behaupteten, sie würden ihren Hunger dann weniger spüren.

Als Leiterin des Holztrupps mußte ich häufiger zur Wache gehen und mit dem Aufseher verhandeln. Bis dahin hatte ich ihn nur einmal täglich beim Appell sehen müssen. Für den Rest des Tages konnte ich seinen Anblick normalerweise vermeiden. Besonders in diesem neuen Lager war es leicht, ihm aus dem Weg zu gehen, denn er trampelte jetzt nicht mehr überall herum und kehrte das Oberste zuunterst in einer überfallartigen Suche nach «Waffen» wie Rasierklingen und nach Tagebüchern, die er nie fand. Doch jetzt mußte ich die Wache aufsuchen, mich tief verneigen und mitteilen, es gäbe in der Küche kein Holz mehr, ein Satz, den ich dann auch auf japanisch sagen konnte: *«Maki wa arimasen»*, es ist kein Holz mehr da. Und wenn das Holz geliefert wurde, mußte ich sagen: *«Arigato»*, danke schön.

Manchmal reagierte der Aufseher ganz menschlich, und da er mich *Si Panjang*, Lange, nannte, sagte er auf malaiisch: «Si Panjang, es gibt leider kein Holz.» Ein anderer Aufseher fühlte sich dadurch gereizt, daß ich so groß war. Er stellte sich oben vor der Wache in Positur und ließ mich auf der untersten Stufe stehen, damit ich ihn nicht überragte, und schleuderte mir japanische Wörter entgegen, die ich nicht verstand. Obwohl die Aufseher häufig gereizt waren, gelang es mir bei meinen Wegen immer, an ihnen vorbeizukommen, ohne auch nur einmal geschlagen zu werden.

Die Pflichten für die Gemeinschaft wurden im Lager zum Gegenstand hitziger Auseinandersetzungen. Die Rationen waren immer kleiner geworden, Malaria und Ruhr breiteten sich zunehmend aus, und nach einigen Monaten hatte der Gesundheitszustand der Lagerinsassinnen einen Tiefpunkt erreicht. Wenn die «Herzchen» und andere, denen es offensichtlich nicht schlechter ging als allen anderen, sich weigerten, zur Arbeit anzutreten, mußte jemand für sie einspringen. Bald wurde die ganze Arbeit von immer denselben Frauen geleistet.

«Das Lager ist ein Bienenstock», sagte Ruth. «Wir haben hier Arbeiterinnen und Drohnen.»

«Wie kriegen wir nur die Drohnen an die Arbeit?»

Wir fanden keine Antwort darauf und auch niemand sonst. Die Lagersprecherinnen hatten keinerlei Mittel, um ihre Autorität durchzusetzen. Sie waren vom Lager gewählt worden, um uns bei den Wachen zu vertreten, und nur wenige hielten ihr Wort für Gesetz. Und wenn wir ihnen entsprechende Befugnisse zugestanden hätten? Was hätten sie tun können, um Regeln durchzusetzen? Geldstrafen einziehen? Jemanden zu einer besonders schlimmen Arbeit verdonnern? «Du mußt fünf Tage hintereinander die Latrinen leeren», in Abwandlung der Strafen in der Schule? Jemand schlug Mutter Laurentia einmal vor, daß man den Drückebergern nichts zu essen geben sollte, nach dem Grundsatz, wer nicht arbeitet, soll auch nicht essen. Aber Mutter Laurentia schob den Gedanken schnell beiseite. «Es wäre Sünde, jemandem in einer so elenden Lage das Essen zu verweigern.»

Ein Mittel, Frauen für Arbeiten zu gewinnen, waren Vergünstigungen, Vorteile, die mit bestimmten Aufgaben verbunden waren. Die Latrinen zu leeren war eine riskante Arbeit. Wer mit Fäkalien in Berührung kam, zog sich leicht die Ruhr zu, die durch Fliegen übertragen wurde. Die mit dieser Arbeit verbundene Vergünstigung bestand deshalb aus einer Dose warmen Waschwassers aus der Küche. Kochen war ebenfalls mühselig, und die Köchinnen und ihre Helferinnen waren rußig und verschwitzt, wenn sie mit ihrer Arbeit fertig waren. Auch sie hatten ein Anrecht auf warmes Wasser aus der Küche. Eine Sonderration Wasser war immer willkommen, besonders in der Trockenzeit. Eine Ration warmes Wasser war ein Gipfel an Lagerluxus.

Die kleinen Jungen, die das Anmachholz für die Küchenfeuer spalteten, durften den Boden des Reiskessels auskratzen. Sobald die Küchenmannschaft den Kessel zur Seite stellte, tauchten die Jungen kopfüber hinein, die kleinen Hinterteile ragten hervor, die bandagierten Beine strampelten in der Luft. Ich konnte die gedämpften Geräusche hören, wenn sie sich gegenseitig stießen und sich auf dem Boden des Kessels anrempelten. Dann tauchten sie mit einer Reiskruste wieder auf, die sie mit einem Holzstück vom Boden gekratzt hatten, manchmal goldbraun, manchmal schwarz verbrannt. Diese Kruste wurde, selbst wenn sie schwarz war, genossen wie köstliches Backwerk. Die Jungen sammelten erst die Krusten, dann maßen, prüften und teilten sie diese mit äußerster Konzentration.

Ob sich überhaupt eine Kruste am Boden des Kessels bildete und wie dick sie war, hing davon ab, wieviel Wasser man dem Reis hinzufügte und wie heiß das Feuer war. Manchmal warf eine Nichtköchin einer Köchin vor, sie würde absichtlich dafür sorgen, daß sich eine Kruste bildete. «Was kann man auch anderes erwarten? Ihr Sohn ist im Kindertrupp.» Eine dickere Kruste bedeutete allerdings weniger Reis für die andern.

Waren die gewährten Vergünstigungen gerecht? Auch dieses Thema wurde auf beiden Seiten des Lagers wieder und wieder bis ins kleinste durchdiskutiert.

Warum bekamen die Köchinnen warmes Wasser und nicht die Gemüseputzerinnen? Gemüseputzen war zwar nicht besonders anstrengend, zugegeben, auch kein besonderes Gesundheitsrisiko. Aber die Putzerinnen mußten stundenlang zwischen widerlich stinkendem Grünzeug sitzen. Und diese ledrigen *kangkung*-Strünke zu zerkleinern strapazierte die Hände. Sollte es überhaupt Vergünstigungen geben? Waren wir nicht alle in der gleichen Lage? Sollte nicht jeder einfach aus Gemeinsinn helfen, ohne Belohnung? Jahre später hatte ich in Menlo Park mit Müttern in einem Lehrer-Eltern-Ausschuß eine ähnliche Diskussion: Sollte man Kinder dafür bezahlen, daß sie ihre Betten machen oder ihre Zimmer aufräumen? Oder sollten diese Pflichten einfach als Beitrag zum gemeinsamen Haushalt angesehen werden?

Doch Vergünstigungen sollten bis zu unserer Freilassung zum Lagerleben gehören. Meine Schwestern freuten sich über ihre, und ich freute mich über meine. Die Mitglieder des Holztrupps, die ja ebenfalls eine schwere Arbeit zu leisten hatten, erhielten Holzspäne zur Belohnung. Die Späne wurden gehortet, damit man sich damit ein eigenes Feuer machen konnte. Eine der Hauptköchinnen verteilte sie in der Küche. Unter all den Widrigkeiten des Lagerlebens schmerzte uns die Abwesenheit der Männer am meisten. Nicht nur, daß sie nicht mehr am Frauenlager vorbeizogen, so daß wir ihnen winken und zurufen konnten, sie waren vollkommen aus der Gegend verschwunden. Man hatte sie auf eine Insel mit Namen Bangka transportiert, und wir erhielten nie auch nur die Andeutung einer Nachricht von ihnen oder über sie.

Dann rannte eines Tages ein Kind schreiend durchs Lager: «Es ist Post da, Post von den Männern auf Bangka!»

Ein Aufseher übergab einer der beiden Lagersprecherinnen, die auf das Geschrei der Kinder hin zum Tor gerannt waren, einen Stoffbeutel. Die beiden trugen den Beutel zum *pendopo*, einer offenen Hütte mit einem spitzen Dach aus Palmblättern in der Mitte des Hofes. Frauen drängten sich um den Beutel, voller Ungeduld, weil die Verteilung nicht gleich begann. Doch unerschütterlich verlangten die Lagersprecherinnen, man solle einen Tisch und eine Bank herbeischaffen, damit sie sich bei ihrer Aufgabe hinsetzen könnten.

Mutter Laurentia öffnete den Beutel und begann die Namen vorzulesen. Kein Schreiben hatte einen Umschlag. Sie waren wohl verboten. Alle Briefe waren mehrfach gefaltet. Unserer bestand aus einem linierten Blatt Papier, das bis auf Spielkartengröße zusammengefaltet war.

«Helen, Antoinette und Alette Colijn» hatte Vater in seiner kräftigen, gut lesbaren Handschrift mit Bleistift daraufgeschrieben.

Wir lasen den Brief an unserem Platz auf dem *balai-balai*.

23. November 1943. Räumlich weiter getrennt, geistig näher als je. Ich habe jetzt keinen Alamanda mehr vor mir, sondern einen Zibetbaum vor leuchtendem Hintergrund. Bis auf einen schlimmen Juckreiz geht es mir gut. Und Euch? Ich muß mich kurz fassen. Deshalb, unzählige Küsse und Grüße.

«Wo stand denn dieser Alamanda? Was meint ihr?» fragte Antoinette. Sie kannte den Alamandastrauch mit seinen gelben kelchförmigen Blüten; einer hatte in Java im Garten der Eltern gestanden. «Wenn wir das wüßten, dann könnten wir sagen, in welcher Baracke er gewohnt hat.»

«Die Männer haben ihn wahrscheinlich gefällt, um das Holz zu verfeuern oder die Blätter zu essen, als sie erfuhren, daß sie hier wegmußten. Wer weiß?» sagte Alette.

Nun hatten die Männer an ihre Frauen und Kinder geschrieben. Männer, die keine nahen Verwandten im Lager hatten, hatten an Frauen geschrieben, die sie kaum kannten, von denen sie vielleicht nur über andere Männer gehört hatten. Doch unter den Briefen im Beutel befand sich auch ein Blatt mit den Namen derjenigen, die auf Bangka gestorben waren und deren Frauen sich in unserem Lager befanden. Dr. McDowell und Mutter Laurentia mußten diese Namen den Witwen mitteilen. Die trauernden Frauen hatten keinen Ort, an den sie sich zurückziehen konnten, keinen Ort, an dem sie allein sein konnten, um die schreckliche Nachricht zu verarbeiten. Eine von ihnen wohnte in meiner Baracke, und in der Nacht hörte ich sie weinen. Doch am nächsten Morgen sagte sie zu mir: «Wenigstens habe ich keine Kinder» und verhielt sich danach wieder wie vor der Nachricht von ihrem Verlust. Und die, die Briefe bekommen hatten, dachten: Was muß dieses Bangka für ein entsetzlicher Ort sein? Diese Männer sind in der Blüte ihres Lebens gestorben. Was wird aus den anderen? Was wird aus uns?

Unsere Stimmung war gedrückt, als das Jahr 1943 sich dem

Ende näherte. Es wurde immer deutlicher, daß wir ein zweites Weihnachtsfest in Gefangenschaft verbringen würden. Die meisten von uns behaupteten allerdings weiterhin hartnäckig, der Krieg wäre in einem halben Jahr vorbei, obwohl es immer schwieriger wurde, das zu glauben.

Wir einst so gesunden, robusten Frauen verloren mehr und mehr an Gewicht, wurden immer häufiger krank, verloren allmählich den Mut.

Wie vermißten wir die Koch-*kongsis* des Hauslagers! Dort hatten wir wenigstens die Möglichkeit gehabt, zu entscheiden, wann und wie wir unsere Rationen kochen wollten. Wir hatten uns zumindest einen kleinen Rest von Individualität bewahren können. Jetzt sagten uns Glockenzeichen, wann wir zu essen hätten, wann wir dies oder jenes zu tun hätten, je nach dem Willen der Wachen und der Gruppe. «Wenn das noch lange dauert, dann werden wir hier in der Gefangenschaft noch zu einer grauen Masse willenloser Automaten», äußerte Antoinette einmal.

Dann sahen Margaret Dryburgh und Norah Chambers eine Möglichkeit, wie unsere Lagermoral sich verbessern ließe. Sie kündigten wieder ein Konzert an. Ein neuer Chor sollte singen, mit Sängern sowohl aus der «englischen» wie aus der holländischen Abteilung des Lagers. Norah sollte dirigieren. Als Datum wurde der 27. Dezember 1943 festgelegt.

KAPITEL 10

Das Vokalorchester

Der Tag war gekommen, an dem das Konzert stattfinden sollte.

Man hatte uns anderen im Lager immer noch kein Programm verraten. Der neue Chor hatte in größter Heimlichkeit in einem Schuppen hinter der Küche geprobt. Aber auch die unter uns, die nicht an der Aufführung beteiligt waren, spürten, daß etwas Besonderes bevorstand. Einige Frauen aus meiner Baracke zogen sich für das Ereignis festlich an.

Auch ich war von der Aufregung angesteckt und trug das Befreiungskleid, das ich nicht mehr angerührt hatte, seit ich es vor einem Jahr im Hauslager genäht hatte. In meinem Beutel aus Grasgeflecht hatte ich es für den Tag aufgehoben, an dem die Alliierten kommen und uns retten würden. Jetzt war das Kleid zerknittert und schimmelig, und es roch muffig, aber … es war ein Kleid.

Alette und Antoinette hatten kein Kleid angezogen. «Nicht jede im Chor hat eins», erklärte Antoinette, «deshalb gehen wir alle in unseren normalen Lagersachen.»

«Laßt euch überraschen», sagte Alette und zog mit Antoinette los, um sich im Übungsschuppen mit dem Chor zu treffen. Sie sind immer noch reizend, dachte ich. Antoinette mit ihren schnurgeraden Haaren, seit die Vorkriegsdauerwelle herausgewachsen war, und in Shorts und Trägerhemdchen, erinnerte mich an einen jungen Pagen auf einem mittelalterlichen Gemälde, bereit, mit seinem Herrn in die Schlacht zu eilen. Alette sah niedlich aus, wie auf meinem Lieblingsfoto, aufgenommen in unserem Garten in Den Haag, als sie drei Jahre alt war. Auf dem Foto trug sie ein kurzes grünes Seidenkittelchen mit aufgenähten Seidenrosen. Sie hatte ein Bein mit gebeugtem Knie so erhoben, daß die nackten Zehen nach unten zeigten, hielt eine kleine Flöte in der Hand und tat so, als würde sie spielen. Ihre seidigen blonden Haare fielen ihr auf die Schultern und waren mit den gleichen Seidenrosen wie die auf dem Kleid bekränzt. In diesem Kostüm hatte sie auf der Bühne des Königlichen Theaters in Den Haag getanzt, bei einer Wohltätigkeitsveranstaltung der Schule für Rhythmischen Tanz, die wir drei Mädchen einmal in der Woche besuchten.

Ich nahm meine halbe Kokosnußschale von der Ablage, rutschte von unserem *tempat* in den Gang zwischen den *balai-balais* und begab mich langsam zum Barackenausgang. Am Tag zuvor hatte sich wieder einmal ein sintflutartiger Regen durch die Lücken im Palmblätterdach ergossen und etliche Pfützen auf dem Gang hinterlassen. Schlamm spritzte jetzt zwischen meinen Zehen auf, und ich befürchtete, daß das Kleid etwas abbekommen könnte.

Ich blieb stehen, um mit einer der holländischen Lehrerinnen zu sprechen – ich glaube, sie stammte aus einem kleinen Ort im Inland –, die an ihrem Schlafplatz kniete und auf ihre Schlafmatte klopfte. Die Matte war jetzt nur noch so dick wie die beiden Bezüge aus Reissäcken zusammen, das Heu darin war schon lange zusammengefallen.

«Diese widerliche Feuchtigkeit. Das Ding hier ist gestern naßgeregnet und immer noch nicht wieder trocken. Aber wirklich, Helen, Sie sehen schick aus.»

«Schick, da bin ich mir nicht sicher ... Jedenfalls ein bißchen festlicher als in meinem schäbigen Alltagszeug. Ziehen Sie etwas Besonderes an?»

«Ich wünschte, ich hätte etwas. Ich hatte mir genau wie Sie ein Befreiungskleid aufbewahrt, doch letzte Woche hat es jemand für mich auf dem Schwarzmarkt verkauft. Ein Entenei, ein bißchen Zucker und Chilis sind mir jetzt wichtiger als später ein Kleid.»

Würde auch ich einmal mein Kleid verkaufen müssen?

Ein paar *tempats* weiter saß eine Frau auf ihrem Schlafplatz, die meine Schwester und ich Sergeant Major nannten. Ich wußte, sie würde etwas Unfreundliches sagen, und so war es denn auch.

«So aufgeputzt alle! Sie gehen bestimmt zum Konzert. Es ist doch absurd, kostbare Energie mit Singen zu verschwenden. Die Sängerinnen sollten ihre Energie fürs Überleben aufsparen.»

«Aber die Sängerinnen sagen, sie fühlten sich nach dem Singen viel energiegeladener.»

«Schon möglich. Aber wir wissen alle, daß die Japaner Ansammlungen nicht leiden können. Wir alle im Hof als Zuhörer bei was auch immer, das heißt, eine Katastrophe heraufbeschwören. Die Wache wird toben, und wir müssen wieder einmal alle in der Sonne stehen. Ich gehe jedenfalls nicht.»

«Schade.» Sie ist wie immer unmöglich, dachte ich, aber noch in guter Verfassung. Leider ging es einigen, die sehr gerne ins Konzert gegangen wären, nicht mehr so gut wie ihr. Hier und da lagen, über die ganze lange Baracke verteilt, Frauen und Kinder mit Malaria und Ruhr auf ihren *tempats*.

Nicht weit von Mrs. Sergeant Major sagte eine Mutter laut zu ihrer Siebenjährigen, die mit einem Stück Holz auf den *balai-balai* schlug: «Annie, nun hör endlich damit auf, die Kakerlaken totzuschlagen. Ich will dir jetzt eine hübsche Frisur machen.» Sie nahm ein rotes Band aus einer Hafermehlbüchse (die offenbar ihre Schatzkiste war) und band eine

Schleife in die blonden Locken des Mädchens. Dann rief die Mutter ihren zehnjährigen Sohn, der mit nackten Füßen auf dem Schlamm im Gang «schlidderte». «Schluß damit, Jan, du machst den Gang ja noch rutschiger. Wenn du herkommst, kämme ich dich auch.»

Während der Junge am Rand des Podestes stand, tauchte die Mutter die Finger in einen angeschlagenen Emaillebecher voll Wasser, das sie wohl vom Brunnen geholt oder vielleicht auch beim gestrigen Wolkenbruch gesammelt hatte. Sie befeuchtete das Haar des Jungen und kämmte es mit einem winzigen Taschenkamm. Dann hielt sie etwas hoch, was wohl einmal ihr Taschenspiegel gewesen war, damit die Kinder sich darin betrachten konnten. Das Mädchen wirkte verwirrt. Sie konnte sich vermutlich nicht mehr daran erinnern, wann sie zum letztenmal eine Schleife im Haar getragen hatte. Ich merkte, wie die Augen des Jungen aufleuchteten. «Puh», schnaubte er und wölbte die kleine nackte Brust. Dabei stachen seine Rippen noch mehr hervor.

«Hier Jan, kratz dir den Matsch von den Füßen und paß bitte auf, daß du nicht wieder matschig wirst, bis wir zum Konzert gehen.» Die Mutter hielt ihm einen Holzspan hin. «Ihr beide könnt mit den anderen Kindern vor den Zuschauern sitzen. Aber ihr müßt ganz still sitzen, auch wenn es Musik ‹für die Großen› sein sollte.»

Sie wandte sich an mich. «Ich bin so froh, daß es endlich wieder etwas Unterhaltung gibt. Im Hauslager fand immer irgend etwas statt, auch für die Kinder. Arme Dinger. Sie haben hier keine Beschäftigung. Sie vermissen die Schule ... Aber was steht überhaupt auf dem Programm? Alle tun so geheimnisvoll. Ihre Schwestern sind doch im Chor, dann wissen Sie sicher Bescheid?»

«Schön wär's. Die beiden haben mir nur erzählt, daß dreißig Frauen mitsingen, aus beiden Abteilungen des Lagers. Die Sprache scheint keine Rolle zu spielen.»

«Vergessen Sie nicht, Becher für die Erfrischungen mitzunehmen», erinnerte ich die Mutter und suchte mir weiter durch die dunkle Baracke meinen Weg zum Ausgang. Als meine Augen sich an das blendende Sonnenlicht draußen gewöhnt hatten, sah ich zu meiner Erleichterung, daß der Hof wieder trocken war.

Ich hatte ihn heute schon einmal überquert, und er sah im Grunde genommen immer noch genauso aus: das gleiche Rechteck aus Baracken, die äußere Begrenzung unseres Lagers, dieselbe traurige Wäschegirlande, die die Barackenfronten zierte, derselbe Riesenpilz, unsere *pendopo*-Hütte, in der Mitte. Doch mittlerweile war der Hof voller Frauen und Kinder in festlicher Stimmung. Es war eine gute Idee gewesen, von Baracke zu Baracke zu gehen, um das Konzert anzukündigen.

Als Antoinette mich gebeten hatte, das zu tun, hatte ich protestiert: «Es weiß doch schon jeder, daß ein Konzert stattfindet.»

«Aber wenn man sich die Mühe macht, es anzukündigen, dann bekommt es mehr Bedeutung. Nimm dir eine Blechdose und einen Stock und rufe die Neuigkeit aus, wie ein Ausrufer im Mittelalter.»

Antoinette war dermaßen eifrig und sah so ungewöhnlich glücklich aus, daß ich nachgab. Als Trommel benutzte ich die große Blechdose, mit der wir immer Wasser vom Brunnen holten, und ich machte meinen Rundgang, trommelte dabei forsch mit einem geborgten Holzlöffel auf der Dose herum und verkündete meine Neuigkeiten.

Im Hof stolzierten kleine Jungen und Mädchen umher, die man sorgfältig gekämmt oder in ein Hemd gesteckt hatte. Engländerinnen trugen ihr lange gehütetes Befreiungskleid, leuchtende und fröhliche Farbtupfer in der Menge. Eine Frau, die nie besonders auf sich achtete, lief in einem schlampigen, dunkelroten Morgenmantel herum. «Mrs. Rich», die Frau eines Gummiplantagenbesitzers aus Malaya, trug eines der Modellkleider, die sie in ihren teuren Koffern mitgebracht hatte und bisher keinesfalls abgeben oder verkaufen wollte. «Sie sind das einzige, was ich noch besitze.»

Die australischen Krankenschwestern hatten sich wohl einen Lippenstift geteilt. Sie trugen alle denselben Farbton, ein flammendes Rot, mit dem ihre Gesichter noch fahler aussahen als gewohnt.

Eine britische Eurasierin, eine schmale, immer noch hübsche Frau mit kohlschwarzem Haar und großen braunen Augen, trug einen grünen Zweig hinterm Ohr. Sie hatte ihn wohl von einem Busch hinter der Wache stibitzt. Innerhalb des Lagers wuchs nichts mehr.

Annie, Jan und ihre Mutter überholten mich und liefen zum *pendopo*. Im Vorbeigehen zeigte Annie kichernd auf das Band in ihrem Haar. Ich sah, wie die drei sich im *pendopo* auf den Boden setzten, die Kinder ganz nach vorne zu den anderen Kindern, die Mutter ein paar Reihen dahinter.

Auf einer Seite wurde der Boden von zwei Carolus-Borromeus-Schwestern, die Platzanweiserinnen spielten, freigehalten. Dort hatte man Buchstaben in die Erde gekratzt. O R C H E S T E R las ich. Wollte man sich da einen Spaß erlauben? Es gab im Lager nicht ein einziges Musikinstrument. Wir würden doch bestimmt kein Konzert mit Becken aus leeren Blechdosen erleben und mit Flöten aus Feuerholz? Eine hohe Holztonne, die wohl als Pult gedacht war, stand verloren auf dem freigehaltenen Platz.

Das Konzert sollte um halb fünf beginnen, nachdem wir ein frühes Abendessen bekommen hatten, und ich wußte, Norah, die Dirigentin, würde pünktlich anfangen, damit wir auch vor Einbruch der Dunkelheit fertig wären. Nur wenige Zeitmesser im Lager gingen noch, und Norah hatte wahrscheinlich die australische Militärkrankenschwester, die immer noch eine Uhr besaß, gebeten, sie an die Zeit zu erinnern. Das Wetter blieb trocken.

Der *pendopo* war viel zu klein, als daß jeder sich hätte hinsetzen können. Einige hockten bereits auf dem *pendopo*-Geländer und standen in Reihen davor. Ich stand ebenfalls. Das war auch gut so. Es wäre schmerzhaft gewesen, mit meinem «Palembang-Hintern» zu sitzen. Gerade hatte ich ein neues Furunkel entdeckt. Und womöglich wäre mein Befreiungskleid ruiniert worden, wenn ich mich auf den Boden gehockt hätte. Da ich groß war, konnte ich ganz hinten stehen und immer noch alles verfolgen.

Um Punkt halb fünf kam Norah Chambers mit dreißig Frauen im Gänsemarsch hinter der Küche her zum *pendopo*. Jede trug Blätter in der einen und einen kleinen Hocker in der anderen Hand. Ich sah kein Instrument.

Sie trugen ihre Lagerkleidung, verblichene Shorts und Trägerhemdchen, oder vielfach geflickte, ausgebleichte Baumwollkleider, in manchen Fällen am Saum gekürzt, weil man Stoff zum Flicken gebraucht hatte.

Ihre Haare hingen ihnen einfach herunter oder wurden mit einer Klammer aus dem Gesicht gehalten oder waren wegen der Läuse jungenhaft kurz geschnitten.

Die meisten Sängerinnen waren barfuß oder hatten schmuddelige Verbände um Beine oder Füße, um entzündete Stellen abzudecken. Ein paar trugen schlammverkrustete *terompahs*, hölzerne Sandalen mit Stoff- oder Gummistreifen über den Zehen, in der Art wie wir sie in unseren geräumigen niederländisch-ostindischen Badezimmern getragen hatten, wenn wir sauberes, kühles, erfrischendes Wasser aus einem großen Becken schöpften und uns damit übergossen. «Ihr müßt eure Füße vor Infektionen schützen, die man sich auf dem Badezimmerboden holen kann, wenn man barfuß geht», hörte ich Mutter zu uns Mädchen sagen. Meine liebe Mutter, wo war sie jetzt?

Die Sängerinnen nahmen auf ihren Hockern Platz, bis auf Norah Chambers und Margaret Dryburgh, die mit den Altistinnen hereinkam. Norah trug ein Hemd und beigefarbene lange Hosen, die ihr eine von den holländischen Frauen bei der Ankunft im Hauslager geschenkt hatte und die noch wie neu aussah. Norah war auch Überlebende eines Schiffbruchs. Miss Dryburgh trug das Kleid, mit dem sie ins Hauslager gekommen war, allerdings waren die Blumen vom Waschen und vom Sonnenschein ausgebleicht und der Stoff hing ihr lose um den schmaler gewordenen Körper. Sie trug immer noch die gleiche Frisur, langes Haar, das am Hinterkopf zu einem Knoten gewunden war. Ihre Schuhe wurden von Schnüren zusammengehalten. Nachdem sie Norah verschwörerisch zugeblinzelt hatte, legte sie ihre Partituren auf den Hocker und wandte sich zum Publikum mit einem Blatt in der Hand, von dem sie ablas:

«Das, was wir Ihnen heute abend zu Gehör bringen wollen, ist unserer Meinung nach etwas völlig Neues: ein Frauenchor, der sich bemüht, bekannte Musikstücke, die normalerweise von einem Orchester oder einem Pianisten dargeboten werden, vokal wiederzugeben. Die Idee, zu einem Orchester aus Stimmen zu werden, kam uns, als uns kaum noch Lieder einfielen, wir aber so gerne noch einmal einige der wundervollen Melodien und Harmonien gehört hätten, an denen sich unsere Seelen früher erfreut haben. So wollen wir Ihnen nun in aller Bescheidenheit einige musikalische Meisterwerke zu Gehör bringen, soweit wir sie noch im Gedächtnis haben: Dvořáks Largo aus der Sinfonie *Aus der Neuen Welt*, mit seiner schwermütigen Negermelodie; einen von Brahms' schwungvollen Walzern; Mendelssohns *Lied ohne Worte*; das Streichquartett von Tschaikowskys *Andante Cantabile*, bei dem Sie das Cello-Solo verfolgen können, wenn Sie genau zuhören; und Chopins Regentropfen-Prélude mit seiner durchgehenden Tropfenbegleitung (wie das, was wir Tag und Nacht hören!).

Jeder wird das *Londonderry Air* kennen und Beethovens anmutiges Menuett; außerdem enthält das Programm noch das reizende Feenlied aus Rutland Boughtons *The Immortal Hour*. Und als ehrgeizigstes Projekt Debussys «Träumerei», bei dem wir ganz gewiß alle Sorgen und Nöte vergessen werden. Wir beschließen unser Programm dann mit einer Reihe weihnachtlicher Melodien und *Auld Lang Syne*. Wir müssen leider einräumen, daß wir nicht in der Lage sind, die Wirkungen oder Klangfarben von Saiten- oder Blasinstrumenten wiederzugeben. Aber wenn Sie gleich die wunderbaren Melodien und Harmonien der großen Meister vernehmen, können Sie diese Nuancen in Ihrer Vorstellung vielleicht mithören. Der Chor wird sitzen bleiben wie ein Orchester, um seine Kräfte zu schonen. Mrs. MacLeod wird zwei Solos zum Konzert beitragen, *The Lord Is My Light* und *Here in the Quiet Hills*, so daß die Mitwirkenden ein wenig verschnaufen können. Und damit sie sich noch ein zweites Mal erholen können, wird es eine Pause von zwanzig Minuten geben mit Erfrischungen für alle dank der Großzügigkeit unserer holländischen Damen. Die australischen Schwestern werden freundlicherweise Kaffee ausschenken.

Schließen Sie also die Augen, und stellen Sie sich vor, Sie befänden sich in einem Konzertsaal und lauschten einem weltberühmten Orchester unter der Leitung von Toscanini oder Sir Thomas Beecham.»

Das war also die Überraschung: Orchester- und Klaviermusik an einem Ort, an dem es nicht ein einziges Musikinstrument gab, nicht einmal eine Stimmpfeife. Bei den Konzerten im Hauslager hatte Miss Dryburgh immer den Ton angegeben. Das tat sie auch jetzt, nachdem sie ihren Platz unter den Altistinnen eingenommen hatte.

Norah Chambers, die nun mit dem Rücken zu uns stand, hob die Arme. Der Chor begann vierstimmig «la la la» zu singen. Ganz leise, wie durch einen Nebelschleier schwebten die ersten Takte von Dvořáks Largo durch den *pendopo*. Die Musik schwoll langsam an. Eine Solistin fiel ein. Es war die tiefe Stimme Miss Dryburghs. Die Musik schwang sich zu ihrem ersten reichen und vollen Crescendo auf. Mir lief ein Schauer über den Rücken. Mir war, als hätte ich noch nie etwas so Schönes gehört. Die Musik klang weder wie ein Frauenchor, der Lieder sang, noch hörte sie sich richtig wie ein Orchester an, auch wenn sie dem sehr nahekam. Ich bildete mir ein, Violinen und ein Englischhorn zu hören. Die Musik klang ätherisch, vollkommen unwirklich in dieser erbärmlichen Umgebung.

«He, he», hörte ich hinter mir. Es war die häßliche, rohe Stimme eines ärgerlichen Aufsehers. Zweifellos hatte er sein Bajonett bereit. Keiner aus der letzten Reihe sah sich um, auch ich nicht. Norah mußte den Aufseher ebenfalls gehört haben. Würde sie mit dem Dirigieren aufhören? Norah schwang weiter die Arme.

«He, he», hörte ich wieder. Der Soldat war nun dichter hinter mir. Er mußte die letzte Reihe fast erreicht haben. Ich trat zur Seite wie andere auch und ließ ihn vorbei. Ja, er hatte sein Bajonett auf dem Gewehr. Und er war zweifellos wütend. Er war kleiner als die meisten von uns und mittlerweile nicht mehr zu sehen. Ich konnte gerade noch seine verhaßte Mütze mit den albernen Ohrenklappen erkennen und die Spitze seines Bajonetts, das in der Abendsonne funkelte. Er erreichte das Geländer um den *pendopo*. Er würde ganz bestimmt explodieren, so von Angesicht zu Angesicht mit dem singenden Chor. Ich konnte die Spitze seines Bajonetts nicht mehr sehen. Hatte er das Gewehr gesenkt? Ich vernahm auch kein «He, he» mehr. Hörte er etwa der Musik zu? Als das Largo in einem großen, feierlichen Crescendo anschwoll, blieb der Soldat genauso still wie wir. Er blieb das ganze Konzert über still.

Ich verpaßte Teile des Konzerts, so heftig wurde ich von Erinnerungen überwältigt.

Das *Regentropfen-Prélude* entrückte mich in ein Jugendkonzert in Den Haag, das ich mit Freunden aus meiner Gymnasialklasse besucht hatte. Ich war damals sechzehn und hatte gerade den ein Jahr älteren Henk kennengelernt. Ich erinnerte mich daran, wie er mich zwei Jahre später zum erstenmal ausführte, als ich bei meinen Großeltern lebte, um meinen Schulabschluß zu machen. Henk studierte schon im ersten Jahr an der Universität und hatte mich im Auto seines Vaters abgeholt. Wir gingen in einen Film über Ferdinand de Lesseps, den Erbauer des Suez-Kanals. De Lesseps wurde von Tyrone Power gespielt.

Ich kannte bisher nur Filme mit Shirley Temple und war ganz aufgeregt, weil ich einen Erwachsenenfilm sehen sollte. Aber meine Großmutter mißbilligte den Ausflug. Sie hielt nichts von Filmen, selbst Shirley Temple war ihr offensichtlich suspekt gewesen, aber ich hatte sie davon überzeugt, daß dieser Film für mich lehrreich sein könnte. Bald würde ich nämlich auf meiner Schiffsreise zu meinen Eltern in Ostindien den Suez-Kanal passieren, und dann wüßte ich doch etwas über seinen Bau. Widerstrebend gab Großmutter ihre Einwilligung. Aber ich mußte um elf zu Hause sein. Da der Film erst um halb zwölf zu Ende war, haben Henk und ich den Schluß nicht gesehen.

Wir waren gebeten worden, den Beifall bis zur Pause zurückzuhalten. Als der Applaus dann einsetzte, kam er zunächst etwas zögerlich. Immerhin befand sich der Aufseher noch unter uns. Aber hinter seiner steinernen Miene gab auch er sich offenbar seinen Erinnerungen hin, und der Applaus nahm langsam an Lautstärke zu, bis er zu einem Sturm der Begeisterung anschwoll, mit Rufen wie *«Jolly good!»* (von den «Engländerinnen») und «Bravo» (von den Holländerinnen).

Die Mitglieder des «Vokalorchesters» sahen uns strahlend an. Werden sie aufstehen und sich verneigen? fragte ich mich. Nein, warum sollten sie. Der Aufseher könnte ja meinen, sie verneigten sich vor ihm, vor dem Kaiser von Japan. Die Sänger gingen wieder zur Küche, und das Publikum begann umherzugehen. Die Australierinnen schenkten den versprochenen «Kaffee» aus dem gleichen merkwürdigen Sammelsurium von rußigen Blechdosen und Kanistern aus, das wir schon von den Veranstaltungen im Hauslager her kannten. Der Kaffee wurde «schwarz» serviert, aber, wie wunderbar, er war *heiß*. Jedes Getränk, das von der Gemeinschaftsküche ausgeschenkt wurde, war kalt, wenn es auf die Baracken und dann weiter verteilt und schließlich in die einzelnen Becher gegossen worden war. In der Zwischenzeit gingen holländische Frauen mit kleinen Brettern und auch einigen richtigen Tellern herum, auf denen die mittlerweile vertrauten, pfenniggroßen, aus Reismehl mit Wasser, und dieses Mal auch mit Zucker, hergestellten Kekse lagen. Die Kekse schmeckten eindeutig *süß*. Ich sah, wie eine der Serviererinnen unserem Bewacher, der in dem Meer von gefangenen Frauen merkwürdig verloren wirkte, einen Keks anbot. Er nahm ihn an und sagte: *«Arigato.»* Ich fragte mich kurz, ob er je westliche Musik gehört hatte. War es die Neuheit unserer Musik, die ihn verzaubert hatte, daß er so still blieb? Oder hatte er westliche Musik schon in Japan gehört? Hatte sie auch in ihm Erinnerungen wachgerufen, wie sie es bei mir getan hatte?

Heute glaube ich, daß der Soldat sich möglicherweise genauso verlassen fühlte wie wir, in gleicher Weise im Wahnsinn des Krieges gefangen. Wir litten darunter, von unseren Verwandten abgeschnitten zu sein, aber vielleicht bekam auch er keine Nachricht von seiner Familie in Japan.

Als das Konzert dann weiterging, hatte ich genug Gelegenheit, mir die Sängerinnen in Margaret Dryburghs Vokalorchester genau anzusehen.

Aus der «englischen» Abteilung des Lagers waren Betty Jeffrey, Mickey Syers und Flo Trotter dabei, drei von den australischen Krankenschwestern, die im Hauslager bei mir

Holländischunterricht genommen hatten, als wir alle noch voller Energie und Unternehmungslust gewesen waren. Ich sah Shelagh, die in den ersten Monaten unserer Gefangenschaft während eines englischen Gottesdienstes zum erstenmal die «Gefangenenhymne» gesungen hatte, zusammen mit zwei anderen Frauen, Audrey Owen und Norahs Schwester Ena Murray, die sich im Hauslager so dafür eingesetzt hatte, daß Aufführungen zustande kamen. Ich freute mich, sie in diesem Chor zu sehen, denn sie hatte einen hübschen Sopran.

Aus der holländischen Abteilung des Lagers sah ich noch zwei Carolus-Borromeus-Schwestern, eine davon war Schwester Catharinia. Erst gestern hatte sie im strömenden Regen oben auf meiner Baracke gehockt und versucht, das Dach zu flicken, das blaue Kleid gerafft, so daß ihre langen Baumwollunterhosen zu sehen waren. Um ihr dickes blondes Haar, das ihr als Zopf über den Rücken hing, war jetzt keck ein schwarzes Dreieck gebunden. Es war eine ganz andere Catharinia als die, die im streng sitzenden Schleier und im langen weißen Habit ins Lager gekommen war. Sigrid Stonk, eine der holländischen Mütter, sang ebenfalls im Vokalorchester mit. Sie war mit einem neun Monate alten Baby und einem sechsjährigen Jungen von einer Palmölplantage gekommen. Mrs. De Bert, deren vier Kinder still mit den anderen Kindern in der ersten Reihe saßen, war ebenfalls dabei. Und Nel war dabei, der die Japaner angeboten hatten, außerhalb des Lagers zu wohnen, weil sie Halbasiatin war, die sich aber dafür entschieden hatte, bei uns zu bleiben.

Die *Rêverie* entführte mich wieder nach Tarakan, wo ein Pianist, der dort gastierte, die *Rêverie* im Club gespielt hatte. Vater hatte gezwungen gewirkt, weil er einen weißen Smoking mit gestärktem Hemd und schwarzer Krawatte tragen mußte, aber Antoinette und ich waren in unseren langen Kleidern glücklich. Wie erwachsen fühlte ich mich damals mit dem schmalen schwarzen Samtband um den Hals. Wie hübsch und selbstsicher Mutter an dem Abend aussah. Wieder fragte ich mich, voller Sorge, Angst und Kummer, wo sie jetzt wohl ist?

Das Weihnachtsmedley begann mit der «Pastorale» aus Händels *Messias* und ging in ein Arrangement aus Weihnachtsliedern über, die ohne Text gesungen wurden. Das Medley entrückte mich in eine Zeit, als Antoinette und ich beide in Holland zur Höheren Schule gingen und die Weihnachtsferien in England verbrachten, um unser Englisch zu verbessern. Am Heiligen Abend zogen dort Sänger von Haus zu Haus. Als wir wieder in Holland waren, erhielt ich einen lieben Brief vom ältesten Sohn meiner Gastfamilie, mein erster Brief von einem Jungen. Chris und ich schrieben uns dann unregelmäßig, bis er in die britische Armee eintrat und nach Afrika geschickt wurde, um dort zu kämpfen. Er war ein Rotschopf mit sanfter Stimme, Sommersprossen und Grübchen. Nach dem Krieg erfuhr ich, daß er bei El Alamein gefallen war.

«Jetzt wollen wir alle zusammen *‹Auld Lang Syne›* singen», sagte Norah, nachdem das Vokalorchester seine textlose Fassung vorgetragen hatte. «Es ist bald Sylvester.»

Das ist kein Lied, das Holländer häufig singen, und ich kannte den Text nicht, aber die Britinnen und Australierinnen kannten ihn natürlich und stimmten mit Begeisterung ein.

Dann war das Konzert zu Ende. Wir nannten es immer «das Weihnachtskonzert», obwohl es am 27. Dezember stattfand. Der Soldat stapfte zurück zur Wache.

«Gut, daß wir ihn los sind», sagte eine Frau.

Als unser Bewacher gegangen war, fühlten wir uns entspannter und setzten eine nachkonzertliche Unterhaltung fort, die in eine andere Zeit gehörte.

«Ich hätte mich auch schon gefreut, wenn sie nur das Largo gesungen hätten.»

«Meinen Sie nicht, daß es etwas zu getragen war?»

«Keineswegs, es muß so und nicht anders klingen.»

«Welches Stück hat Ihnen am besten gefallen?»

«Alle gleich gut. Es war alles wunderbar.»

«Ich würde sagen, das Andante. Es war so rein, so klar.»

«Als ich die ‹Regentropfen› hörte ... irgendwo in London früher, es war, glaube ich, in Covent Garden. Es war ein Ereignis damals, das Publikum äußerst elegant, und diese Musik jetzt hier zu hören ...»

«Ich habe mich noch nie so gut gefühlt, seit ich im Lager bin.»

Ja, dachte ich, diese Musik hat etwas verändert. Ich hatte mir Sorgen gemacht bei dem Gedanken, so lange stehen zu müssen, aber ich fühlte mich nicht im geringsten müde. Mit anderen Frauen schlenderte ich zu meiner Baracke zurück. Ich kroch auf den *balai-balai*, der von ein paar anämischen Glühbirnen überm Gang trübe beleuchtet war. Es war unvermittelt dunkel geworden, wie immer in den Tropen. Ich packte mein Kleid fort und zog wieder Shorts und Trägerhemdchen an. Wie die meisten andern Frauen im Lager schlief ich jetzt in meinen Kleidern. So konnte man unbesorgt schnell zur Latrine huschen, auch wenn man über eine der seltenen Patrouillen stolpern sollte.

Antoinette und Alette kamen ebenfalls zurück und verstauten ihre Chorhocker auf der Ablage. Möbelstücke aus Holz, die man draußen stehenließ, wurden sofort von jemandem entführt, der Brennmaterial brauchte.

Wir drei spannten unsere Moskitonetze auf. Andere Frauen um uns herum, die beim Konzert gewesen waren, taten dasselbe. Die, die nicht hingegangen waren, lagen schon darunter.

«Kommt und erzählt mir noch etwas über die Musik», sagte ich zu meinen Schwestern.

Antoinette und Alette schlüpften unter mein Netz. Wir

machten uns so klein wie möglich, die Arme um die Knie geschlungen, die Köpfe gesenkt, kuschelten uns aneinander und flüsterten.

«Schade, daß du nicht mitsingen konntest», sagte Antoinette. «Die Proben haben so viel Spaß gemacht.»

«Und mir hat es Spaß gemacht, euch zuzuhören», sagte ich. Wenn mich nicht gerade meine Erinnerungen irgendwohin entrückten, dachte ich.

Ich bemerkte, daß Alette ein Heft bei sich hatte. «Habt ihr eure Noten für das Vokalorchester mitgebracht?»

Alette schlug das Heft auf und hielt es mir hin. «So sieht das Largo aus.»

«Wie könnt ihr nur diese winzigen Noten lesen?»

«Wir müssen wohl oder übel so klein schreiben, weil das Papier knapp ist. Shelagh hat von den Schriftstücken aus den Tabakplantagen, die sie in der Garage von Haus Nr. 9 gefunden hat, die Rückseiten benutzt. Schwester Catharinia hat Schulhefte gestiftet, aus einem kleinen Fundus, den die Nonnen aus der Schule in Lahat mitgebracht hatten. Antoinette und ich waren froh, daß wir noch Hefte aus dem Vorrat im Hauslager besaßen. Bei dreißig Sängerinnen und zwölf Stükken fürs Vokalorchester haben wir eine Menge Papier verbraucht.»

Antoinette zeigte stolz auf die Notenlinien des Largo. «Handgezogen, ohne Lineal.»

«Wie hast du das nur fertiggebracht, so gerade Linien zu ziehen und in so gleichmäßigem Abstand?»

«Augenmaß.»

Antoinette war jetzt eine der Schreiberinnen des Vokalorchesters. Sie kopierte Norahs Partituren erst für sich und dann für die anderen Sängerinnen. «Manche wissen nämlich nicht, wie man Noten schreibt.»

«Und wo bekommst du die Bleistifte zum Notenschreiben her?»

«Ratet mal, wer dem Chor vier neue Bleistifte überlassen hat», fragte Antoinette, «und außerdem noch wasserfeste!»

«Keine Ahnung.»

«Mrs. Rich.»

«Die mit dem ganzen Satz Koffer?»

«Ja, sie stammen wirklich von ihr.»

«Wieviel wollte sie denn für die Bleistifte?»

«Sie hat sie uns geschenkt.»

«Sie hat sie verschenkt? Ich glaube, sie hat in der ganzen Zeit im Lager noch nie irgend etwas abgegeben.»

«Ruhe! Nun laßt endlich das Geflüster!» rief jemand ein paar Plätze weiter auf dem *balai-balai*.

«Wir hören wohl besser auf», schlug ich vor.

Die Mädchen schlüpften wieder unter ihre eigenen Netze. Beide sahen müde, aber glücklich aus, und Antoinette sagte: «Es war wirklich ein wunderbarer Tag.»

***

In der Anfangszeit des Hauslagers hatte Margaret Dryburgh ein langes Gedicht mit dem Titel «Interniert in fremdem Land» geschrieben, das die Zeilen enthielt:

> «Plötzlich erfreut ein Einfall den Sinn:
> Musik, die du früher gehört hast,
> Ist dir noch im Gedächtnis,
> Lebt darin weiter. Bring sie hervor,
> Nimm dich selbst als Instrument,
> Sing. Du wirst froher sein.»

Dann hatte sie ihr Gedächtnis angestrengt und andere gedrängt, in ihrem zu forschen nach «Liedern aus der Schulzeit, geselligen Chören aus Collegetagen, Kinderweisen, lustigen Liedern und Hymnen mit tieferem Gehalt», wie sie in ihrem Gedicht schreibt.

Nachdem wir ins neue Lager verlegt worden waren, konnte sich keine an weitere Liedertexte erinnern. Da schlug Norah Chambers vor: «Warum singen wir nicht Musik, die für Klavier und Orchester komponiert ist?», und Margaret Dryburgh meinte: «Versuchen wir's», und notierte aus dem Gedächtnis Instrumentalwerke klassischer Komponisten, die sie dann mit Norahs Hilfe so arrangierte, daß daraus die wunderbaren Gesangsstücke für das Vokalorchester beim Weihnachtskonzert des Jahres 1943 wurden.

Als die Lagergenossinnen lautstark ein zweites Konzert forderten, hätte das Vokalorchester die gleichen Stücke noch einmal singen können. Jede wäre damit glücklich gewesen. Aber Margaret Dryburgh wollte lieber ihr Gedächtnis nach weiteren klassischen Werken durchforsten und diese für Stimmen arrangieren. «So wird es doch wieder eine Überraschung.» Norah brachte ebenfalls einige Werke aus der Erinnerung zusammen. Manchmal waren auch Sängerinnen in der Lage, fehlende Stellen zu ergänzen. «Eine von uns summte die Melodie, und Miss Dryburgh schrieb sie nieder wie in Kurzschrift», sagte Shelagh später. «So schnell ging das.»

Die Lagertagebücher geben keinen klaren Aufschluß über die genaue Anzahl von Konzerten, die dem Weihnachtskonzert im Jahre 1943 folgten. Es waren vermutlich drei oder vier. Was wir aber genau wissen, ist, daß es insgesamt dreißig Kompositionen für Vokalorchester waren. Sie sind hier alphabetisch aufgeführt:

Bach	«Jesus bleibet meine Freude»
Barrett	«Coronach» aus *A Highland Lament*
Beethoven	Menuett in G-Dur
Beethoven	Erster Satz der *Mondscheinsonate*
Boughton	«Faery Song» aus *The Immortal Hour*
Brahms	Walzer Nr. 15
Chaminade	Aubade
Chopin	Prélude Nr. 6

Chopin	Prélude Nr. 15, «Regentropfen»
Chopin	Prélude Nr. 20, «Trauermarsch»
Debussy	«Rêverie»
Dvořák	Humoreske Nr. 7
Dvořák	Largo aus der Sinfonie *Aus der Neuen Welt*
Godard	Berceuse aus *Jocelyn*
Grainger	«Country Gardens» (Melodie der Morris-Tänzer)
Grieg	«Morgen» aus der *Peer Gynt Suite* Nr. 1
Händel	Pastorale aus dem *Messias*
MacDowell	«Sea Song»
MacDowell	«To a Wild Rose»
Mendelssohn	«Schäfers Klagelied» aus *Lieder ohne Worte*
Mendelssohn	Venezianisches Gondellied Nr. 3
Mozart	Allegro aus der Sonate in C-Dur
Paderewski	«Menuet à l'antique»
Ravel	*Bolero*
Schubert	Erster Satz aus der *Unvollendeten*
Schumann	«Träumerei» aus *Kinderszenen*
Tschaikowsky	Andante Cantabile aus dem Streichquartett
Aus Irland	«Londonderry Air»
Aus Deutschland	«Schäfertanz» aus *Heinrich VIII*
Aus Schottland	«Auld Lang Syne»

Jedesmal, wenn ein Konzert aufgeführt wurde, nahmen die meisten aus dem Lager daran teil, und viele machten sich dafür festlich zurecht – mit einem lange gehüteten Kleid, einer Schleife, einem geborgten Lippenstift oder mit Schuhen aus der Zeit vor der Internierung, die für unsere meist nackten Füße inzwischen ziemlich unbequem waren.

Die, die nicht daran teilnahmen, waren entweder krank oder Rekonvaleszenten oder waren durch wichtige Gemeinschaftsaufgaben wie Krankenpflege gebunden. Es gab auch einige, die einfach keine Begeisterung für diese Art Musik aufbringen konnten. Mrs. Sergeant Majors Befürchtungen allerdings, die Japaner würden es nicht dulden, daß wir uns zu den Konzerten versammelten, waren unbegründet. Bei einem Konzert erschienen sogar drei Offiziere und saßen in schmukken Uniformen und auf Hochglanz polierten Stiefeln in Rattanstühlen im *pendopo*, während der Rest des Publikums auf dem Boden hockte oder draußen stand. Als Zeichen ihrer Wertschätzung gaben unsere Bewacher den Mitgliedern des Vokalorchesters fünf kleine Dosen Frühstücksfleisch, die sie untereinander aufteilen konnten.

Immer, wenn wir der Musik lauschten, staunten wir über die wunderschönen und oft vertrauten Melodien, über die Reinheit des Klangs, über dieses Wunder, das uns zuteil wurde inmitten von Kakerlaken, Ratten, Wanzen und dem Gestank der Latrinen. Die Musik belebte unser Gefühl für menschliche Würde wieder. Wir mußten unter viehischen Bedingungen leben, aber, bei Gott, wir konnten uns darüber erheben! Der Chor probte weiter im stickigen Schuppen bei der Küche, immer abends, beim Licht der einsamen, trüben, baumelnden Glühbirne. Oft fehlte die eine oder andere Sängerin, weil sie erkrankt war, manchmal tauchte ein neues Gesicht auf.

Mit viel Geduld nahm Norah ihre kunterbunte Sängerschar an die Hand. Manche hatten vor dem Krieg schon in Chören mitgesungen, hatten Klavier oder Geige gespielt. Sie kannten Viertel- und Achtelnoten, sie kannten den Unterschied zwischen *pianissimo* und *forte*. Andere hatten nie etwas anderes als Kinderliedchen geträllert und konnten überhaupt keine Noten lesen. (Die hielten ihre Notenblätter nur wegen des Gesamteindrucks in der Hand.) Aber diese Neulinge saßen neben weiter fortgeschrittenen Sängerinnen, so daß sie sich beim Erlernen der Melodien nach jemandem richten konnten.

«Zuerst müssen wir die Lernarbeit bewältigen, einfach die Töne richtig lernen», erklärte Norah. «Dann kommt die Farbe hinzu, ich meine Licht und Schatten, langsam oder schnell ... Sie müssen natürlich Ihre Melodie vor den Proben alleine üben. Wenn Sie keine Noten lesen können, bitten Sie jemanden, Ihnen zu helfen.»

«Norah war eine strenge Lehrerin», sagte Antoinette Jahre später. «Sie ließ nie eine falsche Note oder eine ungenaue Phrasierung durchgehen. Sie wiederholte die Stelle dann wieder und wieder mit uns, bis sie richtig klang.» Sie fügte nachdenklich hinzu: «Aber Takt 32 und 33 richtig zu singen wurde äußerst wichtig und lenkte davon ab, ob man hungrig oder durstig oder elend oder einfach am Boden zerstört war.»

Zur gleichen Zeit erhielt ich einen Brief aus Melbourne von Betty Jeffrey, die sich ebenfalls erinnerte: «Wenn ich diese Orchestermusik sang, vergaß ich, daß ich im Lager war. Ich fühlte mich frei.»

KAPITEL 11

Jede für sich?

Das Jahr 1944 ging dahin, und wir hatten immer noch keine Nachrichten über die Welt draußen. Die Situation in den Palembang-Baracken wurde immer schlimmer. Die Rationen wurden kleiner, die Erkrankungen nahmen zu, und es gab die ersten Todesfälle unter den Mitgefangenen.

Eine der ersten war eine Heilig-Herz-Nonne. Ich kannte sie vom Hauslager her, eine dralle junge Frau aus Nordbrabant, die mit ihren holländischen Schülern herumalberte, wenn sie beim Abc-Lernen ohne Schulbuch im Kreis auf dem Boden saßen. Als ich einmal nachts ins Freie ging, um die Sterne anzuschauen, sah ich sie dann im *pendopo* aufgebahrt. Ein Laken bedeckte ihren Körper. Andere Nonnen hielten Totenwache und murmelten Gebete.

Ich entdeckte Sigrid und flüsterte: «Woran ist sie denn gestorben?»

«Ich weiß es nicht genau, aber was immer es auch war, wenn sie etwas Ordentliches zu essen und Medikamente bekommen hätte, wäre sie bestimmt nicht gestorben. Sie war erst fünfunddreißig.»

Der Hof war in jener Nacht auffallend leer. Der Leichnam unterm Laken gemahnte daran, was uns allen widerfahren könnte. Ich kehrte in meine Baracke zurück.

Kurz nach dem Frühstück am nächsten Morgen war ich zufällig am Tor, als Mutter Laurentia und eine der Heilig-Herz-Nonnen dort eine Unterredung mit dem Aufseher hatten. Sie wollten am Grab, wie es sich gehört, eine Totenmesse halten. Aber der Soldat verweigerte die Genehmigung. Er winkte zwei Frauen herbei, die den lakenumhüllten Leichnam von der Bahre zu einem Lastwagen vorm Tor tragen mußten, und dann fuhr der Fahrer davon und nahm unsere tote Mitgefangene mit. Ob man sie je in einen Sarg legte und wo sie begraben wurde, konnte keiner aus dem Lager herausfinden.

Die kleine Krankenhausbaracke war jetzt immer voll schwerkranker Frauen und Kinder. Um die vierzig lagen auf eigenen Matratzen unter eigenen Netzen auf den Podesten aus gespaltenem Bambus. Sie lagen gedrängt wie Heringe im Faß, von fetten Ratten geplagt und von hartnäckigen Wanzen, die an den Netzen festhingen und einen stickigen Geruch verbreiteten, wenn man sie abklaubte und zwischen Daumen und Zeigefinger zerquetschte. Die Unterbringung war zwar nicht besser als in den normalen Baracken, doch wurden die Kranken von den Caritas-Schwestern oder von australischen Krankenschwestern oder von hilfsbereiten Laienschwestern liebevoll umsorgt.

Zu Malaria und Ruhr, die bereits im Hauslager sehr verbreitet waren, kam Beriberi hinzu, eine Krankheit, die durch Mangelernährung verursacht wird: Unter der Haut von Füßen und Beinen bildet sich Flüssigkeit, die dann im Körper nach oben wandert und schließlich das Herz erreicht. Manchmal schwoll der Arm einer Erkrankten so an, daß sie ihn nicht mehr weit genug beugen konnte, um alleine zu essen. Wenn man über den Arm strich, konnte es passieren, daß die Haut sich einfach ablöste.

Als man nach dem Krieg Statistiken aufstellte, wurde für unser Lager eine Todesrate von 37 % errechnet. Viele starben an Beriberi. Ein wenig Vitamin B hätte sie retten können. Manche der Verstorbenen hinterließen ein Testament, handschriftlich auf einem winzigen Stück Papier notiert. (Wenn eine Frau ohne «Erben» kein Testament hinterließ, beschlagnahmten die Japaner einfach das «Vermögen».) Shelagh erzählte mir, daß eine der Engländerinnen ihr eine Haarbürste vermacht hätte. «Es ist schön, daß ich mir wieder die Haare bürsten kann. Das habe ich vor mehr als zwei Jahren zum letztenmal getan.»

Die Zunahme der Todesfälle versetzte uns mehr und mehr in Angst. Wer wird die nächste sein? dachten wir alle. Die Japaner versorgten uns nicht mit Medikamenten, um unsere Krankheiten zu bekämpfen, geschweige denn mit besserem Essen. Die einzige Art, den Tod hinauszuzögern, bestand darin, bei Kräften zu bleiben, indem wir uns auf dem Schwarzmarkt, der wieder blühte, zusätzliche Lebensmittel beschafften. Um allerdings auf dem Schwarzmarkt zu handeln, brauchten wir Bargeld, und das besaßen mittlerweile immer weniger von uns.

Neue Methoden der Geldbeschaffung wurden ausgeheckt. Eine bestand darin, die breiten holländischen Kapokmatratzen so zuzuschneiden, daß sie auf die neuen schmalen Schlafplätze auf dem *balai-balai* paßten. Eine andere Strategie, die bereits auf den Basaren im Hauslager angewendet wurde, bestand darin, wertvolle Gegenstände wie Schuhe zu verlosen. Ich kaufte mir immer Lose. Ein Paar Schuhe hätte höchstwahrscheinlich nicht die richtige Größe für mich; aber wenn ich Schuhe gewönne, könnte ich sie weiterverkaufen und mir etwas anderes anschaffen. Oder erwarb ich die Lose etwa aus einer Art Gemeinschaftssinn heraus, so wie ich heute von der kleinen Pfadfinderin nebenan selbstgebackene Plätzchen kaufe? Wohl kaum. Großzügigkeit war eine Tugend, die im Überlebenskampf immer seltener wurde, und die Wahl zwischen «gut für andere» und «gut für uns» war Gegenstand vieler Auseinandersetzungen zwischen meinen Schwestern und mir.

Ich erinnere mich an eine längere Diskussion, als Marie, eine unserer Nachbarinnen auf dem *balai-balai*, uns um etwas Geld bat, damit sie sich zusätzliche Lebensmittel kaufen könnte, um nach einer Erkrankung wieder zu Kräften zu kommen. Marie hatte im ersten Lagerjahr das Geld geradezu zum Fenster hinausgeworfen. Sie hätte eben weniger leichtsinnig sein und Geld für Notzeiten sparen sollen! Wir überlegten natürlich nicht, daß Marie, wie wir Mädchen auch, sich niemals hätte träumen lassen, daß wir so lange interniert sein würden. Aber Marie war außerdem eine Drohne. Meine Schwestern und ich waren Arbeiterinnen. Es wäre also wichtig für die Gemeinschaft, daß wir soweit wie möglich bei Kräften blieben. Wir würden das Geld für uns selbst ausgeben.

Als uns das Bargeld ausging, schlossen wir uns den Geldverdienerinnen an. Alette fand als erste Arbeit. Sie übernahm die Wäsche für eine holländische Mutter, die die meiste Zeit auf dem *balai-balai* lag, inmitten ihrer vier Kinder, die sich in ihrer Nähe aufhalten mußten, «damit ich ein Auge auf euch haben kann». Sie sahen so makellos aus, wie man in einem schmutzigen Camp nur aussehen konnte. Das älteste war ein achtjähriges Mädchen, das die jüngeren Kinder im Gemeinschaftswaschraum wusch. Ich hatte oft gesehen, wie sie die Kleinen bemutterte – drei fadendünne Kinder, die kaum noch lächelten. Ich nannte die Mutter «Frau Fies», weil sie die Kinder immer mit einem Lederriemen schlug, wenn sie auf dem *balai-balai* Unsinn machten.

Alette erledigte ihre Arbeit früh am Morgen, bevor ihre Küchenpflichten riefen. Eines Morgens reizte das Schrubben der Bürste auf dem Waschbrett Mrs. Sergeant Major, die mit einem gebrüllten: «Alette, hören Sie mit dem Krach auf!» die ganze Baracke aufweckte. Als Alette weiterschrubbte, kroch Mrs. Sergeant Major unter ihrem Moskitonetz hervor, schritt zum Brunnen, nahm der erstaunten Alette die Bürste fort und zog sich wieder unter ihr Netz zurück. «Sie hatte ein Nachthemd an!» berichtete Alette später. «Unvorstellbar, daß jemand so etwas noch hat!»

Da Zurückbrüllen nicht ihre Art war, ging Alette fort und ließ die Wäsche am Brunnen. Dort wurde sie bald mit Schlamm bespritzt, als die anderen kamen, um sich Wasser heraufzuholen. Am gleichen Tag noch forderte Mutter Laurentia dann die Bürste zurück und regelte die Angelegenheit in Alettes Sinn.

Ich folgte dem Beispiel anderer Frauen im Lager und kochte Suppe, die ich dann weiterverkaufte. Wir hatten unsere Kohlenpfanne aus dem Hauslager mitgebracht. Ich besaß Holzspäne – die Vergünstigung für meine Holzschlepperei. Mit dem Geld, das Alette in die Familienkasse legte, kaufte ich *kacang hijau* und Salz auf dem Schwarzmarkt ein und garte die Erbsen in Wasser. Ich verkaufte die Suppe dann kellenweise und legte das Geld wieder in die Kasse.

«Du verlangst viel zu viel für das bißchen Wasser mit *kancang hijau*-Aroma», meinte Alette einmal.

«Meine Suppe ist immerhin heiß», gab ich zurück. «Wenn ich die Suppe nicht sofort verkaufe, geh ich immer noch einmal an die Kohlenpfanne und mache sie wieder warm. Außerdem salze ich sie immer ... und ich nehme nicht mehr als das Übliche.» Ich lief weiter mit Dose und Kelle den Barackengang auf und ab und rief: «Suppe zu verkaufen!» Als Bezahlung erhielt ich jetzt japanisches Papiergeld mit dem holländischen Aufdruck *De Japansche Regeering betaalt aan toonder*, «Die japanische Regierung zahlt an den Überbringer».

Antoinette hatte keine bezahlte Arbeit. Sie war zu beschäftigt damit, Norah Chambers beim Abschreiben der Musik für die Mitglieder des Vokalorchesters zu helfen. Als Antoinette meinte, auch sie sollte Geld für die Haushaltskasse verdienen, überzeugten Alette und ich sie davon, daß es nur wenige

Frauen gäbe, die Noten abschreiben könnten, und daß ein weiteres Konzert des Vokalorchesters bei der zunehmend düsteren Stimmung im Lager wirklich lebenswichtig wäre.

Tauschhandel war ebenfalls ein Mittel, sich Essen oder andere Dinge zur Verschönerung des trostlosen Lagerlebens zu beschaffen.

«Ich gebe Ihnen das warme Wasser, das ich für meine Küchenarbeit bekomme. Sie geben mir dafür etwas Garn.»

«... eine halbe Kokosnuß für einen Bleistiftstummel.»

«... Sie können mein Schnitzmesser benutzen, wenn ich Ihre Nadel benutzen darf.»

«... Zucker für Tabak.»

Manche Frauen drehten sich lieber eine Zigarette und rauchten, statt zu essen. Andere nähten lieber, um ordentlich auszusehen, als sich Leckereien zu gönnen. «Das Krümelchen Zucker ist sofort weg, der Flicken auf meinem Kleid hält länger.»

Aufs Aussehen zu achten, sich nicht gehen zu lassen war im Lager immer noch wichtig. Die wenigsten von uns liefen so abgerissen und schmutzig herum, wie es in den Nachkriegsfilmen über die südostasiatischen Frauenlager zu sehen ist. Im großen und ganzen hielten wir auf uns, indem wir Flicken auf Flicken nähten und «gepflegt» und so sauber wie möglich aussahen. Manche Frauen legten auch nach zwei Jahren Gefangenschaft immer noch ihre Shorts unter die Matratzen, damit sie während des Schlafs eine «Bügel»-Falte bekamen. Die «Engländerinnen» hielten an ihrem Teeritual fest, obwohl es mittlerweile einfach zu anstrengend war, Scharaden aufzuführen und Gedichte zu rezitieren. Vielen Frauen widerstrebte es immer noch, ihre Teller oder Schüsseln auszulecken, und sie achteten darauf, daß auch ihre Kinder das nicht taten.

Als wir so darum kämpften, uns über Wasser zu halten, während wir immer mehr unterzugehen drohten, begannen wir alle unter einer neuen Lagerkrankheit zu leiden: dem

«Lagerkoller». Wir begannen uns gegenseitig auf die Nerven zu gehen.

Immer mehr Mütter brüllten ihre Kinder an, immer mehr Frauen ihre Nachbarin auf dem *balai-balai.*

«Ich halte diese Überei für das Konzert nicht mehr aus», beschimpfte jemand Antoinette, die gerade leise die Begleitung für ein Orchesterstück summte.

«He, Sie, Ihr Sohn ist doch wirklich schon zu groß zum Daumenlutschen.»

«Sie sollten keinen Zucker zum Frühstück bekommen. Davon wird Ihr Durchfall nur schlimmer.»

«Wenn Sie sich umdrehen, wackelt ja der ganze *balai-balai.* Drehen Sie sich gefälligst vorsichtiger um!»

Antoinette, Alette und ich, gut erzogene Mädchen mit sanfter Stimme als wir ins Lager kamen, kreischten uns jetzt gegenseitig an. Manchmal gab es eine Lösung für einen Streit wie bei dem um die Zucker-, Salz- oder Palmölrationen, die jede von uns bekam. Zuerst bewahrten wir diese kostbaren Vorräte gemeinsam auf – drei Portionen pro Behälter. Aber wir konnten uns nie über die Verwendung einigen. Sollten wir sie heute verbrauchen? Bis morgen aufheben? Alles auf einmal verprassen? Oder tröpfchenweise genießen? Sobald es uns gelungen war, weitere leere Dosen zu bekommen, stellte jede ihre eigenen Dosen für Zucker, Salz und Palmöl auf. Aber andere Streitigkeiten fanden einfach kein Ende. Und das führte dann schließlich zu einer Spaltung unseres Dreier-*kongsis*.

Die ursprünglichen Koch-*kongsis* bestanden nämlich weiter, auch als das Kochen von der Gemeinschaftsküche übernommen wurde. Die *kongsi*-Mitglieder kümmerten sich umeinander. Besonders fest zusammen hielten das *kongsi* von Margaret Dryburgh und den anderen, die in der Garage von Haus Nr. 9 im Hauslager gewohnt hatten, das der australischen Krankenschwestern, eine homogene Gruppe, die durch militärische Disziplin und einen gemeinsamen beruflichen Hintergrund zusammengeschweißt war, und das der drei Gruppen von Nonnen, die durch die Disziplin des Klosterlebens geschult waren. Andere *kongsis* lösten sich auf oder gruppierten sich beim Umzug ins Barackenlager neu. Oder sie fielen auseinander wie mein Familien-*kongsi*.

* * *

Wenn die Lagerpflichten erledigt waren, war Klatsch die Hauptbeschäftigung im Camp. Ein Thema, über das viel getratscht wurde, betraf zwei Frauen, die sich ein Moskitonetz teilten. Ich war zu naiv, um das bedeutungsvolle Zwinkern und die kichernden Andeutungen zu verstehen. Erst Jahre später, als offen über Homosexualität gesprochen wurde, begann ich mich zu fragen, ob das Pärchen vielleicht lesbisch war. Ich bezweifle es. Berichte über internierte Frauen und Kriegsgefangene in Lagern besagen, daß hungernde und von Krankheit geschwächte Gefangene wie diese beiden Frauen im allgemeinen jedes Interesse am Sex verloren. Sie benutzten höchstwahrscheinlich ihre Netze aus dem rein praktischen Grund gemeinsam, weil die einzelnen Netze nicht groß genug waren. Oder sie brauchten Freundschaft und Kameradschaft wie wir alle und befriedigten einander das Bedürfnis nach Hofiertwerden, wie Shelagh es einmal ausgedrückt hatte. Shelagh dachte nicht an Sex, als sie das sagte.

In unserem Lager gab es allerdings einige Eurasierinnen, von uns «die Gespielinnen» genannt, die sich offensichtlich noch für Sex interessierten. Sie waren noch nicht halb verhungert und von Krankheiten geschwächt: Sie bekamen Extrarationen von ihren japanischen «Gastgebern». Daß die eine oder andere dort hinging, weil sie die Extraration für sich oder ihre Kinder *brauchte*, kam uns zu Beginn unserer Gefangenschaft oft nicht in den Sinn. Sich dem Feind gegenüber freundlich und willig zu verhalten erschien uns unglaublich verächtlich. Zu gegebener Zeit wurde die Kritik an den Freundinnen merklich sanfter. Die Frauen wurden sogar widerwillig gelobt: Manche teilten die so «verdienten» Lebensmittel mit anderen Gefangenen.

Eine dieser Frauen war eine Eurasierin, die ich Mrs. Lily Leaf nannte. Wenn sie ging, vibrierte ihr immer noch volles Hinterteil wie ein Lilienblatt auf einem windgekräuselten Teich. «Weiß, braun oder gelb, das ist mir gleich. Es ist mein Beruf», soll sie zu Mutter Laurentia gesagt haben, als die zwei miteinander besprachen, welche holländische Familie die Extralebensmittel erhalten sollte, die Mrs. Lily Leaf Mutter Laurentia zur Verteilung übergeben hatte.

Die meisten Extralebensmittel, die ins Lager gelangten, kamen durch den *gedék*-Handel herein. Das war der Schwarzmarkt, der durch ein Loch im *gedék*, dem geflochtenen Bambuszaun des Camps, abgewickelt wurde. Nahrungsmittel, die man auf diese Weise erhielt, mußten bezahlt werden – teuer. Für einen Goldring bekam man drei Enteneier und eine Chilischote.

Die Vermittlerinnen im Lager waren Eurasierinnen, die fließend Malaiisch sprachen und, da sie selbst halbe Asiaten waren, besser mit den Asiaten auf der anderen Seite des Zaunes zurechtkamen als irgendeine der rein holländischen oder britischen Internierten. Mit den Japanern standen sich diese Vermittlerinnen allerdings nicht besonders gut.

«Die Königin unter ihnen», erklärte mir die Holländerin Saartje vor ein Paar Jahren, «war Nel. Erinnern Sie sich an sie?»

«Sicher, sie sang im Vokalorchester mit.»

«Mit ihrer dunklen Haut und schwarzen Kleidung war sie eigentlich nur ein Schatten in der Dunkelheit. Wirklich, sie war regelrecht unsichtbar.»

Dann erzählte mir Saartje folgende Geschichte:

«Eine der Holländerinnen hatte eine Spieluhr zu verkaufen. Wenn man sein Heim verlassen muß, dann nimmt man eben einfach irgend etwas mit. Ich weiß nicht, warum sie gerade die Uhr einpackte. Allerdings hatte ich nur eine winzige Tasche mit, und was ich hineinstopfte, war auch sinnlos. Keine Zahnbürste, keinen Kamm oder so etwas. Sie besaß also die Uhr, ein hübsches kleines Schweizer Ding. Sie spielte ein kleines Menuett. Sie brachte die Uhr zu Nel und ließ die Melodie abspielen. Es war wie nicht von dieser Welt. Dieses hübsche, feine Klingeln. Heute würden wir es natürlich nicht mehr so schön finden, wie es uns damals vorkam. Jedenfalls ließen wir die Melodie immer wieder abspielen, und Nel meinte, die Chinesen draußen würden sich um die Uhr reißen. Sie nahm sie in Kommission. Aber bevor die Besitzerin die Uhr übergab, zog sie sie noch einmal auf, ohne daran zu denken, daß sie nach einer Weile spielen würde. Nel war ganz in Schwarz. Sie kroch zum *gedék*, um ihren Kontaktmann zu treffen, und die Uhr begann zu spielen. Nel rannte zu ihrem *tempat* zurück, stopfte sich die Uhr unter die Kleider, legte sie auf ihren Bauch, zog die Knie an, legte die Arme um sie, doch die Uhr hörte erst auf, als sie abgespielt war. Nel wurde nicht erwischt.»

Der Schwarzhandel war eine riskante Angelegenheit. Wir erinnerten uns alle noch an den Chinesen im Hauslager, der gefesselt sterben mußte, weil er uns Brotlaibe über den Stacheldrahtzaun hinweg verkauft hatte. Wenn man daran dachte, stellte sich die Frage, ob es eigentlich fair war, die Vermittlerinnen der Gefahr einer Bestrafung oder gar der Folter auszusetzen. Aber, so argumentierte man, die Vermittlerinnen *mußten* ja nicht tätig werden. Sie konnten es jederzeit lassen, dieses Risiko einzugehen. Und für diejenigen unter uns, die bei ihnen Bestellungen aufgaben, waren die zusätzlichen Lebensmittel manchmal eine Frage von Leben und Tod. So ging der Schwarzhandel weiter – und unser Gewissen bedrückte uns manchmal mehr, manchmal weniger.

Eines Tages, mitten in unserer Ernährungskrise, verkündeten die Japaner, wir müßten *ubi kayu* oder Maniok auf dem Hof anbauen. Es gab Protestgeschrei, das den Japanern von Mutter Laurentia und Dr. McDowells Nachfolgerin, Mrs. Gertrude Hinch, der amerikanischen Frau des englischen Leiters einer anglo-chinesischen Methodistenschule in Singapur, übermittelt wurde. Wir wären in der Trockenzeit, erklärten sie, und der Boden wäre ziegelhart. Sicher brauchten wir Nahrungsmittel, aber genauso dringend brauchten wir soviel Platz wie möglich, um uns Bewegung zu verschaffen. Unserer Meinung nach entschädigte der minimale Nährwert, den wir aus dem Maniokanbau erwarten konnten, nicht dafür, daß wir dann diesen kostbaren Platz für rückenschädigenden Akkerbau opfern müßten. Natürlich erreichten wir mit solchen Argumenten gar nichts. Staub wehte uns ins Gesicht, und der Schweiß rann uns den Rücken herunter, als wir mit Hacken Furchen in den Boden meißelten. Auf die Beschwerden unserer Vertreterinnen hin, daß diese Hacken in unserer geschwächten Verfassung zu schwer seien, antwortete die Wache, daß die Frauen in Japan auch schwer arbeiten müßten.

Dann sollten wir die Jungpflanzen mit herrlich klarem Wasser aus einem Hahn außerhalb des Camps bewässern. Unter den Augen eines Bewachers mußten lange Reihen von Frauen und Kindern mit Eimern, Dosen und Töpfen das Wasser vom Hahn holen und die Behälter zurückschleppen, um die Pflanzen damit zu begießen. Nichts konnte gemeiner sein, als uns dieses wunderbare Wasser über die Maniokpflanzen schütten zu lassen, während wir uns aus einer großen Butterdose voll Schlammwasser zu waschen hatten, das wir aus dem fast leeren Brunnen hochziehen mußten. Einmal wurde eine Frau dabei erwischt, wie sie dieses schöne klare Wasser in die Baracke schmuggelte. Der Aufseher merkte es und schlug ihr das Gesicht blutig.

Beim Bewässern der *ubi kayus* konnten wir wenigstens davon träumen, daß wir sie eines Tages essen würden. Allerdings mußten wir frisches Wasser aus diesem Hahn auch in die Häuser der japanischen Offiziere schleppen und ihre Badewannen füllen, damit sie die erfrischenden «Planschbäder» nehmen konnten, nach denen wir uns so sehnten. Das war eine bittere Aufgabe, doch die Anzahl der Freiwilligen überstieg immer die japanische Quote. Immerhin durfte die Arbeiterin bei dieser Arbeit das Lager verlassen, wenn auch nur kurz, und das war eine Vergünstigung wie keine sonst. Außerdem konnte die Wasserträgerin den Eimer mit dem sauberen Wasser auf der Schulter tragen, «zufällig» etwas dabei verschütten und so zu einer hübschen Dusche kommen. Angesichts solcher Genüsse war es leicht, den eigentlichen Zweck des Wassertragens zu ignorieren.

Als Gruppe – «Engländerinnen» wie Holländerinnen – wurden wir schlau und gewitzt. Betty Jeffrey berichtet in ihrem Tagebuch, das sie nach dem Krieg veröffentlicht hat, wie ein Trupp Internierter zum Garten hinter einem Haus, in dem japanische Aufseher schliefen, ungefähr dreihundert Meter weit die Straße entlang geschickt wurde, um einen Abfallhaufen zu beseitigen. Die Frauen taten so, als würden sie die Anweisungen ihres Bewachers nicht verstehen, der in einiger Entfernung im Schatten saß, und häuften den stinkenden Müll genau unter dem Fenster auf. Die Gruppe hatte großen Spaß bei der Vorstellung, wie der volle Geruch dann ins Haus zöge, wenn der Haufen sich in der Mittagssonne erwärmte.

Ein anderes Mal geschah folgendes, so Jeff in ihrem Tagebuch:

Loony, der Trottel, brachte einen Rasenmäher an und zeigte einigen von unseren Mädchen, wie man mit ihm umgeht. Sie sollten eine Wiese vorm Haus eines Offiziers mähen. Ihre Anstalten dazu waren äußerst komisch, angefangen bei dem erschrockenen Blick auf den kleinen Mäher mit den Worten «Apa?» – Malaiisch für «Was ist das denn?»

Loony erklärte ihnen auf malaiisch, daß sie keine Angst haben müßten, und zeigte ihnen, wie man den Mäher benutzt. Er fuhr damit einen Rasenstreifen auf und ab. Die Mädchen wußten, wie man den Mäher blockiert, was sie auch taten, dann setzten sie sich in den Schatten und warteten auf Loonys Rückkehr. Er kam bald darauf, sie erklärten ihm, daß sich der Mäher nicht bewegen ließe. Er löste die Blockade und mähte zwei weitere Streifen, um ihnen zu zeigen, wie leicht das ginge, und übergab ihnen dann das Ding. Er ging wieder weg, und sie blockierten den Mäher wieder, ließen ihn stehen und setzten sich hin. Wieder eilte der arme Loony ihnen zu Hilfe. Er hatte immer noch nicht gemerkt, daß er es war, der den ganzen Rasen mähte.

* * *

Im April 1944 brachte ein Wechsel bei den japanischen Autoritäten, die für das Lager verantwortlich waren, leichte Veränderungen mit sich. Wir sollten jeden Monat gewogen werden. Das erfüllte uns mit Hoffnung. Wenn die Japaner merkten, daß wir jeden Monat Gewicht verloren, würden sie unsere Rationen vergrößern. Aber sie taten nichts dergleichen, nach einer Weile wogen sie uns einfach nicht mehr.

Wir bekamen seitdem auch Spritzen gegen Cholera und Typhus. Einige Frauen meinten, das hieße, daß die Japaner sich endlich an die Regeln der Genfer Konvention zur Behandlung Kriegsgefangener hielten: Die Sieger sollten sich um die Gesundheit der Gefangenen kümmern. Nach meiner Überzeugung wollten die Japaner einer Epidemie unter Gefangenen nur deshalb vorbeugen, weil sie sich um die eigene Gesundheit sorgten. Wir entdeckten bald, daß es ein sicheres Mittel war, die Lagerwache von sich fernzuhalten, wenn man hustete und behauptete, man hätte Tuberkulose.

Für kurze Zeit erhielten wir eine monatliche Unterhaltszahlung, und es wurde wieder ein Händler ins Lager gelassen, der uns zusätzliche Lebensmittel verkaufte. Aber unsere normalen Rationen blieben mager und wenig nahrhaft.

In dieser Zeit trafen die ersten Rotkreuzpakete ein. Mehr als zwei Jahre lang hatten wir begierig darauf gewartet, solche Päckchen zu erhalten, und uns mit zunehmender Besorgnis gefragt, ob überhaupt irgend jemand auf dieser Welt von unserer elenden Gefangenschaft wüßte.

Die Pakete waren mit AMERICAN RED CROSS beschriftet. Durch Spalten im Flechtzaun konnten wir sie erkennen. Aber es dauerte zwei Wochen, bis die Japaner die Pakete ins Lager ließen. Mittlerweile hatten die Aufseher den größten Teil unserer Schokoladentafeln aufgegessen und die meisten von unseren Zigaretten geraucht. Aber das Milchpulver, der Zucker, das Dosenfleisch, der Schmelzkäse und die Butter in Dosen, die hereinkamen, halfen im ständigen Kampf gegen den körperlichen Verfall, auch wenn die einzelnen Portionen nur klein waren. Der seelische Auftrieb durch die Sendung war ungeheuer. Soweit ich mich erinnere, war das die einzige Sendung, die wir erhielten.

Im August kamen auch die ersten Rotkreuzkarten. Sie waren schon vor zwei Jahren geschrieben worden. Was hatte sie so lange aufgehalten? Die Karten waren entweder auf malaiisch oder englisch verfaßt, wahrscheinlich auf Anordnung der Japaner, und die fünfundzwanzig erlaubten Wörter waren vage und unverbindlich: Den Schreibern gehe es gut, und sie teilten ihren Lieben mit, daß man sich nicht um sie zu sorgen brauche.

Die Empfindungen im Lager bezüglich der Karten waren geteilt.

«Wie soll ich wissen, ob meine Mutter *immer* noch gesund ist?»

«Ach, Mutters Handschrift wieder zu sehen. Auch wenn sie schon zwei Jahre alt ist, es macht mich so glücklich.»

«Immerhin weiß ich jetzt, daß ich Tante geworden bin.»

«Er erwähnt nicht, wo er ist, nur daß er sich in Kriegsgefangenschaft befindet.»

Ruth erhielt die lang ersehnte Karte von ihrem Mann. Er war im Changi-Gefängnis in Singapur inhaftiert. Viele von uns erhielten gar keine Post. Auch meine Schwestern und ich nicht. Später gestanden wir einander, daß wir krank waren vor Sorge, weil keine Karte von Mutter dabei war. Bedeutete das, daß sie nicht mehr am Leben war?

Es gab Frauen im Lager, die die Rotkreuzpakete und -karten als gutes Zeichen auffaßten, wie auch das Dosenfleisch für die Sängerinnen des Vokalorchesters. Die Japaner waren bestimmt im Begriff, den Krieg zu verlieren, und wollten vor ihrer Kapitulation unbedingt noch einen guten Eindruck machen. Aber auch wenn die Japaner ausgesprochen unausstehlich waren, betrachteten wir das als gutes Zeichen. Die Japaner waren dabei, den Krieg zu verlieren und ließen nun ihren Ärger und ihre Frustration an uns aus. Wir krönten diese haltlosen Spekulationen mit dem ewigen Häppchen Lageroptimismus: «Der Krieg ist ganz bestimmt in einem halben Jahr vorbei.»

Nichts hätte mehr Hoffnung machen können als die Bomben, die in der Nacht vom 11. August 1944 auf das nahe gelegene Pladju fielen. Vor der japanischen Besetzung hatte die BPM dort Öl gepumpt, es raffiniert und in riesigen Tanks gelagert. Vor der Invasion hatten die Holländer die Einrichtungen teilweise zerstört, aber die Japaner hatten sie repariert und betrieben die Anlagen wieder mit voller Kraft, wie wir später erfuhren.

Das Heulen der Luftsirenen, das Tack-tack-tack der Flakgeschütze, die Bombenexplosionen, die Feuer in der Ferne, sie erinnerten an die japanischen Luftangriffe auf Singapur und Batavia. Niemand bezweifelte, daß es Flugzeuge der Alliierten waren, die jetzt Bomben abwarfen. Die Geräusche klangen wie «Engelszungen», meinte jemand. Wir liefen alle auf dem Hof zusammen. «Das ist noch besser als die Musik des Vokalorchesters», sagte jemand anders. Wir schauten immer noch verzückt in den Nachthimmel, aus dem diese hoffnungsvollen Geräusche zu uns drangen, als die Wache aus ihrer Unterkunft stürzte und uns wieder hineinscheuchte. Einige Tage später warfen die Flugzeuge der Alliierten erneut Bomben über Pladju ab, und wir diskutierten aufgeregt, was das für uns bedeuten könnte. Dann herrschte wieder Stille überm Lager. Kein Flugzeug überflog es mehr. Keine Flak feuerte mehr. Im Lager zog wieder öde Langeweile ein, und wir sprachen wieder darüber, wer mit wem zerstritten war und wer sich ständig vor den Gemeinschaftspflichten drückte.

* * *

Ein paar Wochen später mußten wir unsere Sachen für eine neue Verlegung packen. Wir sollten von Sumatra nach Muntok auf Bangka vor der Südostküste Sumatras gebracht werden. Unsere Männer würden wieder in der Nähe sein, aber der Umzug bedeutete auch, daß man sich im nächsten Lager wieder ein neues «Zuhause» schaffen müßte. Obwohl dies erst unsere zweite Verlegung war, hatten wir bereits gelernt, «mit dem zufrieden zu sein, was man hat, weil man nicht weiß, was man kriegt».

Die meisten von uns hielten die Verlegung für ein bedeutsames Zeichen. Wir mußten fortgebracht werden, weil eine Landung der Alliierten bevorstand. Die Japaner wollten uns aus dem Weg haben, damit wir nicht da wären, um die Alliierten zu unterstützen.

Auch mir hatte es diese Beweisführung angetan. Es war natürlich ein Schuß ins Blaue, aber wir mußten uns doch an irgend etwas halten. Ich entwarf in Gedanken eine glückliche Szene, wie wir drei Mädchen Vater wiedersähen und das Ende des Krieges mit Mutter zusammen feierten, die von irgendwoher wieder bei uns aufgetaucht wäre.

Muntok würde ganz bestimmt unser letztes Lager sein.

KAPITEL 12

Das zweite Barackenlager: Begräbnisse

Knarrend und ächzend bäumte sich der kleine Dampfer nach Bangka in den Wellen auf. Riesige Brecher fegten über das Deck, auf dem einige von uns sich aneinanderklammerten und ihre kostbaren Besitztümer festhielten.

«Nicht herumlaufen», hatte der japanische Aufseher auf malaiisch gerufen, als der Sturm losbrach. «Das Schiff ist alt!» Wir hätten gar nicht herumlaufen können, selbst wenn wir es gewollt hätten, eng zusammengepfercht wie wir waren. Seekranke Frauen und Kinder erbrachen sich in eine leere Konservendose, die von Hand zu Hand weitergereicht und ins Meer entleert wurde.

Ein Soldat gab uns einen Helm, den wir als Nachttopf benutzen konnten. Von Zeit zu Zeit erhob sich ein Japaner mit einer einzigen solchen Geste aus der großen Masse der «Feinde» und prägte sich als menschliches Wesen in meinem Gedächtnis ein. Der Nachttopf wurde in der gleichen Weise entleert wie die Blechbüchse mit dem Erbrochenen.

Jedesmal, wenn eine Welle uns zu überspülen drohte, rief eine der Caritas-Schwestern, die mit Patienten aus dem Lagerkrankenhaus an Deck war: «Sie kommt.»

Dann legten die Nonnen die Arme über die Kranken und

preßten sie gegen das Deck. Wenn das Wasser sich zurückzog, klebte ihnen das weiße Habit am Körper und enthüllte ihre knochigen Hüften und flachen Brüste. «Ich habe mir ein Stück *gula jawa* aufgehoben», sagte Antoinette, die neben mir saß. «Das sollte man jetzt vielleicht essen.» Sie kramte unter unseren Blechbüchsen in der Flechttasche nach einer mit ihrem Namen.

«Ich hebe mir meinen Zucker lieber für später auf», sagte ich.

«Wenn du ebenfalls seekrank wirst, dann solltest du das auch. Wenn nicht, würde ich jetzt ein bißchen Zucker essen. Du wirst die Energie noch brauchen.»

Ich nahm mir ein Stück aus meiner Dose.

Der Sturm flaute ab, und das kleine Schiff dampfte weiter zu unserm nächsten Lager.

Ich dachte an die vergangenen turbulenten Wochen zurück. Die Japaner hatten ungefähr hundert Frauen und Kinder aus einem Lager in Bengkulen zu uns geschickt, die auch nach Bangka sollten. Ich freute mich, Mrs. Herrebrugh und ihre drei Kinder wiederzusehen, die ich vor zweieinhalb Jahren zu Beginn unserer Gefangenschaft in Krui kennengelernt hatte. Aber alle die Leute aus Bengkulen mußten mit in unseren Baracken untergebracht werden. Der Platz zum Schlafen auf den *balai-balais* wurde noch knapper.

Als Vorbereitung auf die Reise wurden die insgesamt 700 Internierten in den Palembang-Baracken in drei Gruppen aufgeteilt, die jeweils zu unterschiedlichen Zeiten aufbrechen sollten. Als man die Frauen der ersten Gruppe aufforderte, sich bereitzumachen, zogen sie die Nägel für die Moskitonetze aus den Barackenpfählen, packten die Nägel und ihre sonstigen Habseligkeiten ein und standen zur festgelegten Zeit bereit, nur um zu erfahren, daß sie erst eine Woche später verlegt werden sollten. Sie packten alles wieder aus und schlugen die Nägel wieder ein. Schließlich brach die Gruppe doch noch auf, Portionen von gekochtem Reis aus der Gemeinschaftsküche im Gepäck, damit sie unterwegs etwas zu essen hatten.

Als die zweite Gruppe (meine Gruppe) aufbrach, hatte die Küche kein Essen als Proviant für den Transport mehr zubereiten können, und auch von den Japanern bekamen wir nichts.

Während wir zur Musimündung hinunterdampften und dann aufs offene Meer hinaus, wo der Sturm über uns herfiel, hatte ich meine Beine und Füße aus dem Schiff baumeln lassen. Wie schön, den heißen Wind auf der nackten Haut zu fühlen! Bei Palembang wuschen Frauen ihre Wäsche im Fluß. Männer ruderten flache Sampans voller Obst und Gemüse. Es war tröstlich zu sehen, daß das Leben außerhalb des Lagers seinen gewohnten Gang ging.

Für die Kinder auf dem kleinen Schiff war die Reise ein riesiges Abenteuer.

«Schau mal, die Bäume da bewegen sich», rief ein Kind neben mir.

«Ja, das kommt vom Wind», sagte die Mutter.

Im Lager, das wir gerade verlassen hatten, wuchs nichts mehr – bis auf die *ubi kayus*, die wir auf dem Hof hatten anbauen müssen. Wir mußten sie zurücklassen, ohne in den Genuß gekommen zu sein, eine davon zu essen.

«Guck mal, das Tier mit dem Schwanz unterm Kinn», sagte ein anderes Kind und zeigte auf eine magere Dorfziege am Ufer.

Später wichen die wogenden Bäume am Ufer Mangrovenbüschen, deren Luftwurzeln grotesk in die Gegend ragten. Hinter den Mangroven erstreckten sich, so weit das Auge reichte, eintönige grüne Sümpfe. Jetzt waren graugestrichene Schiffe, auf denen die weiße Fahne mit dem feuerroten Ball wehte, das einzige Zeichen menschlicher Anwesenheit. Auf Deck drängten sich Soldaten in Lendenschurzen.

«Guck, Mama, die haben ja Windeln an», rief ein kleines

Mädchen fröhlich. Die Mutter wurde ärgerlich und sagte: «Sieh nicht hin. Das sind japanische Soldaten.» Deren nackte Hintern waren prall, nicht nur Haut und Knochen wie unsere.

Spätabends legte unser Schiff am hölzernen Pier von Muntok an. Es war ein langer Pier, über den wir da laufen mußten, 600 Meter lang, und er hatte, soweit ich mich erinnere, kein Geländer, nur Wasser auf beiden Seiten, das im Mondlicht schimmerte und auch durch große Spalten zwischen den Planken zu sehen war.

Die Krankenhausnonnen und die Kranken sollten das Schiff als erste verlassen. Am Ende des Piers standen japanische Soldaten mit richtigen Tragen (nicht solchen wie unsere aus Bambusstöcken und Reissäcken, die in der Mitte durchhingen), um die Kranken zu einem Lastwagen zu bringen, der mit einem großen roten Kreuz gekennzeichnet war. Zuerst dachte ich, der Laster gehörte dem Internationalen Roten Kreuz, die Außenwelt hätte endlich von uns erfahren. Aber es war ein japanischer Lastwagen. Meine Schwestern und ich gehörten zur zweiten Gruppe, die vom Boot herunterkommandiert wurde, und trotteten den Pier entlang in einer langen Reihe von Frauen und Kindern, beladen mit ihren Bettrollen, Kleiderbündeln, Flechttaschen, hier und da einem Koffer, mit einem Paar Schuhe oder *terompahs* um den Hals, am Arm baumelnde Blechdosen und Kokosnußschalen. Erwachsene wie Kinder trugen alles, was sie besaßen, bei sich.

Im neuen Lager hatten Frauen aus der ersten Gruppe dampfenden Reis für uns vorbereitet. Aber die Japaner erlaubten uns nicht, ihn zu essen. Wir wurden in die Baracken gescheucht und mußten bis zum nächsten Tag warten, bis wir dann kalten Reis essen durften.

Diese Baracken waren gerade neu errichtet und boten pro Person ungefähr doppelt soviel Platz zum Leben auf dem *balai-balai* wie die im Lager zuvor. Dazwischen und um die sechs

Baracken herum, die parallel zueinander standen, war auch mehr Platz zum Laufen. In einer Baracke waren die Gemeinschaftsküche, die gemeinsamen Waschgelegenheiten und die Latrinen untergebracht, und eine andere diente teilweise als Lagerkrankenhaus. Wasser mußte wieder aus Brunnen geholt werden, und in diesem Lager gab es keine Elektrizität.

Die «Engländerinnen» und die Holländerinnen wurden wieder nach Nationalitäten getrennt untergebracht, diesmal allerdings zogen meine Schwestern in eine der englischen Baracken, um bei ihren Freundinnen aus dem Orchester zu sein. Neulich haben wir drei versucht, noch einmal nachzuvollziehen, warum unsere *kongsi* auseinanderging. Aber es fiel uns nicht mehr viel dazu ein, außer daß ich wahrscheinlich zu gluckenhaft war, mich zu sehr als «große Schwester» aufführte und die Mädchen sich ihre Unabhängigkeit beweisen mußten. Und dann war da natürlich noch der «Lagerkoller». Ich stellte also eine Einer-*kongsi* dar in einer holländischen Baracke nicht weit von den Carolus-Borromeus-Nonnen. Diesmal wollte ich zu keiner anderen *kongsi* gehören. Ich wollte einfach allein sein.

Die neue Umgebung munterte uns alle auf. Ein Lager mit mehr Platz, mehr frischer Luft und mit Bäumen und Grün hinterm Stacheldrahtzaun. Aber bald wütete etwas, das wir «Bangka-Fieber» nannten, im Camp. Wer es bekam, litt tagelang an hohem Fieber, verlor das Bewußtsein und starb. Bei der Krankheit handelte es sich vermutlich um eine Art Hirnmalaria.

Und die Beriberifälle nahmen zu. Ein Lagerkind erinnert sich, wie es einmal mit dem Finger auf das geschwollene Bein ihrer Mutter drückte und dabei eine rote Druckstelle hinterließ, die nicht wieder wegging. Da wußte sie, daß ihre Mutter Beriberi hatte und wahrscheinlich sterben würde. Ein anderes Lagerkind erinnert sich, wie es zu unserem «Rotkreuzbüro» ging und nach einer der «Rotkreuzdecken» fragte (Decken, die von verstorbenen Internierten stammten), «weil meine Mami Schüttelfrost von der Malaria hat», und daß sie ebenfalls Angst hatte, ihre Mutter zu verlieren.

Bis zum Ende unserer Internierung verloren sechsundzwanzig holländische Kinder ihre Mütter und wurden dann von den Carolus-Borromeus-Schwestern betreut.

Manchmal stellten die Lagertoten nur Zahlen in der Statistik dar: «zwei weitere in Baracke 1», oder «eine Mutter in Baracke 3 hat heute einen Sohn verloren, und letzte Woche hat sie schon eine Tochter verloren». Manchmal handelte es sich bei den Toten um Frauen, die ich kannte, Shelaghs Mutter, eine australische Krankenschwester, mit der ich bei den Abendveranstaltungen im Hauslager Freundschaft geschlossen hatte, und Ruth, mit der ich im Hauslager spazierengegangen war und im Palembang-Baracken-Lager Holz getragen und Tagträume gehabt hatte.

Fast alle diese Todesfälle waren auf tropische Infekte und Hunger zurückzuführen. Einige der Kranken kämpften leidenschaftlich um ihr Leben. Andere, die von der gefürchteten «Lagerdepression» befallen waren (die sich durch keinen Aufmunterungsversuch der Freundinnen vertreiben ließ), gaben einfach auf.

* * *

Im Lager hatte man Totengräber angefordert. Ich stand am Holztor im Stacheldrahtzaun mit einer anderen Frau und Marianne, einem holländischen Mädchen. Sie war jetzt fünfzehn, sah aber mit ihrem mageren, müden Gesicht um Jahre älter aus.

Eine der australischen Schwestern stieß zu uns. Wir warteten darauf, daß die Wache aus der kleinen, mit Palmblättern gedeckten Hütte neben dem Tor kam. Die drei andern und ich standen unbehaglich in der heißen Sonne und überlegten, wie viele Gräber wir wohl ausheben müßten. Wir wußten, daß am

Morgen zwei Frauen gestorben waren. Das bedeutete also mindestens zwei Gräber. Vor einigen Wochen hatte die Wache dem Trupp befohlen, acht Gräber auszuheben, obwohl weniger als acht Leute gestorben waren. Wenn nun die Wache auch heute für zukünftige Todesfälle vorsorgte? Wir waren mittlerweile so schwach, daß uns bereits die Vorstellung, nur zwei Gräber auszuheben, fürchterlich vorkam. Bitte, kein zusätzliches!

Als ein Pritschenwagen vor dem Tor hielt, kam der Aufseher mit vier Hacken in der Hand aus seinem Büro. Wir Totengräberinnen machten unsere befohlene Verbeugung und bekamen jede eine Hacke ausgehändigt. Wir gingen zum Lastwagen und stiegen über die heruntergelassene Ladeklappe ein. Der Fahrer war aus Bangka. Er streckte seinen Kopf aus der Fahrerkabine, offenbar ohne Furcht vor dem japanischen Aufseher, und erzählte uns auf malaiisch, daß er im nahe gelegenen Männerlager gewesen sei und daß von den Männern auch viele gestorben seien. Das war keine Neuigkeit. Erst gestern hatte man den beiden Lagervertreterinnen eine Liste mit den Namen von Holländern und Briten überreicht, die im Männerlager gestorben waren. Ich hatte Mutter Laurentia durch meine Baracke gehen sehen, um einer Frau neben mir mitzuteilen, daß der Name ihres Mannes auf der Liste stand. Mir war fast der Atem stehengeblieben, als ich Mutter Laurentia mit meiner Nachbarin reden sah. Würde sie danach an meinem Schlafplatz haltmachen und mir mitteilen, daß Vater gestorben war? Aber sie war in der anderen Richtung weitergegangen. Vaters Name hatte also nicht auf der Liste gestanden. Doch wie aktuell war die Liste überhaupt? Vielleicht war Vater ja gestorben, nachdem man die Liste zusammengestellt hatte? Ich versuchte mich zu beruhigen. Vater war zu Beginn unserer Gefangenschaft in ausgezeichneter körperlicher Verfassung gewesen. Mit seinem langjährigen Bergtraining, seinen Expeditionen in die Dschungel und Hochgebirge der

Welt, war er an körperliche Anstrengung gewöhnt und daran, mit Strapazen fertig zu werden. Er würde ganz bestimmt besser mit den Härten des Lagerlebens fertig werden als irgendein dicker, fauler Mensch, der sein Leben in den Kolonien Whiskey trinkend im Korbsessel verbracht hatte.

Der Laster holperte weiter über die ungepflasterte Straße mit ihren Schlaglöchern zum Friedhof, und ich dachte wieder über die Totenlisten nach. Warum quälten uns die Japaner damit, daß sie nur Nachrichten über Todesfälle ins Lager ließen? Wenn man den Lebenden hin und wieder erlaubte, sich gegenseitig zu schreiben, würde das doch den militärischen Erfolg Japans nicht gefährden. Wir waren unseren Ehemännern und Vätern hier auf Bangka so nah, und doch gab es keine Post, keine Besuche...

Die Frustration war quälend, in gewisser Weise sogar noch quälender durch gelegentliche Ausnahmen von der Regel. Ein paar von den Jungen, die vor zwei Jahren ins Männerlager geschickt worden waren, tauchten plötzlich an unserem Lager auf. Völlig unvorhergesehen hatten die Japaner ihnen die Genehmigung erteilt, auf dem Versorgungslaster mitzufahren, der Lebensmittel erst an die Männer und danach ans Frauenlager lieferte. Wir waren vollkommen überrascht, als der Ruf: «Unsere Jungen!» durchs Lager tönte. Wessen Söhne waren es wohl? Einer von ihnen war der bereits erwähnte Theo. Nach dem Krieg erinnerte sich Theo an die Szene: «Wir sahen das Frauenlager, und da war der Stacheldraht, und wir standen fünf Meter diesseits davon, und plötzlich war meine Mutter da auf der anderen Seite ... immer noch mit dreien meiner Brüder. Später fand ich heraus, daß sie, als sie von unserer Anwesenheit erfahren hatte, sich schnell ordentlich anzog und sich bemühte, so etwas wie einen langen Rock zu finden, um ihre Beriberibeine zu verhüllen und um zu verbergen, daß sie inzwischen völlig abgemagert war. Es war eine Sache von höchstens zwei Minuten. Man konnte kaum ein

Wort sagen, man konnte nur ein bißchen winken. Dann mußten wir wieder auf den Laster. Und das war das Ende. Denn drei Monate später war sie tot.»

Wir rumpelten weiter zum Friedhof.

Die australische Schwester brach das Schweigen und sagte: «Beim Begräbnis von Schwester Raymont standen zwei Japaner stramm, als wir an der Wachstube vorbeikamen, und nahmen ihre Kappen ab, was sie noch nie vorher getan hatten.» Die Schwestern, alle in ihren Uniformen, hatten Ray mit militärischem Zeremoniell beerdigt. Ich hatte sie am Tor in Reih und Glied stehen sehen, ruhig und aufrecht, und sie hatten dabei einen mutigen und stolzen Eindruck gemacht, trotz ihrer Abgehärmtheit und der Ölflecken auf ihren zerknitterten grauen Kleidern.

Der Lastwagen hielt, und wir gingen den kleinen Hügel zu den Gräbern hinauf. Ich sah mehr Kreuze als bei meinem letzten Aufenthalt hier oben. Sie waren von Frauen im Lager aus zwei Stücken Holz zusammengenagelt, und die Namen waren mit heißen Nägeln eingebrannt.

Der Aufseher hielt zwei Finger hoch. Nur zwei Gräber. Das war gut. Er markierte mit dem Stiefelabsatz zwei Rechtecke und wies Marianne und mich an, das eine Grab auszuheben, und die Holländerin und die Australierin sollten mit dem anderen anfangen.

Es hatte in den letzten Tagen viel geregnet, deshalb war der Boden weich, aber meine Hacke kam mir schwer vor wie noch nie. Ich legte beide Hände um den Griff, hob das Werkzeug bis auf Brusthöhe und schwang es nach vorn in den roten, zähen Lehm. Es war mühsam, die Hacke wieder aus dem Boden zu bekommen. Ein Lehmklumpen klebte an der Schneide. Ich schüttelte den Klumpen ab. Ich hob die Hacke, schwang sie nach vorn, grub mich in den Boden ... wieder und wieder. Manchmal mußte ich innehalten, bis mein Herz aufgehört hatte zu rasen oder ein Schwindelanfall vorüber war, immer in der Hoffnung, daß der Soldat nicht sah, daß ich die Arbeit unterbrochen hatte und ärgerlich *«Lekas, lekas!»* brüllte, schnell, schnell. Aber er hielt im Schatten eines Baumes ein Nickerchen.

Ich wünschte mir wieder, daß die Japaner uns Spaten geben würden, um die Gräber auszuheben, statt dieser plumpen Hacken. Wie oft hatten Mutter Laurentia und Mrs. Hinch um Spaten gebeten? Eigentlich mußte es auf Bangka doch welche geben.

Marianne und ich plagten uns schweigend ab, bis wir soweit waren, daß eine von uns ins Grab hinunterklettern und den Lehm vom Boden aus hoch- und hinausschaufeln mußte. Ich bot mich an zu gehen.

«Ich finde es gruselig, da rein zu gehen», sagte Marianne.

«Ich habe mich daran gewöhnt», sagte ich, aber das stimmte nicht. Auch ich fand es gruselig.

Während ich den Lehm hochschaufelte und ihn über den Erdwall warf, der sich um das flache Grab gebildet hatte, stellte ich mir mein eigenes Begräbnis vor. Würde mein Sarg lang genug sein? Die Japaner stellten uns nur dürftige, an Apfelsinenkisten erinnernde Särge zur Verfügung, die häufig zu kurz waren, so daß diejenigen, die den Leichnam hineinlegten, ihn zusammengekrümmt in die Kiste legen mußten. Wie würde ich angezogen sein? Es war für die Hinterbliebenen eine Versuchung, die Toten unbekleidet zu begraben, weil Kleidung im Lager so knapp war. Als Nonnen im vollen Habit beerdigt wurden, murmelten Frauen im Waschraum, der als eine Art öffentliches Forum diente: «Was für ein Jammer. Wenn man sich vorstellt, daß dieses ganze Material für immer verschwunden ist», oder «Die Nonnen hätten den Stoff verkaufen und damit Geld für ihre ständig wachsende Familie verdienen können.» Wenn ich starb, würde ich wohl nicht in meinem Weggehkleid begraben werden. Antoinette und Alette würden es verkaufen können.

Und wer würde meine Begräbnisandacht halten? Schwester Catharinia, weil sie Holländerin war und mit mir befreundet? Aber sie war Katholikin, und ich war Protestantin. Sie würde nur die Totenmesse kennen, obwohl sie mit allen am Grab das Vaterunser sprechen könnte. Ich hätte nichts dagegen, wenn die Nonnen *In paradisum deducant te Angeli*, «Die Engel mögen dich zum Paradiese führen», sängen, wie sie es bei katholischen Beerdigungen taten. Ich mochte den Gregorianischen Choral. Er wirkte außergewöhnlich und exotisch unter den Palmen und der tropischen Vegetation Bangkas. Wenn nicht Schwester Catharinia ein paar Worte an meinem Grab sprechen würde, wer dann? Ohne Zweifel eine meiner Schwestern, obwohl sie ja «ausgezogen» waren.

Welchen Namen würde man in das Kreuz einbrennen? Helen Colijn oder Helen C. Colijn? Ich hatte das C. für Constantia immer unsinnig gefunden. Ich fand, ich müßte erst dementsprechend leben. Hatte ich im Lager dementsprechend gelebt? Aber warum dachte ich über meinen eigenen Tod nach? Wenn ich immer noch stark genug war, ein Grab auszuheben, wäre ich doch auch noch stark genug, am Leben festzuhalten. In Anbetracht der gesundheitlichen Situation im Lager war ich immer noch in verhältnismäßig guter Verfassung. Die immer wiederkehrenden Malariaanfälle waren kräftezehrend, besonders nachdem unser Vorrat an Chinintabletten aufgebraucht war, den Vater nach dem Schiffbruch für uns besorgt hatte. Aber Malaria war nicht so schlimm wie das Bangkafieber oder Beriberi oder längere Durchfallattacken. Es gab so vieles, für das ich noch weiterleben wollte. Nicht weit von uns im Männerlager wartete Vater auf ein freudiges Wiedersehen mit uns. Irgendwo auf Borneo wartete Mutter darauf, wieder bei uns zu sein, wenn der Krieg endlich vorbei wäre. Ich würde wieder ein normales Leben führen, zur Universität gehen, in den Bergen oder am Strand entlangwandern. Und irgendwo würden Liebe, Ehe und Kinder auf mich warten.

Ich überlegte, daß der Krieg jetzt wohl bald zu Ende sein müßte. Deshalb hatte man uns doch nach Bangka gebracht. Die Japaner befürchteten eine Invasion der Alliierten in Sumatra. In drei Jahren hatten die Amerikaner und andere Alliierte doch bestimmt Zeit genug gehabt, die Japaner zu besiegen. Und ich gab mich der Phantasie hin, daß Soldaten ankämen, die Lagertore aufschwingen ließen und riefen: «Der Krieg ist vorüber, ihr seid frei!» Unsere Männer würden aus dem Männerlager kommen, und Vater würde uns drei in den Arm nehmen und «Bravissimo!» rufen.

«Bravissimo!» hatte er aus seinem Büro in Den Haag an Mutter, Antoinette und mich telegrafiert, als wir 1938 den Mont Blanc in Frankreich, den höchsten Berg Europas, bestiegen hatten. Ich sah mich selbst auf dem Gipfel. Das Atmen fiel mir schwer. Meine Füße waren trotz der Wollsocken über meinen Stiefeln taub vor Kälte. Der Wind war so stark, daß ich fürchtete, unsere ganze Gruppe, die hinter einem Führer angeseilt war, würde vom schmalen schnee- und eisbedeckten Grat heruntergeweht. Auf Tarakan hatte Mutter gestanden, daß sie genauso gerne mit Alette (die man mit elf für zu jung für die Besteigung hielt) im Hotel in Chamonix geblieben wäre und unseren Aufstieg durch ein Teleskop im Tal beobachtet hätte, aber irgend jemand «mußte ja auf Helen und Antoinette aufpassen.» Nachher ließ Vater Mutter einen riesigen Rosenstrauß ins Hotel bringen.

Antoinette war sechzehn, als sie den Mont Blanc bestieg, ungefähr in Mariannes Alter, die jetzt mit mir auf Bangka ein Grab aushob. Marianne machte sich wie Alette Sorgen um die Schule. «Ich war gerade so gut in der Schule, wurde von Klasse zu Klasse versetzt», hatte sie mir erzählt. «Und dann konnte ich nicht weitermachen. Es wird bestimmt schwierig, alles aufzuholen.»

«Ich finde, du solltest jetzt aufhören, Helen. Das Grab ist tief genug für einen Sarg.»

Ich kletterte hinaus. Die beiden anderen Frauen hatten auch mit dem Graben aufgehört. Wir weckten den Aufseher und kletterten auf den Laster.

Als wir ins Lager kamen, sahen wir die Trauernden, die darauf warteten, mit zwei Särgen wieder zum Friedhof fahren zu können.

Am nächsten Tag hatte ich wieder die Gelegenheit, das Lager zu verlassen, aber diesmal in Ausübung meiner regulären Pflichten als Mitglied des Latrinentrupps. Jeden Morgen rührten vier oder sechs Frauen im Wechsel jeweils zu zweit mit Kokosnußschalen an langen Stöcken die Latrinen auf und schöpften Fäkalien und wimmelnde Maden in hölzerne Eimer. Jedes Frauenpaar schleppte den Eimer dann an einer geschulterten Bambusstange an der Wache vorbei, um den Inhalt in die Büsche außerhalb des Lagers zu kippen.

Bei diesen Ausflügen kam kein Aufseher mit. Keine andere Frau war in der Nähe. Direkt nach Sonnenaufgang war die Luft noch frisch. Kleine Blumen blühten unter den Büschen. Wir pflückten immer ein paar, um vielleicht einen Sarg damit zu schmücken. Einmal sah ich einen blühenden Hibiskus und brach eine der feurigroten Blüten ab, um sie mir hinters Ohr zu stecken. Was ich am liebsten sah, waren die farbenprächtigen Schmetterlinge. Innerhalb des Lagers waren nie welche zu entdecken.

Ich hatte mich zum Latrinentrupp gemeldet, weil man dabei Gelegenheit hatte, das Lager zu verlassen und sich an Blumen und Schmetterlingen zu erfreuen. Außerdem brachte die Arbeit Geld ein: Latrinenarbeiterinnen wurden bezahlt. Das führte zu Unmut im Lager. Eine Blechdose mit heißem Wasser, Lohn für diese Arbeit im Lager davor, das war in Ordnung. Aber Latrinenarbeiterinnen bar zu bezahlen...? Das hatte es bei einer Gemeinschaftsaufgabe noch nie gegeben.

Die Vereinbarung hatte sich das Lagerkomitee ausgedacht. Es hatte sich als fast unmöglich erwiesen, genügend Freiwillige für diese Aufgabe zu finden. Allerdings hatten wir immer noch unsere «Herzchen», die Frauen, die über ein schwaches Herz oder andere Leiden klagten und sich weigerten, irgendeine Gemeinschaftspflicht zu übernehmen (obwohl es ihnen offensichtlich nicht schlechter ging als allen anderen auch), und einige der Herzchen besaßen immer noch Bargeld. Sie wurden nicht mehr unter Druck gesetzt, ebenfalls Gemeinschaftspflichten übernehmen zu müssen, sondern sollten statt dessen in eine neu eingerichtete Kasse zur Entlohnung der Latrinenarbeiterinnen einzahlen. Die Herzchen konnten sich also überlegen, ob sie eine Gemeinschaftsaufgabe «außer Haus geben» wollten, so wie sie ihre persönliche Wäsche außer Haus gaben oder jemanden beauftragten, ihnen die Haare zu schneiden. Das war eine der seltenen Lösungen, mit denen alle im Lager «glücklich» waren. Die Herzchen waren aus dem Schneider. Die Latrinenarbeiterinnen konnten sich vom verdienten Geld Extras auf dem Schwarzmarkt leisten. Nicht nur den Herzchen ging allmählich der Gemeinsinn ab. Durch den Kampf ums Überleben waren jetzt auch andere Frauen, die in den Jahren zuvor bereitwillig mitangefaßt hatten, wenn Freiwillige gefragt waren, so schwach und durch die tagtägliche Langeweile und die offenbar ewigwährende Gefangenschaft so betäubt, daß sie sich in sich selbst zurückzogen. Ihr Horizont verengte sich auf ihren eigenen Platz auf dem *balaibalai* und vielleicht noch auf die ihnen körperlich oder gefühlsmäßig nahe stehenden Personen wie die Mitglieder ihres *kongsi*. Für alles weitere brachten sie keine Energie mehr auf.

Andererseits waren manche Frauen immer noch in der Lage, eine ganze Baracke oder gar das ganze Lager in ihre Fürsorge einzuschließen. Frauen, die selbst kaum noch laufen konnten, gingen durch die Baracken, um den bettlägerigen Kranken, für die kein Platz im Lagerkrankenhaus war, Zuspruch zu geben. Diese Frauen achteten darauf, daß die Kranken ihre kostbaren Tabletten einnahmen, die die Lagervertreterinnen den Wachen vor kurzem hatten abschwatzen können. Manche Patientinnen waren so gierig nach Zigaretten, daß sie selbst Tabletten gegen Tabak eintauschten. Andere Patienten, die unter der «Lagerdepression» litten, waren auch einfach zu gleichgültig, um ihre Medikamente einzunehmen.

Weitere großherzige Frauen waren die Köchinnen, die jeden Morgen in aller Herrgottsfrühe aufstanden, um in der Küche Feuer zu machen, und die australischen Krankenschwestern, die mit den Caritas-Schwestern im Lagerkrankenhaus arbeiteten. Unter diesen war eine hingebungsvolle Nonne, die es als ihre besondere Aufgabe ansah, jeden Tag die Verbände und Umschläge und die wenigen Laken, die jemand dem Krankenhaus kürzlich hinterlassen hatte, zu waschen.

Eine andere Gruppe von Frauen, die immer noch für andere da waren, waren die beiden begabten Musikerinnen Margaret Dryburgh und Norah Chambers. Obwohl einige der Sängerinnen inzwischen gestorben waren, sang das Vokalorchester 1944 in der Weihnachtszeit in der Krankenhausbaracke. Es war das einzige, was von unseren Anstrengungen in den vorigen Lagern, uns das Leben ein wenig «schön» zu machen, noch übrig war. Als weitere Sängerinnen starben, sang das Vokalorchester nicht mehr.

«Aber für die überlebenden Sängerinnen war Musik zu einem Teil ihrer selbst geworden, und sie konnten sie zumindest, wenn das Lager des Nachts still war, hören und etwas Trost dabei finden», sagte Antoinette neulich. «Und die, die die Konzerte des Vokalorchesters besucht hatten, fühlten sich bestimmt durch die Erinnerung an die frohen und erhebenden Eindrücke getröstet.»

Wenn Hungern und schwächende Krankheiten unsere Sinne betäubten, war das vielleicht ein natürliches Sicherheitsventil, das uns half, mit den Schicksalsschlägen fertig zu werden. Wenn wir vom Tod einer Freundin hörten, trauerten wir nicht so, wie wir das in normalen Zeiten getan hätten. Als Alette zu mir kam, um mir mitzuteilen, daß Antoinette mit dem gefürchteten Bangkafieber ins Lagerkrankenhaus gekommen sei, war ich nicht so verzweifelt, wie ich es vor dem Krieg gewesen wäre, wenn man mir mitgeteilt hätte, meine vierundzwanzigjährige Schwester wäre ernsthaft erkrankt und hätte, wie Alette mir erklärte, die Farbe des Todes. Das hieß, das Gesicht der Patientin war graugelb, was normalerweise das nahe Ende ankündigte.

Ich besuchte Antoinette jeden Tag mit selbstgemachter Suppe. Mehrmals gab eine Patientin neben ihr den Kampf auf, aber Antoinette kämpfte weiter, und die Farbe des Todes wich aus ihrem Gesicht.

Sie kam im März 1945 gerade wieder ein wenig zu Kräften, als wir erfuhren, daß wir alle wieder nach Palembang sollten. Von dort aus sollten wir weit ins Innere des Landes an einen Ort namens Lubuklinggau kommen, um auf einer Gummiplantage mit Namen Belalau interniert zu werden.

Diesmal waren die meisten von uns zu müde, um darüber zu spekulieren, warum die Japaner uns verlegten, oder um optimistische Gründe dafür zu finden. Wir packten einfach und fügten uns in das Schicksal eines dritten Transportes.

KAPITEL 13

Drittes Barackenlager: Befreiung

«Alles was ich über den Weg nach Belalau noch weiß, ist, daß die beiden Frauen neben mir gestorben sind», sagte Alette später über die dreitägige Reise in unser viertes Lager. Sie wurde auf der Bahre transportiert, zusammen mit anderen, die sehr schwach oder sehr krank waren.

Noch vier weitere Patienten überstanden die Fahrt nicht. Die Caritas-Schwestern oder die australischen Schwestern, die sie begleiteten, mußten zwei Särge am Pier in Muntok und vier an Bahnhöfen auf Sumatra schließen und sie dort zurücklassen, ohne daß man je erfuhr, wo sie unter die Erde kamen. Die Japaner hatten in Erwartung von Todesfällen leere Särge mitgeschickt.

Auch ich weiß nur noch wenig vom Transport nach Belalau. Schon als ich kurz nach dem Krieg einen Bericht über meine Internierung schrieb, erinnerte ich mich an vieles auf dieser Reise nur verschwommen. Alette war nicht in meiner Gruppe. Dieses Mal war die Überfahrt über die Straße von Bangka ruhig, so wurde niemand seekrank. Im Zug von Palembang nach Lubuklinggau wurden wir in einen Viehwagen gepfercht, dessen Türen während der 48stündigen Reise meist fest geschlossen blieben. Der Gestank nach Schweiß,

Urin, Exkrementen war schrecklich. Man gab uns weder zu essen noch zu trinken. Doch als wir mit dem Lastwagen in Belalau eingetroffen waren, konnten wir unter den Gummibäumen umherlaufen und uns am Anblick der blühenden Alamandabüsche erfreuen.

Es stellte sich heraus, daß auch die Männer aus Bangka verlegt worden waren und sich jetzt auf der anderen Seite der Gummiplantage befanden. Die war nicht mehr in Betrieb: Die Holländer hatten die Gummipressen im Zuge ihrer Politik der verbrannten Erde zerstört.

Meine Schwestern und ich fanden es tröstlich, daß Vater in der Nähe war, auch wenn die Japaner immer noch jede Kommunikation unterbanden. Die einzige Nachricht von den Männern erhielten wir in Form der Totenlisten, die die Japaner Mutter Laurentia und Mrs. Hinch übergaben.

Antoinette wurde aus der Krankenhausbaracke des Lagers entlassen, die genauso aussah wie die anderen Baracken, mit dem üblichen Mittelgang, der von *balai-balais* aus gespaltenem Bambus flankiert war. Allerdings waren die Dächer hier aus Wellblech und leckten nicht. Antoinette nahm wieder ihre Arbeit in der Gemeinschaftsküche auf, wo auch Alette arbeitete. Die Mädchen «wohnten» noch immer woanders, und meist gaben wir uns nur müde ein kleines Zeichen des Erkennens oder winkten einander kurz zu, wenn wir uns trafen. Das war alles, wozu wir noch in der Lage waren.

Wenn ich an das Lager in Belalau zurückdenke, erinnere ich mich hauptsächlich an ein bloßes Dahinvegetieren. Ich lebte in einem Vakuum, in einer Art Routine zwischen Leben und Tod. Ich tat, was man von mir verlangte. Ich schleppte Holz, holte Essen in der Gemeinschaftsküche, gelegentlich kochte ich Suppe aus Schwarzmarktzutaten und verkaufte sie. Ich lag häufig auf meinem *tempat*. Manchmal schlug ich Kakerlaken tot oder entlauste das Haar einer Nachbarin, so wie sie meines entlauste.

Wir können allerdings nicht alle gefühlt haben, als wären wir schon gestorben, denn ein paar Monate vor dem Ende der Internierungszeit gab es immerhin noch eine Gruppe, die sang. Antoinette hat einen Zettel aufbewahrt mit der Ankündigung, daß im Juni 1945 ein dreistimmiger Chor (unter anderem) «*The Keel Row*» (*As I came thro Sandgate I heard a lassie sing*), die Barkarole aus *Hoffmanns Erzählungen* und *«Drink to Me Only» (With Thine Eyes)* vorsang. Und Betty Jeffrey trug am 17. August in ihr Tagebuch ein: «Es gibt immer etwas, über das wir lachen und reden können, aber wir sind dieses Leben hier wirklich leid.»

Woran ich mich noch am deutlichsten erinnere, ist ein zunehmendes Gefühl der Isolation im Lager. Wir waren jetzt 400 Kilometer von Palembang entfernt mitten im tiefsten Dschungel. Würde man uns jemals finden können, wenn der Krieg vorüber war? Was hatte sich überhaupt im Krieg ereignet? Seit Jahren war kein Gerücht mehr zu uns gedrungen, geschweige denn irgendeine glaubwürdige Nachricht.

Im Frühjahr 1945 drangen die Alliierten weiter durch Europa vor und drängten die Deutschen zurück. Hitler erschoß sich in einem Bunker in Berlin. Mussolinis Leiche wurde mit dem Kopf nach unten auf einem Platz in Mailand aufgehängt. Roosevelt starb. Die Japaner erlitten empfindliche Verluste im Pazifik. Aber unter den Gummibäumen in Belalau erfuhren wir nichts davon. Wir redeten über die letzten Worte Verstorbener, darüber, was sie hinterlassen hätten, und wer es erben würde.

«Was, Beryl hat nicht Anns Zucker bekommen? Und sie hat sich doch so um die kranke Ann gekümmert. Das finde ich ungerecht, daß unser Rotkreuzkomitee den Zucker Joan gegeben hat. Ich weiß, Joan braucht ihn dringender als Beryl. Aber Beryl hat Ann doch immerhin gepflegt.»

«Ihr werdet es nicht glauben, aber man hat in Anns Tasche noch Chinintabletten gefunden.»

«Du lieber Himmel, warum hat sie die denn nicht gegen die Malaria eingenommen?»

«Sie hat die Tabletten wohl gehortet, um sie zu verkaufen und sich dann Lebensmittel zu besorgen.»

Es war schwer zu sagen, was zum Überleben wichtiger war, Nahrung oder Medikamente. Manche meinten, die Nahrung, und tauschten oder verkauften sogar ihre Tabletten für Lebensmittel. Andere meinten, die Medikamente, und tauschten oder verkauften alles, um Tabletten zu bekommen.

* * *

Am 21. April verloren wir Miss Dryburgh.

Sie hatte sich nicht mehr erholt, seit sie während des Transports nach Belalau erkrankt war, «eine grauenhafte Reise», wie sie in ihrem Tagebuch schreibt. «Ich mußte in dem Waggon mit den Bahren überführt werden.»

Das war ihre letzte Eintragung. Als nach dem Krieg Abschnitte aus Margaret Dryburghs Tagebuch privat veröffentlicht wurden, fügte Norah Chambers hinzu:

Sie wurde ins Krankenhaus gebracht und hätte eigentlich wieder gesund werden müssen, war aber wie alle andern so schwach, daß sie es einfach nicht mehr schaffte. Als ich sie besuchte, war sie nur halb bei Bewußtsein. Sie erkannte mich und versuchte zu sprechen. Mit einiger Mühe konnte ich erkennen, daß sie versuchte, ihren Lieblingspsalm aufzusagen, den dreiundzwanzigsten. Ich stotterte mich nach bestem Wissen hindurch. Dann wurde sie still. Plötzlich, mit kräftiger Stimme und einem Lächeln, sagte sie: «Das war es, was ich wollte.» Kurz darauf verschied sie. Ich half, sie zu begraben, und legte ihr, bevor der Sarg geschlossen wurde, einen Blumenstrauß in die Hände. Sie sah ganz friedlich und erfüllt aus, denn sie hatte ihre Pflicht getan und sie hatte sie gut getan. Auf ihrem Grab wurde ein einfaches Holzkreuz aufgestellt. Ans Kopfende pflanzten wir Blumen und einen großen Alamanda, denn sie hatte Blumen immer sehr gern gehabt.

An manchen Begräbnissen nahmen nur die Frauen teil, die sich bereit erklärt hatten, den Sarg zu tragen, und die holländische oder englische Lagervertreterin, die ihn aufgrund ihrer Stellung begleiteten. An Miss Dryburghs Begräbnis nahmen alle Mitglieder des Vokalorchesters teil, die den Hügel zum Lager hinauflaufen konnten, die Frauen, die zu ihrem ehemaligen *kongsi* in der Garage Nr. 9 im Hauslager gehörte hatten, Frauen, die mit ihr in den Baracken von Palembang Reis gesäubert oder an ihren Bibelstunden oder den gelegentlich von ihr gehaltenen Sonntagsgottesdiensten teilgenommen hatten, und Frauen, die sie gar nicht persönlich kannten, sondern sich nur an den Konzerten des Vokalorchesters erfreut hatten.

Ein paar Tage nach Miss Dryburghs Begräbnis stand Mutter Laurentia am Eingang meiner Baracke und fragte, weil sie im Dunkeln niemanden darin erkennen konnte: «Ist Helen Colijn da?»

Ich wußte, warum sie gekommen war, ich konnte nicht einmal sagen: «Ja, ich bin hier.»

Ich setzte mich langsam auf. Als Mutter Laurentia an meinem Lager angekommen war, sagte ich: «Jetzt hat es uns wohl getroffen?»

«Ja, es tut mir so leid.»

«Wann ist er gestorben?»

«Am 11. März.»

«Aber damals waren die Männer doch noch auf Bangka!»

«Ja, er ist auf Bangka gestorben.»

«Wollen Sie damit sagen, daß er nie in Belalau war...?»

«Nein, nie.»

«Ich soll Ihnen etwas geben. Offenbar hat jemand die Sachen Ihres Vaters verkauft.» Mutter Laurentia übergab mir eine Zehnguldennote. Wie betäubt sah ich auf die Wörter *Dai Nippon Tekoku Seihu*, Die Regierung des japanischen Kaiserreichs, *Sepoeloeh Roepiah*, Zehn Gulden. Erst viel später wurde mir klar, daß Vater wohl sein letztes Geld für zusätzliche Lebensmittel ausgegeben und seine Schweizer Uhr verkauft hatte. Die zehn Gulden waren offenbar der Erlös für seine Kleidung und sein Bettzeug.

«Soll ich ein wenig bei Ihnen bleiben?»

«Nein, danke, ich gehe zu Antoinette und Alette und sage ihnen Bescheid.»

Mutter Laurentia verließ die Baracke, und ich lief den Hügel hinab. Alette rührte mit einem langen Stock in einem Kessel Reis. Als sie mein Gesicht sah, wußte sie, warum ich gekommen war. «Du hast bestimmt schlechte Nachrichten von Vater?» und ich sagte: «Ja.»

Antoinette, die in der Nähe ein Feuer in Gang hielt, sagte dasselbe, was ich zu Mutter Laurentia gesagt hatte. «Jetzt hat es uns wohl getroffen.»

Ich kann mich nicht daran erinnern, daß wir Gefühle gezeigt hätten. Wir waren wahrscheinlich sogar zu betäubt, um überhaupt etwas zu empfinden. Wir weinten und trauerten erst nach dem Krieg über den Verlust unseres geliebten Vaters, als jede von uns auf ihre Weise damit fertig zu werden suchte.

Es war dann tröstlich zu wissen, daß Vater friedlich im Schlaf gestorben war, bis zum Ende überzeugt davon, daß der Friede nicht weit wäre, daß die Alliierten kämen, daß er mit uns dreien und mit Mutter wieder vereint sein würde. Als ein Mitinternierter ihn einige Tage vor seinem Tod in einem Lagerkrankenhaus in Muntok besuchte und vorschlug, Vater solle für den Fall des Falles einen Brief schreiben oder diktieren, sagte Vater, es gäbe noch keinen Grund für solche Vorsorge. «Ihr Vater war einer der ausgeglichensten Männer im Lager», berichtete dieser Mann. «Dank seines tiefen Glaubens und weil er so ungeheuer optimistisch war, litt er nicht so sehr wie andere.»

* * *

Ich lief weiter wie halbtot durchs Lager, bis ich schließlich durch die Malariaanfälle an einer gefährlichen Gelbsucht erkrankte und ins Lagerkrankenhaus mußte.

Eines Tages trafen ganz überraschend khakifarbene japanische Armeedecken für die Kranken ein. Da das kleine Krankenhaus am tiefsten Punkt der Gummiplantage lag, kam nie Sonne dorthin, und es war immer unangenehm feucht und muffig. Wir wußten die Decken sehr zu schätzen, aber was hatten sie zu bedeuten? Konnten sie ein Hinweis darauf sein, daß der Krieg doch noch einmal zu Ende ging?

Am 24. August 1945 war es dann soweit. Alle, die laufen konnten, wurden zur Unterkunft der Wache auf dem Hügel beordert. Im Krankenhaus erzählte man mir, Seki, der japanische Lagerkommandant, hätte auf dem Tisch gestanden und auf malaiisch verkündet: *«Perang habis»*, der Krieg ist vorbei. Er teilte weder mit, wer ihn gewonnen hatte, noch daß neun Tage zuvor das Waffenstillstandsabkommen unterzeichnet worden war.

«Und da standen wir nun», erinnert sich Käty Tekelenburg, damals im Backfischalter. «Wir fühlten uns wie ein angestochener Ballon. Wissen Sie... pffft! Das war's. Ich hätte erwartet, wir würden in einen Freudentaumel ausbrechen. Aber nichts. Es war äußerst merkwürdig.»

Oh, es gab durchaus Äußerungen der Freude. Die Holländer sangen «Wilhelmus», und die Briten und Australier sangen *«God Save The King»*. Eine Holländerin beschaffte eine holländische Fahne und ließ sie vom Barackendach wehen. Frauen holten die winzigen Lebensmittelrationen hervor, die sie gehortet hatten, kochten köstliche Mahlzeiten und aßen sich mit ihren Freunden satt. Und weitere Lebensmittel trafen ein. All die Waren, von denen wir angenommen hatten, daß sie auch außerhalb des Lagers knapp gewesen wären, tauchten jetzt in unglaublichen Mengen auf: Zucker, Butter, Reis, Fleisch, *kacang hijau*, Bananen, sogar Ananas und Papayas und Chinin und andere Medikamente, aufblasbare Ringe für bettlägerige Patienten, Bettpfannen. Während der schlimmsten Ruhrepidemie hatte es im Lagerkrankenhaus monatelang nur eine einzige gegeben. Ich kann immer noch, nach all den Jahren, den ängstlichen Ruf hören: «Schwester, Schwester, die Bettpfanne!»

Alles, worum wir drei Jahre lang gebeten hatten, erhielten wir nun innerhalb von drei Tagen. Unsere Männer trafen ein, aber viele Ehemänner und Väter fehlten. Paare, die wieder vereint waren, sahen sich an und wußten nicht, ob sie lachen oder weinen sollten. Wie furchtbar beide aussahen! Kinder, in den letzten verbliebenen oder eiligst gefertigten Sonntagsstaat oder in geborgte Kleidung gesteckt, wichen zurück, als sie die bärtigen Vogelscheuchen sahen, die man ihnen als ihre Väter vorstellte. Ein Mädchen, das einen Mann auf dem Lager ihrer Mutter sitzen und ihre Hand halten sah, bekam einen hysterischen Anfall. Es dachte, der Mann wäre ein japanischer Soldat und wollte seiner Mutter etwas antun.

Ich lag noch immer im Lagerkrankenhaus, wo mich dann ein Freund meines Vaters besuchte. Er brachte mir eine Bibel, die Vater sich irgendwie beschafft und offenbar auch sorgfältig gelesen hatte. Vor allem im Neuen Testament waren die Seiten am Rand voll mit Bleistiftnotizen in seiner ordentlichen Handschrift.

«Manchmal hat er am Sonntag im Gottesdienst gepredigt», sagte der Freund, «und das war mir immer ein großer Trost.» Mit der Bibel bekamen wir außerdem das kleine Heft mit den Zeichnungen zurück, die wir Vater 1942 hinterm Stacheldraht des Hauslagers zu Weihnachten geschenkt hatten.

Auch Mac, der amerikanische Journalist, besuchte mich im Krankenhaus. Und ein anderer Kamerad vom Rettungsboot kam mit einer Haferflockenbüchse voll gekochter Leber. «Das wird Ihnen bei Ihrer Gelbsucht guttun.»

Doch wo blieben die Alliierten? Im Unterschied zu unseren

Erwartungen hatte bisher kein Soldat das Tor gestürmt, um uns zu befreien und dann mit fliegenden Fahnen durchs Lager zu marschieren und zu rufen: «Kopf hoch, Mädchen, das Elend ist vorbei. Wir sind gekommen, um euch zu holen!»

Tag um Tag verging, ohne daß etwas geschah. Wir waren immer noch in dem erbärmlichen, verlausten Lager. Wir mußten immer noch in rußigen Kesseln kochen, auch wenn die Männer uns jetzt halfen, sie zu heben. Frauen starben einfach weiter. Und wir mußten immer noch den Anblick der Japaner ertragen.

Wenigstens brauchten wir uns jetzt nicht mehr vor ihnen zu verbeugen, und man ersparte uns den täglichen Zählappell. Und sie hetzten uns nicht mehr mit *«Lekas, lekas»*. Doch über der Wache wehte immer noch die japanische Fahne. Es gab niemanden, dem die Japaner sich ergeben konnten. Die britischen Truppen, die man angewiesen hatte, die Kapitulation der 80000 japanischen Soldaten auf Sumatra zu akzeptieren, waren immer noch in Indien. Bis zu ihrer Ankunft aus Übersee hatte das Hauptquartier des Südostasienkommandos in Colombo, Ceylon, Kommandotrupps aus holländischen und britischen Soldaten nach Sumatra geschickt, um die Internierungslager und Kriegsgefangenenlager ausfindig zu machen und für die Versorgung mit Lebensmitteln und Medikamenten zu sorgen. Einige Trupps waren bereits vor der Kapitulation der Japaner mit dem U-Boot unterwegs und kamen mit Gummibooten an Land. Nach der japanischen Kapitulation kamen weitere per Flugzeug und sprangen mit dem Fallschirm ab. «Aspect», vom holländischen Spezialeinsatzkorps Insulinde, war ein solches Team. Es bestand aus dem Leiter Sergeant Major C.B. Hakkenbarg, Vaandrig C.C. Wilhelm, Sergeant J.L. van Hasselt und dem Chinesen Ou Chee Suet. Sie sprangen am 5. September über Bengkulen ab. Da sie dort keine Lager vorfanden, funkten die Männer zum Hauptquartier in Colombo und wurden aufgefordert: «Versucht es in Lubuklinggau!» Sie fuhren mit Fahrzeugen dorthin, die die Japaner zur Verfügung stellten, und entdeckten unser Lager in Belalau.

Diese vier holländischen Fallschirmjäger von «Aspect» waren die «Alliierten Truppen», auf die wir so lange gewartet hatten. «Sie waren schockiert über unsere Unterkunft und unser Aussehen», berichtete Antoinette. «Offensichtlich sind andere Lager aber nicht viel besser. Sie haben unseren Standort ans Hauptquartier gefunkt, so daß die Welt jetzt weiß, wo wir sind.»

Ein paar Tage später liefen wieder ein paar Alliierte durchs Lager. Diesmal waren es Australier, Teil eines Trupps unter britischem Kommando, der vom südafrikanischen Major G. T. Jacobs geleitet wurde und zu dem auch zwei Männer des Korps Insulinde gehörten. Die Australier hatten seit Wochen nach den australischen Krankenschwestern gesucht.

Die Kommandotrupps brachten Neuigkeiten über die Atombombe mit. «Sie hat in Hiroshima hunderttausend Menschen getötet. Der Bombe verdankt ihr Frauen womöglich alle euer Leben. Gerüchten zufolge hatten die Japaner den Plan, vor ihrer Kapitulation wenigstens ein paar der Gefangenenlager und die darin Internierten zu beseitigen. Ihr standet am 31. August, dem Geburtstag der Königin Wilhelmina, zur Vernichtung an.» Ich habe nie herausgefunden, ob das der Wahrheit entsprach. Hätte der Krieg allerdings noch länger gedauert, wären noch viel mehr von uns im Lager durch Krankheit und Hunger gestorben.

Es trafen weitere Lebensmittel ein, und am 16. September, dem großartigen, dem unvergeßlichen Tag, fielen Nahrungsmittel vom Himmel. Ein riesiges, hellgraues, viermotoriges Flugzeug, der Liberator, warf Lebensmittelcontainer an gelben Fallschirmen überm Männerlager ab. Vom Feldbett aus, auf dem ich tagsüber vorm Krankenhaus lag, sah ich zu, wie das Flugzeug über uns hinwegflog. Erst in diesem Augenblick, als ich das riesige Flugzeug mit dem rot-weiß-blauen Zeichen der holländischen Marine statt der aufgehenden Sonne sah, hatte ich das Gefühl, daß der Krieg wirklich vorüber war.

An jenem Abend aßen wir im Frauenlager alle Brot mit Butter. Das Brot war am Morgen auf den Kokosinseln im Indischen Ozean gebacken worden, wo der Liberator stationiert war – Hunderte von Kilometern von unserem Lager entfernt. Dem Logbuch des Flugzeugs nach hatte der Rundflug zehn Stunden und 55 Minuten gedauert, und man hatte das Lager nur mit Mühe entdecken können.

* * *

Die australischen Krankenschwestern verließen das Lager als erste. Sie wurden von der australischen Luftwaffe nach Singapur geflogen. Dort kamen sie in ärztliche Behandlung und wurden dann mit einem Hospitalschiff nach Australien, in ihre Heimat, überführt. Die gleiche Maschine nahm dann bei einem zweiten Flug die bettlägerigen Patienten nach Singapur mit.

Von den nichterkrankten Internierten wurden die Briten ebenfalls nach Singapur geflogen und außerdem einige Holländer. Andere Holländer, hauptsächlich diejenigen, die vorher im Süden Sumatras gewohnt hatten, wurden mit dem Zug nach Palembang evakuiert und dort in Häusern einquartiert. Zu dieser Gruppe gehörten die Carolus-Borromeus-Schwestern und ihre Familie aus verwaisten Lagerkindern. Von weither kamen dann die Väter aus der Kriegsgefangenschaft, oder Verwandte holten die Kinder ab, wenn die Väter auch gestorben waren. Bis das letzte Kind die Nonnen verlassen hatte, verging allerdings ein Jahr.

Dank der schnellen Evakuierung des Lagers in Belalau – es war Ende Oktober leer – blieb uns das Schicksal anderer Internierter in Niederländisch-Ostindien erspart: Nachdem die Frauen und Kinder in den erbärmlichen Camps monatelang vergeblich auf ihre Rückführung in die Heimat gewartet hatten, wurden sie von jungen extremistischen indonesischen Nationalisten ermordet. Sukarno hatte am 17. August 1945 die unabhängige Republik Indonesien proklamiert.

Ich verließ Belalau mit einem Patiententransport nach Singapur.

Es wurde gerade hell, als eine der Krankenhausnonnen durch die halbleere Krankenhausbaracke lief und rief: «Die Lastwagen sind da. Bitte, machen Sie sich fertig.» Meine Schwestern kamen, um nachzusehen, ob ich auch alles in meiner Flechttasche hätte: Proviant, Moskitonetz und die brandneue japanische Armeedecke.

In der Tasche waren auch Erinnerungsstücke an die Lagerzeit. Ein Zettel, auf dem stand: «Gutschein für einmal Einspringen beim Holztrupp.» Das war ein Geburtstagsgeschenk von Antoinette. Auf einem anderen Zettel stand: «Zum Bollwerk Britanniens im trostlos wüsten Land kommt zu unserer Feier und stärkt das Freundschaftsband.» So hatte man uns drei zu einer «englischen» Party eingeladen.

Gestützt von Antoinette und Alette, verließ ich das Lagerkrankenhaus, in dem ich, zu schwach, um mich auf den Beinen zu halten, zehn Wochen verbracht hatte, bis dann die Versorgung mit Lebensmitteln besser wurde. Langsam schlurfte ich den schlammigen Pfad hinauf, den ich zusammen mit einer Partnerin Holz schleppend hinabgeschlittert war, an der Baracke vorbei, in der ich geschlafen hatte, bevor ich ins Krankenhaus kam, zur Wache, wo ich dem Aufseher mit einer Verbeugung mitgeteilt hatte: *«Maki wa arimasen»*, es ist kein Holz da.

Antoinette bemutterte mich: «Zieh lieber deine Jacke an, auf dem Laster kann es kalt werden» und gab mir die Jacke, die ich mir im ersten Lager aus einem Reissack genäht hatte. Ihre Augen gingen prüfend über meine langen dünnen Beine, meine nackten Füße und meine vielfach geflickte Lagerkleidung. (Mein Befreiungskleid und die Schuhe, die ich im

Hauslager bekommen hatte, waren mittlerweile verkauft.) «Du bist zwar nicht ganz so angezogen, wie du es dir für deinen Abschied vom Lager vorgestellt hast, aber das ist jetzt auch nicht so wichtig.»

Wenn ich auf diesen heißersehnten Augenblick zurückschaue, fällt mir auf, wie enttäuschend unsere Freilassung in Wirklichkeit verlief. Ich spreche immer von «Freilassung». Ich benutze nie den Ausdruck Befreiung, vielleicht «Befreiung in Anführungszeichen», oder «sogenannte Befreiung». Es gab weder Glanz noch Dramatik bei diesem Ereignis. Es fand einfach statt.

Alette ermahnte mich. «Paß gut auf dich auf, und sei vorsichtig mit dem Zucker.» Am Tag zuvor war eine Frau im Lager gestorben, weil sie zuviel Zucker gegessen hatte.

«Mach's gut! Wir sehen uns in Singapur wieder.»

Ich folgte einem blutjungen, englischen Soldaten mit rosigen Wangen, der wie aus dem Nichts aufgetaucht war. «Kommen Sie», sagte er und hob mich auf den Laster. «Sie sind ja federleicht, meine Liebe.» Ich hatte mittlerweile schon ein paar Pfund zugenommen, seit die Versorgung besser geworden war, aber ich war über einen Meter achtzig groß und wog immer noch weniger als 90 Pfund.

Mit dem Zug ging es dann von Lubuklinggau nach Lahat, wo auf einem kleinen Flughafen ein Flugzeug bereitstand. Direkt unterm Cockpit befand sich das Bild eines weißen Schwans mit ausgebreiteten Schwingen (das Zeichen eines Geschwaders?) und die Buchstaben RAPWI. Sie standen für Recovery of Allied Prisoners-of-War and Internees (Rückführung alliierter Kriegsgefangener und Internierter).

Dann donnerten die Räder des Flugzeugs über eine rauhe, holprige Piste und die Schwingen trugen uns hoch hinauf, hoch in die Lüfte und davon.

Am Flughafen von Singapur halfen uns adrette, wohlfrisierte britische Rotkreuzhelferinnen in flotten Khakiuniformen aus dem Flugzeug und die Treppe hinunter. Eine andere junge Frau kam mit einem Rollstuhl. Sie reichte hygienische Papiertassen herum, die mit einer beigefarbenen Flüssigkeit gefüllt waren.

«Was ist das denn?» fragte ich, nachdem ich einen Schluck getrunken hatte. «Es ist so süß.»

«Das ist Tee! Mit Zucker und Milch.»

Offenbar mußten wir aufgeteilt werden. Jemand steckte mir ein Schild mit «Johore Hospital» an, und ich wurde mit anderen Frauen, die man in gleicher Weise gekennzeichnet hatte, an einen Bus geführt. Das Fahrzeug, an dessen Steuer ein anderes britisches Mädchen in Uniform saß, brachte uns nach Johore am Südende der Malaiischen Halbinsel gegenüber von Singapur. Wir hielten vor einem modernen Krankenhaus, das der Sultan von Johore für seine Untertanen gebaut hatte und in dem vorübergehend Kriegsgefangene und Internierte versorgt wurden. Es gab ausführliche Diskussionen zwischen der Busfahrerin und einem weißgekleideten Krankenhaussanitäter. Sie zogen die Namensliste zurate, die die Fahrerin bei sich hatte. Wir warteten ergeben im Bus. Was bedeutete nach all den Jahren das bißchen Warten?

Der Sanitäter forderte mich zum Aussteigen auf. «Ich muß hier auf weitere Anweisungen wegen der anderen Patienten warten. Meinen Sie, Sie schaffen es alleine bis zur Aufnahme?»

«Ich denke schon.»

«Gehen Sie durch die Tür dort, den Flur entlang bis zum Ende, dann rechts. Dritte Tür links.»

Ich hob meine Flechttasche auf, stützte mich, als ich durch die Tür war, an der Wand ab und ging zur Aufnahme. Hier traf ich auf eine weißgekleidete englische Krankenschwester mit riesigem Busen. Sie wirkte mütterlich, und ich hoffte, sie würde mich nicht wie ein Kleinkind behandeln, wie fast alle andern es bisher getan hatten.

«Sie haben aber eine hübsche Jacke an.» Mir sank der Mut bei ihrem süßlichen Tonfall.

Obwohl es auf dem Flughafen heiß gewesen war und im Bus ebenfalls, hatte ich meine Jacke nicht ausgezogen. Sie verdeckte meine spitzen Schultern.

«Sie müssen sich ausziehen und ihre Kleider mir geben. Wenn Sie sich geduscht haben, bekommen Sie von mir Krankenhauskleidung.»

«Was wird aus meinen Sachen?»

«Wir kochen sie. Sie haben alle Läuse aus dem Internierungslager mitgebracht.»

«Aber die Jacke kann man nicht kochen. Ich habe sie selbst aus einem Reissack genäht.» Ich kreischte es fast.

«Nun regen Sie sich mal nicht auf. Sie bekommen Ihre Sachen ja zurück... das heißt, wenn sie noch zu retten sind.»

Ich wußte, ich würde meine Jacke nie wiedersehen. Sie war der einzige Besitz, der mir etwas bedeutete, und ich empfand ein überwältigendes Gefühl des Verlustes. Aber ich darf nicht weinen, ermahnte ich mich, ich bin kein Kind mehr.

Ich zog mich, wie aufgefordert, vor der Schwester aus und fand es unangenehm, daß es keinen Vorhang gab, hinter dem ich mich hätte entkleiden können. Die Vorkriegsgewohnheiten stellten sich schnell wieder ein.

Sie überreichte mir Handtuch und Seife und zeigte mir, wo ich mich duschen könnte. Als ich zurückkam, gab sie mir einen Krankenhaussarong und einen kurzen Morgenmantel, die nach Seife und Desinfektionsmittel rochen, und schob meine Sachen mit dem Fuß in eine Ecke. Nach einem letzten Blick auf meine Jacke folgte ich ihr auf die Station.

Dort wies man mir ein Bett zu mit Matratze und Kissen, beide weiß bezogen, und mit einem weißen Laken zum Zudecken. Es gab kein beengendes Moskitonetz, weil vor den Fenstern Fliegengitter waren. Das nächste Bett war fast einen Meter entfernt.

Durchs offene Fenster hörte ich ungewohnte orientalische Radiomusik. Autos fuhren vorbei. Eine Tür wurde zugeschlagen. Männer und Frauen unterhielten sich und lachten. Nach dreieinhalb Jahren war ich endlich nicht mehr im Lager.

* * *

Zwei Wochen später wurde ich entlassen und zog zu meinen Schwestern ins Raffles-Hotel in Singapur. Diesen Vorkriegstreffpunkt der britischen Kolonialelite hatte RAPWI in eine zentrale Aufnahmestelle für ehemalige Kriegsgefangene und Internierte umgewandelt. Meine Schwestern und ich hatten ein riesiges Zimmer für uns allein, und zum Bettenmachen kam ein Mädchen.

In der Hotelhalle stand eine große Schale mit Atebrin, (für uns) neue Tabletten zur Malariabehandlung, die man gratis bekam. In den marmorverkleideten Gängen und im eindrucksvollen holzgetäfelten Treppenhaus tobten magere Kinder auf nackten Füßen herum, die ihre neuen Schuhe hinter einer Topfpalme versteckt hatten. Unter den leise surrenden Deckenventilatoren im Speisesaal bemühten sich Mütter, ihren Kindern beizubringen, wie man ein dreigängiges Menü mit Messer und Gabel ißt, und zu verhindern, daß sie sich mit den Servietten die Nase putzten.

Auf der Veranda genossen Männer und Frauen in bequemen Rattanstühlen die Drinks, die einheimische Kellner auf einem Tablett servierten, und sprachen über ihre Gatten. «Mein Mann war in Burma, wo er an dieser Eisenbahnstrecke arbeiten mußte, bei der jede Schwelle das Leben eines Gefangenen kostete. Er soll bald hier sein.»

«Jim ist ertrunken, als die Japaner Gefangene auf einem nicht gekennzeichneten Schiff transportierten und die Alliierten das Schiff bombardierten.»

«Meine Frau und meine Kinder sind noch am Leben, aber immer noch auf Java im Lager.»

«Ich war wieder im Rotkreuzbüro, aber ich habe nicht herausfinden können, wo Joanna sich aufhält.»

Zuerst konnten auch wir nicht in Erfahrung bringen, wo Mutter sich befand. Die Alliierten hatten das Kommando über die Gebiete, die von den Japanern aufgegeben wurden, untereinander aufgeteilt, und bisher gab es kaum Zusammenarbeit zwischen den verschiedenen militärischen Gruppen. Jeden Tag stand eine von uns mit anderen Informationssuchenden in der Schlange vorm Büro des Roten Kreuzes. Das Personal stellte dort Namenslisten von Hunderttausenden von Kriegsgefangenen oder Zivilisten zusammen, die bereits freigelassen waren oder immer noch in Lagern von Indochina bis Japan warteten. Wir vertrieben uns die quälende Wartezeit damit, uns Garderobe zu beschaffen. In der RAPWI-Kleiderkammer wurden überschüssige australische Armeeuniformen ausgegeben, alles khakifarben, bis hinunter zum Büstenhalter. Wir sehnten uns nach fröhlicher Kleidung und streiften durch die Straßen, wo wir leuchtende indische Stoffe erstanden. Wir ließen uns bei einem chinesischen Schneider Kleider anfertigen, ganz wie in alten Tagen. Das Geld für diese Einkäufe erhielten wir von einem holländischen BPM-Vertreter, den man aus der Hauptverwaltung in Den Haag angewiesen hatte, sich «um unsere Leute zu kümmern».

Durch diesen fürsorglichen Menschen erfuhren wir schließlich, daß Mutter noch am Leben war! Sie befand sich in einem Internierungslager in Banjermasin im Süden Borneos, ungefähr 2000 Kilometer entfernt.

«Aber sie kann noch nicht herkommen», sagte er. «Alle Internierten auf Borneo müssen in ihren Lagern bleiben, bis die Repatriierung offiziell geregelt ist.»

Doch dieser Herr kannte unsere Mutter nicht. Zwei Wochen später kam sie ohne Vorankündigung in unser Hotelzimmer mit einer verworrenen Geschichte über einen australischen Brigadegeneral, der ihr bei der Flucht nach Balik-Papan geholfen hätte, und einen holländischen Bomberpiloten, der sie den ganzen Weg nach Batavia auf der Munition hätte sitzen lassen, und einen anderen Piloten, der sie nach Singapur gebracht hätte. «Ich glaube, mein weißes Haar war ganz hilfreich.» Als wir Mutter das letzte Mal gesehen hatten, war ihr Haar braun gewesen.

Wie wir bei diesem Wiedersehen lachten und weinten! Wir ließen unseren Gefühlen in einer Weise freien Lauf, wie wir es vorher nicht getan hatten – nicht einmal als Vater und ich im Dschungel von Sumatra Antoinette und Alette wiedergetroffen hatten, während uns allen noch der Schrecken des Schiffbruchs und der grauenvollen Fahrt auf dem Rettungsboot in den Knochen saß.

Wir sprachen über Vater, von dessen Tod Mutter bereits erfahren hatte, und über unsere Erfahrungen in den Lagern. Mutter hatte ähnliche Erfahrungen gemacht wie wir, nur waren in ihrem Lager nie mehr als 120 Internierte gewesen. Bei so wenigen Insassen war der «Lagerkoller» oft noch schlimmer als in unserem größeren Lager. Die Frauen mußten Socken für die Japaner stricken, aber Mutter hatte behauptet, sie könnte nicht stricken. Allerdings half ihr das nichts, sie mußte die Uniformen der japanischen Offiziere mit alten holländischen Uniformmänteln flicken.

«Es war allerdings einfach, so einen Mantel verschwinden zu lassen und den Stoff für uns selbst zu verwenden. Ich tauschte den Teil eines Mantels gegen Baumwollstoff für ein Kleid, so daß ich vor den Japanern nicht in Shorts herumlaufen mußte.» Auch Mutters Lager wurde mehrfach verlegt, und jedesmal wurden die Bedingungen schlechter.

«Wohin sollen wir jetzt?» fragte Mutter am nächsten Tag. «Unser Haus in Tarakan gibt es nicht mehr. Ich nehme an, die Alliierten haben es bombardiert, als sie die Insel wiedereroberten, da ist also nichts zu retten. Ohne Vater und seine Arbeit in Niederländisch-Ostindien hält uns eigentlich nichts mehr in diesem Teil der Welt. Außerdem sind Holländer hier im Augenblick nicht besonders erwünscht.» Holland kam auch nicht in Frage. Nach fünf Jahren deutscher Besatzung herrschte ein großer Mangel an Wohnungen, und keiner von unseren Verwandten würde Gäste unterbringen können. Außerdem wären wir auch nicht die einzigen Mitglieder der Familie, die aus Niederländisch-Ostindien zurückkommen würden. Zwei von Mutters Geschwistern und die beiden Brüder meines Vaters – alle mit Frauen und den jüngeren Kindern, die man noch nicht zum Schulbesuch nach Holland geschickt hatte – wollten ebenfalls wieder in die Heimat zurück.

«Wie wäre es mit Kalifornien?» sagte Mutter. Sie hatte Anfang der zwanziger Jahre mit Vater dort gelebt. Antoinette und Alette waren dort geboren.

Wir strahlten bei diesem Vorschlag. Antoinette und ich waren vier und fünf Jahre alt gewesen, als wir Kalifornien mit unseren Eltern und der drei Wochen alten Alette verlassen hatten, um nach Curacao in der Karibik, Vaters nächsten Arbeitsplatz, zu ziehen. Wir hatten wenig wirkliche Erinnerungen an Kalifornien, aber wir hatten alle drei in unserem Fotoalbum geblättert: Helen und Antoinette in einem Swimmingpool in San Rafael («Man kann dort fast das ganze Jahr hindurch schwimmen», sagte Mutter), mit riesigen Trauben in der Hand, beim Herumtoben unter den Rasensprengern auf etwas, das (auf dem sepiafarbenen Foto) wie sattgrüner Rasen aussah, beim Spiel mit langen Strängen von Seetang am Strand von Santa Monica, bei Wanderungen durch die Sierra Nevada. Wir konnten uns gut vorstellen, daß wir in Kalifornien viel Spaß haben würden.

Unsere Wahl war getroffen!

Es dauerte seine Zeit, bis wir die US-Visa für Mutters und meinen Paß bekamen, US-Pässe für Antoinette und Alette, die ja in Amerika geboren waren, und Plätze auf einem Schiff über den Atlantik. Bis dahin wohnten wir in einem Hotel in

Richmond-on-the-Thames in England und fuhren nach Holland, um Verwandte, darunter Großmutter Colijn, zu besuchen.

Großmutter hatte die letzten drei Kriegsjahre in Deutschland verbracht. Sie war mit ihrem Mann in einem Hotel in Ilmenau interniert, wo Großvater am 19. September 1944 im Alter von 75 Jahren an einem Herzanfall starb. Bei ihrer Rückkehr nach Den Haag erfuhr Großmutter, daß Anton, der älteste ihrer drei Söhne, mit 51 Jahren in einem japanischen Internierungslager auf Sumatra gestorben war und Piet, der jüngste, mit 45 Jahren in Java von der Kenpetai, der japanischen Militärpolizei, enthauptet worden war. Sie mußte in eine Übergangswohnung ziehen, weil das rote Ziegelhaus auf der Stadhouderslaan, ein Haus, an dem so viele Erinnerungen hingen, von den Deutschen zerstört worden war, um für den Westwall, eine Verteidigungslinie, Platz zu machen.

Wir waren kaum in Großmutters neuem Heim angekommen, da war auch schon Henk am Telefon. Er lud mich zum Abendessen ein. In einem eleganten Restaurant erhielt ich meinen ersten Heiratsantrag. Doch es war sechs Jahre her, seit Henk und ich zusammen im Kino waren, um uns den Film über die Erbauung des Suez-Kanals anzusehen, und ich hatte seitdem nichts von ihm gehört und auch nicht viel an ihn gedacht. Ich lehnte ab. Großmutter war enttäuscht: «So ein netter, anständiger Junge.»

Während wir auf unsere Dokumente warteten, kamen weitere Kleidungsstücke und manches andere zusammen, und wir waren wieder mit Koffern unterwegs. Auf einem Londoner Bahnhof muß Mutters Koffer allerdings allzu neu und verführerisch ausgesehen haben. Jemand ließ den Kofferkuli mitgehen, und mit dem Koffer verschwand die Bibel, die Vater im Lager so getröstet hatte.

Damit waren die letzten Erinnerungsstücke an Vaters Gefangenschaft dahin. Mutter sagte: «Ich hätte die Bibel mit seiner Handschrift und den Passagen, die ihm Kraft gegeben haben, in Ehren gehalten, doch sie hätte mich immer an seine Gefangenschaft erinnert. Und ich möchte mich an ihn doch als freien Mann erinnern – wie er beim Skifahren in den Bergen jodelt, während er den verschneiten Hang hinunterfährt.»

* * *

Im Mai 1946 landeten wir vier in New York. Freunde hatten uns geholfen, einen gebrauchten Dodge zu kaufen, und damit machten wir uns nach San Rafael in Kalifornien auf, wo uns andere Freunde zu sich eingeladen hatten. Meist saß Antoinette am Steuer, die in New York den Führerschein gemacht hatte, nachdem sie vorher zweimal durchgefallen war, völlig verwirrt von den Lichtern und dem Verkehr in der großen Stadt.

Als wir New York auf dem Pulaski Highway verließen, stellten wir das Autoradio an und trauten unseren Ohren nicht, als wir einen Pianisten das Regentropfen-Prélude von Chopin spielen hörten. Das war eines der Stücke, die das Vokalorchester 1943 beim Weihnachtskonzert gesungen hatte! Die Musik war eine letzte Erinnerung, ein Schlußstrich unter die entsetzlichen Jahre im Internierungslager.

Neun Tage lang fuhren wir westwärts, durch Städte hindurch, an Fabriken vorbei, durch endlose Weizen- und Maisfelder, bergauf und bergab, an riesigen Seen entlang. Wenn wir hungrig waren, hielten wir an einem Café am Straßenrand, und Lastwagenfahrer drehten sich um, wenn wir hereinmarschiert kamen, eine weißhaarige Frau mit drei gutaussehenden Töchtern Anfang Zwanzig, wieder mit rosigen Wangen und guter Figur. Nachts schliefen wir in Orten, von denen wir noch nie gehört hatten: Strasburg / Ohio, Fairbury / Illinois, Lincoln / Nebraska, Wendover / Nevada.

Einen Monat blieben wir bei unseren Freunden in San Rafael. Sie kümmerten sich liebevoll um uns und verwöhnten uns mit Orangensaft in so großen Gläsern, daß auch eine halbe Kokosnußschale randvoll gewesen wäre, mit Steaks, so groß wie die hölzernen Sandalen, die *terompahs*, die wir im Lager getragen hatten, und mit anderen guten Sachen in solchen Mengen, wie sie in den kriegsgeplagten Ländern England und Holland, in denen wir uns im ersten Jahr nach unserer Entlassung aufgehalten hatten, immer noch nicht zu haben waren.

Dann ging jede von uns vieren ihren eigenen Weg, um in Amerika ein neues Leben zu beginnen.

Epilog

Ungefähr fünfzig Jahre sind vergangen, seit meine Mutter, meine Schwestern und ich unsere märchenhafte Reise durch die Vereinigten Staaten antraten. Wir drei Mädchen heirateten, bekamen Kinder und Großkinder, waren berufstätig und arbeiteten ehrenamtlich. Alette erledigte die Buchhaltung für ein Reisebüro und später für einen medizinischen Verlag.

Antoinette arbeitete unter anderem dreizehn Jahre an einer sogenannten Versuchsschule in Washington, einer Schule für geistig behinderte Kinder. Hier gründete und betreute sie das Medienzentrum, wo Kinder sich Tonbandaufnahmen von Büchern anhören konnten, damit ihnen auf diese Weise gute Kinderliteratur nahegebracht wurde, um sie dadurch zum Selberlesen anzuregen. Mehrere Jahre lang arbeitete sie ehrenamtlich für Dr. T. Orin Cornett am *Gallaudet College* in Washington und erlernte und erprobte dort sein System der Zeichensprache für Gehörlose. In ihrer Freizeit entwarf und nähte sie eigenhändig Dutzende von Quilts und gequilteten Wandbehängen in leuchtenden Farben, die sie an Verwandte und Freunde verschenkte.

Ich zog nach einer Scheidung meine Tochter alleine groß. Um uns den Lebensunterhalt zu verdienen, übersetzte ich für die Anatomieabteilung der Stanford-Universität in Palo Alto,

Kalifornien, aus dem Holländischen, Deutschen und Französischen (Texte über vorgeburtliches Knochenwachstum), gab Schülern Nachhilfe in Französisch oder Deutsch, führte im Sommer kleine Gruppen junger Amerikanerinnen durch Europa und arbeitete als Redakteurin des *Sunset*-Magazins.

Unsere Mutter wurde 95 Jahre alt und lebte bis zu ihrem Tode im Jahre 1988 in Alettes und meiner Nachbarschaft auf der Halbinsel von San Francisco. Sie hielt sich angenehm im Hintergrund und gab nur dann Ratschläge, wenn wir sie darum baten, und erinnerte uns per Telefon diskret an wichtige Geburtstage. («Ich habe Tante Connie gerade ein paar Zeilen geschrieben, sie wird schon siebzig.»)

Als wir vier 1946 auf jene lange und abenteuerliche Reise nach Kalifornien gingen, kamen wir überein, Vergangenheit Vergangenheit sein zu lassen und die Lager zu vergessen. Wir sprachen tatsächlich fast nie miteinander oder mit Freunden über unsere Kriegserlebnisse. Aber dann, im Jahre 1980, stöberte Antoinette eines schönen Tages auf dem Dachboden ihres Hauses in Washington und stieß auf ein Büchlein von 68 Seiten Umfang, das sie nach dem Krieg aus ihren Partituren für das Vokalorchester zusammengestellt hatte. Sie hatte es seit Jahren nicht mehr angeschaut und bemerkte zu ihrer Bestürzung, daß die winzigen Bleistiftnoten zu verblassen begannen. In diesem Moment beschloß sie, die Noten einem Museum oder einer Bibliothek zu überlassen, wo sie fachgerecht behandelt und für kommende Generationen erhalten werden konnten.

Als sie die Manuskripte aus dem Haus gab, brachte sie damit eine Lawine vollkommen unvorhersehbarer Ereignisse ins Rollen.

Das Notenbüchlein fand eine neue Heimat in der *Green Library* der Stanford-Universität in Palo Alto, Kalifornien, wo es nun in einem speziell angefertigten, luftdichten Buckramkästchen in der Abteilung für das Universitätsarchiv und die Sondersammlungen ruht. Man findet es unter der Nummer M 147. (Andere vollständige Exemplare der Vokalorchesternoten befinden sich im *Imperial War Museum* in London und *im Australian War Memorial* in Canberra.)

Antoinette hatte sich für Stanford entschieden, weil sie dort ein Jahr Medizin studiert hatte. Sie hatte auch im Chor der *Memorial Church* mitgesungen. «Meine schönste Erinnerung an Stanford.»

Als die Leiterin des Universitätsarchivs für Musikaufnahmen die neuerworbenen Noten sah, machte sie «Oh» und «Ah» und meinte: «Wenn doch nur ein Chor das eine oder andere Stück singen könnte, damit wir eine Aufnahme für unser Archiv bekämen.»

Die ungefähr fünfzig Sängerinnen des *Peninsula*-Frauenchors von Palo Alto begannen unter der Leitung von Patricia Hennings die Vokalorchesterstücke zu proben.

Das fiel einigen leicht, anderen nicht so sehr.

«Es ist schwierig, immer nur eine Silbe zu singen. Es ist ermüdend. Mein ganzer Körper ist angespannt in dem Bemühen, mit dem Gesang etwas mitzuteilen.»

«Ohne Text, der zu den Noten gehört... besonders im ersten Alt, der häufig nur Begleitstimme mit vielen Tonwiederholungen ist, verliert man leicht den Zusammenhang mit den anderen Stimmen.»

«Das ist knifflige Musik. Griegs ‹Morgen› ist kein Pappenstiel. Ich kann mir nicht vorstellen, wie die Frauen im Lager das bewältigt haben. Es handelte sich ja nicht um eine Gruppe mit ausgebildeten Stimmen wie wir hier.»

«Diese Musik zu singen ist strapaziös. Ich fühle geradezu mit, wie es im Lager war, habe dann immer einen Kloß in der Kehle, so daß ich nicht weitersingen kann.»

Ein Chormitglied australischer Abstammung schrieb mir: «Mein Vater war Mitglied der *ZP Special Force*, einer Abteilung des australischen Geheimdienstes. Er kam in Niederländisch-Indien um, als ich erst 15 Monate alt war, so daß ich keine Erinnerung mehr an ihn habe. Als Kind fragte ich mich immer wieder, ob ich eigentlich wirklich einen Vater hatte. Durch diese Musik gewinnt er an Realität, und sie bewirkt ein Gefühl von Kontinuität, das ich mir selbst nicht erklären kann. Ich glaube, ich singe für meinen Vater, für meinen Onkel Ken und drei andere Onkel, die für Australien kämpften.»

Das Konzert im Jahre 1982, «Musik im Gefangenenlager – mit einer Einführung der Überlebenden Helen Colijn» im *Annenberg Auditorium* in Stanford war ein überwältigender Erfolg. «Die ganze Welt sollte das hören», sagte eine tiefbewegte Konzertbesucherin hinterher. Ihre Bemerkung legte den Keim für eine Fernsehdokumentation.

Wir benötigten dreieinhalb Jahre, den einstündigen Film *«Song of Survival»* zu produzieren, vom Entwurf angefangen, bis er dann zum erstenmal auf der Leinwand zu sehen war, genau so viel Zeit, wie wir im Lager verbringen mußten. Produzenten waren Stephen Longstreth, David Espar und Robert Moore von der *Veriation film* in Palo Alto, die ich bei ihrer Arbeit beriet. Finanziell unterstützt wurde das Ganze von der *National Endowment of the Humanities* in Washington, vom Niederländischen Rundfunk in Hilversum, von privaten amerikanischen Gruppen und von Einzelpersonen, einschließlich Antoinette mit ihren quiltenden Freundinnen, die sich jeden Mittwoch trafen. Sie fertigten einen wunderschönen Quilt, den sie dann versteigerten, «um eine Filmproduktion zu unterstützen», wie Plakate in einem Einkaufszentrum verkündeten.

Wir drehten den Dokumentarfilm in den Niederlanden, wo wir ein Wiedersehen von achtzig «Lagerkindern» organisierten, in Indonesien, wo wir das letzte Lager in Belalau besichtigten, und in Menlo Park in Kalifornien. 1983 kamen neun der überlebenden Sängerinnen des ursprünglichen Vokalorchesters aus den Niederlanden, Großbritannien, Australien, Indonesien und den Vereinigten Staaten per Flugzeug, um an einem jetzt so genannten *Song of Survival*-Konzert des *Peninsula*-Frauenchors teilzunehmen. Etliche der Besucherinnen hatten sich seit der Entlassung aus dem Lager in Belalau im Jahre 1945 nicht mehr gesehen.

Da saßen sie nun, die neun Gäste, in einer der vorderen Bänke der *St. Bede's Church* in Menlo Park, um sich die Musik anzuhören, die sie vor so langer Zeit selbst gesungen hatten, unter so furchtbaren Umständen. Sie hatten Rosen angesteckt. Sie trugen Kleider und Schuhe. Ihre grauen Köpfe waren wunderbar frisiert. Obwohl ich allen eine Aufnahme des Konzerts vom Vorjahr geschickt hatte, hörten sie ihre Musik jetzt zum erstenmal live.

Norah Chambers schlug im Takt mit der Faust in die Hand und schüttelte den Kopf, als wollte sie sagen: «Nein, so habe ich das ganz und gar nicht gemacht.» Hin und wieder verzog sich ihr Gesicht, und Tränen traten ihr in die Augen. Später erklärte sie mir, daß sie die hinfälligen Sängerinnen im Lager vor sich gesehen hätte, von denen die Hälfte vor der Entlassung verstorben war.

Auch Antoinette sah mitgenommen aus. Die Musik weckt wohl traurige Erinnerungen, dachte ich, als ich sie beobachtete. Ich saß mit in der Bank der Sängerinnen aus dem Lager. Neben mir strahlte Schwester Catharinia. Sie fand einfach die Musik wunderbar und dachte dabei überhaupt nicht ans Lager, wie sie mir erklärte.

Zum Abschluß des Konzerts sang der Chor die Gefangenenhymne. Bei den ersten Worten standen wir zehn Frauen aus dem Lager auf. Zögernd, weil sie nicht wußten, was man von ihnen erwartete, erhoben sich einige Leute in der Kirche ebenfalls. Am Ende der ersten Strophe stand das gesamte Publikum. Chormitglieder hatten Tränen in den Augen. Patricia Hennings, die mit dem Rücken zum Publikum stand, fragte sich, was da wohl vor sich ginge.

Der Dokumentarfilm wurde 1985 in den Niederlanden uraufgeführt, in den USA 1986 und ist seitdem wiederholt und in anderen Ländern auch zum erstenmal gezeigt worden. In den USA ist er als Video erhältlich und in Japan mit japanischen Untertiteln. In Japan ist er bei Tokyovision für Bildungseinrichtungen und Büchereien erhältlich. Atsushi Takahashi von Tokyovision schrieb mir, daß er den Krieg als Kind in der Industriestadt Nagoa erlebt hätte. Nagoa wurde bombardiert, und viele Einwohner fanden dabei den Tod. Er war Zeuge der Schrecken des Krieges, sah viele Luftkämpfe, Kamikaze-Angriffe und niederbrennende Häuser. Er kam zu der Überzeugung, daß Krieg kein Mittel zur Lösung von Konflikten darstellt, und beschloß, soweit es in seiner Macht stand, zum Frieden in der Welt beizutragen.

Der nächste Schritt bei dem sich immer mehr ausweitenden Projekt bestand in der Veröffentlichung der Partituren einiger Vokalorchesterstücke bei *Universal Songs* in den Niederlanden. Dank dieser Leistung führen jetzt Frauenchöre in verschiedenen Ländern *Song of Survival*-Musik auf, auch im Radio. Der Frauenchor in Haarlem hat gerade eine *Song of Survival*-CD herausgebracht, die in den Staaten und in Kanada über *Windham Hill Records* erhältlich ist.

Im Augenblick wird ein *Song of Survival*-Drama geplant, ein Theaterstück mit Chormusik für den Gebrauch in Schulen und Kirchengemeinden von Ray und Eleanor Harder aus Los Angeles, und ein Spielfilm auf der Basis der in *«Song of Survival»* dokumentierten Ereignisse, vom australischen Filmregisseur Bruce Beresford bei *Village Road Show Pictures*.

Jetzt, da die Vokalorchestermusik und die Geschichte, die sich dahinter verbirgt, per Radiowellen und Satellit, auf Videobändern und CDs, in Zeitungsartikeln und Büchern über die ganze Welt verbreitet werden, werden den Überlebenden, auch denen, die eigentlich alle Erinnerungen begraben wollten, bohrende Fragen gestellt. Die Antworten sind so unterschiedlich wie die Frauen und die Kinder, die damals alt genug waren, um sich noch an das Lager zu erinnern.

Nehmen Sie die Frage: «Welche Gefühle haben Sie gegenüber den Japanern?» In fünfzig Jahren sind die meisten Überlebenden sanfter geworden. Nur noch wenige werden von Haß überwältigt, schalten das Fernsehgerät ab, wenn Japaner auf dem Bildschirm erscheinen, oder weigern sich, japanische Produkte zu kaufen. Andere haben Japan bereist und fanden es schön dort, sind mit Japanern oder Menschen japanischer Abstammung befreundet und hatten Japaner zu Gast.

Mein Heilungsprozeß begann damit, daß ich wegen eines Interviews mit einem Vertreter Japans für einen *Sunset*-Artikel über Reisen in Japan, an dem ich gerade arbeitete, nach San Francisco fuhr. Ich fürchtete mich vor der Begegnung: der erste Japaner, mit dem ich seit dem Krieg zusammentraf! Zu meiner Erleichterung unterschied sich das Händeschütteln mit ihm in nichts vom Händeschütteln mit einem Amerikaner oder Holländer. Es war vielleicht hilfreich, daß er genauso groß war wie ich und fast akzentfrei Englisch sprach. Er ähnelte in keiner Weise einem der kleinen Aufseher im Lager, die in einer unverständlichen Sprache ihre Kommandos gebellt hatten. Er war so jung, offensichtlich erst nach dem Krieg geboren, deshalb konnte ich ihn kaum für das Verhalten der Generation vor ihm verantwortlich machen.

Dann sah ich eine Fernsehsendung über einen älteren Japaner, der einen grauen Schlapphut trug und sich gerne Pinselzeichnungen besah. Der Ansager stellte ihn als Hirohito, den Kaiser von Japan, vor. Da siehst du also gerade den Mann, vor dem du dich im Lager drei Jahre lang verbeugt hast, dachte ich. Ich hatte bis dahin noch nie ein Bild von ihm gesehen. Diese Begegnung mit dem Kaiser in meinem eigenen Wohnzimmer kam mir vollkommen absurd vor. Da war er nun, nichts als ein kleiner alter Mann. Ganz allein in meinem Wohnzimmer mußte ich laut lachen.

Ungefähr um diese Zeit, Anfang der achtziger Jahre, lernte ich weitere Japaner kennen. In einem Buchladen in der Nachbarschaft blätterte ein japanischer Herr, der wohl mit der Universität Stanford zu tun hatte, neben mir in Büchern, als ich ein Exemplar von *The Chrysanthemum and the Sword* aus dem Regal nahm. Ich dachte, daß die Lektüre des einfühlsamen Buchs von Ruth Benedict über die Formen japanischer Kultur vielleicht dazu beitragen könnte, antijapanische Gefühle zu vertreiben. Da wandte sich der schmökernde Herr höflich an mich: «Wenn Sie sich für Japan interessieren, sollten Sie vielleicht *The Harp of Burma* lesen.» Er schrieb mir den Namen des Autors auf, Michio Takayama, und als Zugabe den Titel in japanischen Schriftzeichen. Später erwarb ich ein Exemplar, und nachdem ich den ersten Abschnitt gelesen hatte über die japanischen Soldaten, die aus dem Ausland zurückkehrten – dünn, entkräftet, erschöpft – war ich gefesselt:

Unter den heimkehrenden Soldaten befand sich eine Gruppe fröhlicher Männer. Sie sangen ununterbrochen, sogar schwierige mehrstimmige Stücke, und sie sangen sehr gut. Als sie in Yokosuka von Bord gingen, waren die Leute, die zu ihrer Begrüßung gekommen waren, höchst erstaunt. Alle fragten, ob sie Sonderzuteilungen bekommen hätten, weil sie so fröhlich wirkten. Diese Männer hatten keine Sonderrationen bekommen, sondern hatten während des Burmafeldzugs mehrstimmige Chöre eingeübt. Ihr Hauptmann, ein junger Musiker frisch vom Konservatorium, hatte mit seinen Soldaten voller Begeisterung gesungen. Der Gesang hatte bewirkt, daß sie in all der Langeweile und all dem Elend den Mut nicht sinken ließen, und sie in den langen Kriegsjahren in Freundschaft und Disziplin zusammengeschweißt.

Hier las ich also eine Geschichte über Japaner, die durch Musik aufgerichtet wurden, so wie wir im Lager damals, unter der Leitung eines Hauptmanns, der wie Margaret Dryburgh so etwas gesagt haben wird wie: «Sing, du wirst froher sein» und mit seiner Gruppe Singen übte wie Norah Chambers, wahrscheinlich indem er zuerst die richtigen Töne beibrachte, und dann kam alles andere hinzu, wie «Farbe», wie «Licht und Schatten, langsam oder schnell».

Kurze Zeit später, immer noch im Zusammenhang mit dem Artikel für die *Sunset*, traf ich Tomoko Nakamura, die damals in San Francisco bei der nordamerikanisch-japanischen Zeitung *Hokubai Mainichi* arbeitete. Sie hatte *The Harp of Burma* ebenfalls gelesen, das an ihrer Schule in Tokio Pflichtlektüre war. Ich erzählte ihr vom Vokalorchester, und wir sprachen über Musik und den Krieg – als Freundinnen. Ein Jahr nach unserer ersten Begegnung schickte sie mir eine Karte. Darauf waren hauchdünne Vorhänge zu sehen, die der Wind durch ein offenes Fenster weht. Auf der Karte stand: «Für Deine Erinnerungen» und darunter ihr Name und das Datum, der 15. August, der Tag, an dem der Krieg zwischen den USA und Japan zu Ende war. Im Umschlag der Karte aus Japan, wohin sie inzwischen zurückgekehrt war, befand sich ein winziger Origamivogel, den sie selbst gefaltet hatte. Noch jahrelang bekam ich im August eine Karte aus Japan, immer mit einem oder mehreren dieser winzigen Origamivögel.

Bezüglich der Gefühle gegenüber den Japanern sagt meine Mutter in dem *Song of Survival*-Film, daß die letzten Worte, die Vater auf Tarakan zu ihr sagte, bevor die Japaner ihn als Geisel wegführten, lauteten: «Was dir auch immer geschieht, werde nicht verbittert, denn Verbitterung zerstört nur ... und ich bin nicht verbittert. Das war sein letztes Geschenk an mich.»

Nicht verbittert zu sein, zu vergeben, ist keine einfache Aufgabe.

Die Überlebenden des Lagers im Süden Sumatras meinen, diese Aufgabe würde leichter durch das Wissen, daß dieser schreckliche Ort solch wunderschöne Musik hervorgebracht hat, die nun anderen Sängern und Zuhörern auf der ganzen Welt Trost und Freude spendet.

Margaret Dryburgh

Ein Portrait

Im Lager sahen wir die Musik des Vokalorchesters nur als eine Möglichkeit, etwas aus dem Nichts zu schaffen, aus dem, was man hat, das Beste zu machen, und nicht als die erstaunliche Leistung, die später darin gesehen wurde, auch nicht als Stoff für Artikel und Bücher. Wenn wir je auf die Idee gekommen wären, dann hätten wir Margaret Dryburgh vielleicht einmal danach gefragt, welche musikalische Ausbildung sie genossen hätte, wo sie all die Musik gehört hätte, die sie im Gedächtnis hatte, warum sie sich so gut daran erinnerte. Das sind die Fragen, die heute gestellt werden, und auch wir Überlebenden stellen sie uns jetzt, wenn wir voll Bewunderung zurückblicken. Heute finden auch wir Margaret Dryburghs Begabung erstaunlich. Sie war damals bereits seit eineinhalb Jahren in Gefangenschaft und schrieb aus dem Gedächtnis Klavier- und Orchesterstimmen nieder, die sie wer weiß wie lange nicht mehr gehört hatte. Dann faßten sie und Norah Chambers die Stimmen zusammen und arrangierten sie für Frauenchor, wobei es ihnen gelang, die wesentlichen harmonischen und melodischen Elemente der Instrumentalfassung zu erhalten, und das alles, ohne ein Musikbuch oder ein Instrument zu Hilfe zu nehmen.

In den achtziger Jahren machte ich mich daran, Antworten auf die Fragen zu finden, die ich im Lager nicht gestellt hatte. Ich schrieb an Freunde und ehemalige Schüler Miss Dryburghs in England und Singapur, fand aber nicht so viel über ihren musikalischen Werdegang heraus, wie ich erhofft hatte. Allerdings verhalfen mir diese Kontakte zu anderen Informationen.

1890 als Kind eines presbyterianischen Geistlichen in Sunderland, Nordengland, geboren, spielte die kleine Margaret zu

Hause Klavier wie ihre Mutter und ihre Schwestern, die Margaret Daisy nannten.

1911 legte sie ihre Prüfung am Newcastle College ab, dann, nach einem Musik- und Pädagogikstudium, an der Universität Durham.

Ihre erste Anstellung als Lehrerin fand sie an einer Mädchenschule in Rhyhope, wo sie den Schulchor leitete. Über diese Zeit schrieb mir eine ihrer Schülerinnen 1983:

Miss Dryburgh war sanft und freundlich. Sie muß 21 oder 22 gewesen sein. Für mich war sie ‹erwachsen›, und als Lehrerin gehörte sie ohnehin in eine besondere Kategorie. Erst jetzt fällt mir auf, wie bescheiden und offen sie war. Sie unterrichtete Latein und Geschichte – um ehrlich zu sein, nicht besonders gut ... statt dessen führte sie mit uns erbauliche Gespräche – fromme Sprüche, wie die weniger Frommen meinten. Ich kann mich nicht erinnern, um wen es ging, aber ich erinnere mich an Tränen in den Augen – in ihren oder in meinen oder bei beiden, weil sie so ernsthaft war. Ich habe auch immer noch das Album mit den Unterschriften, wie es in meiner Schulzeit Mode war. Vom Kollegium schrieben alle wie gewünscht ihre Namen in mein Album. Miss Dryburgh aber malte, zu meinem Erstaunen und zu meiner Freude, ein hübsches Aquarell – eine Mondscheinszene in Sepiatönen. Ich bin mir nie darüber klargeworden, was sie dazu veranlaßt hat, einem albernen Schulmädchen soviel Zeit zu widmen. Vielleicht lag das einfach in ihrer Natur: Wenn sie schenkte, dann schenkte sie sich ganz.

Einige Monate nachdem ich diesen Brief erhalten hatte, besuchte ich diese ehemalige Schülerin in einem Altenheim inmitten der Moore von Cumbria. Auf ihrem Nachttisch lagen das Autogrammbuch und eine Rasierklinge und ein Lineal. Sie forderte mich auf, Miss Dryburghs Mondscheinszene herauszutrennen und sie mit nach Kalifornien zu nehmen, wo sie nun gerahmt an der Wand hängt.

Das kleine Aquarell ist unterschrieben: «Mit den besten Wünschen, M. Dryburgh, März 1914.» Es stellt eine Dhau mit Lateinersegel dar, wie man sie aus dem Orient kennt. Ob

Margaret wohl schon damals gerne nach China gereist wäre, um dort als Missionarin zu arbeiten? Sie mußte noch bis zum Ende des Ersten Weltkriegs damit warten.

Von 1919 bis 1925 arbeitete sie an einer englisch-presbyterianischen Mission in Südchina. Schon damals das Organisationstalent, als das wir sie im Lager kennenlernten, überwachte sie die presbyterianischen Schulen in den Dörfern und Städten der ganzen Region. Eine Frau, die an der *Sok-Tek*-Schule war (das Wort nimmt Bezug auf «Moralische Vortrefflichkeit»), schrieb kürzlich: «Alle Klassenkameradinnen bewunderten diese Lehrerin. Sie war äußerst gescheit und flink. Um Notenschrift in Tonsilben umzusetzen (do re mi fa sol), brauchte sie nur Sekunden.»

Als die Missionskirchen in Südchina wegen ihrer Kontakte zum kapitalistischen Ausland dann Verfolgungen ausgesetzt waren, mußten die Mitarbeiter die Mission verlassen. Margaret Dryburgh ging nach Singapur, um unter den dortigen Chinesen zu arbeiten, deren Sprache sie fließend beherrschte. Sie nannten sie Schöne Perle – der Name Margaret bedeutet Perle.

In Singapur erinnert man sich immer noch daran, daß sie in der Presbyterianischen Kirche an der *Orchard Road*-Orgel spielte (sie spielte dort, um Geld für den Druck der Sonntagsschul- und Bibelunterweisungen für ihre chinesische Gemeinde zu verdienen) und daß sie die erste Leiterin der Kuo-Chuan-Mädchenschule war. Diese Schule existiert immer noch als *Kuo Chuan Presbyterian Secondary School* in der *Bishan Street*.

Eine Chinesin, die als Lehrerin an der alten Schule arbeitete, berichtete: «Miss Dryburgh brauste leicht auf, aber ihr Zorn dauerte normalerweise nicht lange, und sie vergaß nie, sich zu entschuldigen.» Eine Schülerin schreibt: «Sie war eine äußerst bemerkenswerte Persönlichkeit, eindrucksvoll und respektgebietend, ein lebhafter Mensch voller Energie.»

Diese ehemalige Schülerin der *Sok Tek*-Schule schickte mir auch eine Würdigung, die sie in *Working His Purpose Out – History of the English Presbyterian Mission 1847–1974* («Seinen Zwecken zu dienen – Missionsgeschichte der englischen Presbyterianer 1874–1974») gefunden hatte, das von der Presbyterianischen Kirche Englands in London veröffentlicht wurde. Das Buch umfaßt Miss Dryburghs Jahre in Singapur. «M. Dryburgh widmete ihre Fähigkeiten rückhaltlos der chinesischen Kirche, unterwies Lehrer und Frauen, die Bibelstunden abhalten sollten, machte Besuche und richtete die Gläubigen auf. Ihr größtes Geschenk an die Kirche in Malaya entspringt wohl aus dem, was in ihrem eigenen Leben die zentrale Kraft darstellte: aus ihrer Liebe zur Musik. Musik war für sie sowohl Inspiration wie auch ein Ausdruck für die Freude und Herrlichkeit des christlichen Glaubens, und das vermittelte sie den Chören und Schulen und Gemeinden in einer Weise, daß diejenigen, die die Kirche in Malaya kennen, von ihr als der ‹singenden Kirche› sprechen.»

Wo hörte Margaret Dryburgh zum erstenmal die komplizierten Orchesterwerke, die dann vom Vokalorchester gesungen wurden, wie beispielsweise das Largo aus der Symphonie «Aus der neuen Welt»? Wir können es nur vermuten. Womöglich hat ein einheimisches Orchester oder ein Gastorchester in Singapur ein Konzert gegeben, und Miss Dryburgh hat es besucht. Oder man hat ihr eine Schallplatte geschenkt, und die hat sie dann auf einem *Victrola* im Missionshaus abgespielt. Die Klavierstücke hat sie vermutlich selbst gespielt oder immer wieder von ihren Klavierschülern spielen lassen. «Jesus bleibet meine Freude» und die Pastorale von Händel gehörten vielleicht zu ihren Lieblingsstücken auf der Orgel in der Kirche an der *Orchard Road*. Außerdem hat sie möglicherweise auch Klavierauszüge klassischer Orchesterwerke gespielt.

Und wie ist es ihr gelungen, nachdem sie ihr Gedächtnis

«durchforstet» hatte, sich beinahe fehlerlos an all die Partituren der klassischen Meister zu erinnern?

Hatte Margaret Dryburgh ein fotografisches Gedächtnis, das ihr half, sich an die Partituren zu erinnern? Das könnte gut sein, denn im Alter von sieben Jahren gewann sie den ersten Preis bei einer synodalen Bibelprüfung an der presbyterianischen Kirche in Swalwell, wo ihr Vater damals Pfarrer war. Ein fotografisches Gedächtnis wäre beim Erlernen der Texte und später auch der Partituren sehr hilfreich gewesen. Aber als ich mich mit Norah Chambers kurz vor ihrem Tod im Jahre 1989 darüber unterhielt, wies sie diese Idee weit von sich: «Margaret hatte die Töne der Musik im Kopf, nicht das Bild der gedruckten Partitur.»

Was die Melodie der Gefangenenhymne angeht, so hat K. Marie Stoba, emeritierte Musikprofessorin der Universität Indiana und der Universität Purdue, die Noten Motiv für Motiv durchgesehen. Sie ist der Meinung, daß das Arrangement sich aus Fragmenten von Choralmelodien zusammensetzt, die Miss Dryburgh kannte und liebte. Die Hymne bildet jetzt immer den Abschluß der Vokalorchesterkonzerte. Manchmal wird sie in Margaret Dryburghs Fassung für Sopran, Alt, Tenor und Baß von einem gemischten Chor gesungen. Manchmal wird eine Kirchengemeinde oder das Konzertpublikum gebeten, mit dem Chor mitzusingen. Es wäre zu wünschen, Miss Dryburgh hätte noch erfahren, wie viele Menschen noch lange nach der Internierungszeit von ihrer Hymne bewegt werden. Und es wäre auch zu wünschen, daß sie die wunderbare Vokalorchestermusik einmal von außen hätte hören können. Als sie im Vokalorchester mitsang, konnte sie die Musik ja nur von innen hören. Aber mit ihrer großartigen musikalischen Begabung hat sie sich zweifellos vorstellen können, wie die Musik für die Zuhörer im Publikum klang.

Weitere Informationen

Statt weitere Informationen in den Text einzuflechten oder in Form von Fußnoten unten auf der Seite oder an den Kapitelenden aufzuführen, habe ich sie in diesem Anhang zusammengestellt. Die Stichwörter erscheinen in der Reihenfolge ihrer Erwähnung im Text.

Kapitel 1

Niederländisch-Ostindien ist vielleicht auch bekannt als Niederländisch-Indien oder Ostindien. Zu der Zeit, in der meine Geschichte spielt, war Ostindien noch Kolonie des Königreichs der Niederlande, eines winzigen Landes, das dreizehnmal in den Staat Kalifornien hineingeht. Ostindien andererseits, das aus ungefähr 13000 Inseln und den Meeren dazwischen besteht, bedeckt eine Fläche von 5 Millionen Quadratkilometern. Wenn man das Archipel in die USA verlegen würde, reichte es von Kalifornien bis zu den Bermudas. Die Inseln wurden Anfang des neunzehnten Jahrhunderts zur niederländischen Kolonie. Doch schon zwei Jahrhunderte vorher gab es dort niederländische Handelsniederlassungen, und die damaligen niederländischen Kaufleute erwarben dort ihre Gewürze. Durch den Handel mit Muskat, Gewürznelken und Pfeffer wurden allerdings nicht nur die Kaufleute reich, sondern auch die Regierung der Niederlande, die das Handelsmonopol innehatte. Später waren es dann Kaffee, Tee und Gummi, durch die die Niederländer zu Wohlstand kamen, und noch später Öl.

Im Jahre 1948 wurde aus Niederländisch-Indien die unabhängige Republik Indonesien.

Die vier größten Inseln Indonesiens sind, in alphabetischer Reihenfolge: Borneo oder Kalimantan, Celebes oder Sulawesi, Java und Sumatra, wo sich die meisten Ereignisse aus «Lied der Hoffnung» abspielen.

Sumatra ist 1750 km lang und bis zu 400 km breit. Ungefähr ein Drittel besteht aus Sümpfen, die sich hauptsächlich an der Ostküste entlangziehen. Eine ununterbrochene Bergkette, das Barisangebirge, das in Kapitel 5 erwähnt wird, und Dschungel erstrecken sich entlang der Westküste.

Als Ostindien noch zum Königreich der Niederlande gehörte, war der *Generalgouverneur* die höchste Autorität. Er war der Vertreter des niederländischen Monarchen. 1941, bei Ausbruch des Krieges mit Japan, befand sich Königin Wilhelmina in London im Exil, denn die Niederlande waren ein Jahr zuvor durch Nazideutschland besetzt worden. Generalgouverneur oder G. G. war damals Jhr. Mr. A. W. J. Tjarda van Starkenborgh Stachouwer. *Jhr.* steht für *Jonkheer*, ein Adelsprädikat, und *Mr.* ist die Abkürzung für einen holländischen Juristentitel.

Malaiisch war die gemeinsame Sprache vieler verschiedener Bevölkerungsgruppen auf den Inseln, wobei alle Gruppen auch noch eine eigene Sprache hatten. Malaiisch war außerdem die Sprache, in der sich die Einheimischen und die holländischen Siedler verständigten.

Als die Kolonie ihre Unabhängigkeit erlangte, wurde Malaiisch zur offiziellen Landessprache der Republik und heißt seitdem Indonesisch.

Die heutige Orthographie des Indonesischen unterscheidet sich von der des Malaiischen in der Kolonialzeit. Beispielsweise ist «oe» durch «u» ersetzt worden, das «tj» durch «c». Bis auf den Namen des versenkten Schiffes, *Poelau Bras*, habe ich alle Malaiischen Wörter, die im Text vorkommen, in der modernen indonesischen Schreibweise wiedergegeben. Es ist die Schreibweise, die man heutzutage in Wörterbüchern findet. Ich habe *An Indonesian-English dictionary* von Echols und Shadily, 3. Auflage 1989, erschienen bei *Cornell University Press*, benutzt.

Die Ortsnamen im Buch werden so geschrieben, wie Sie es auf modernen Landkarten finden.

Alettes weiterführende Schule war ein *Lyzeum*, eine der verschiedenen weiterführenden Schulen, die es damals in den Niederlanden und in Niederländisch-Ostindien gab. Jeder Schultyp bot einen anderen Lehrplan, der sich jeweils an unterschiedlichen Berufszielen orientierte. Ein Zwölfjähriger, der die sechsjährige Grundschule verließ und Rechtsanwalt oder Arzt werden sollte, Berufe, für die ein Universitätsstudium Voraussetzung ist, besuchte eine andere weiterführende Schule als Jungen oder Mädchen, die für ein Handwerk begabt waren, das einen Berufsschulabschluß voraussetzt. Seit dem Krieg hat sich das niederländische Schulsystem radikal verändert. Eine Schule, die sich Lyzeum nennt, gibt es schon lange nicht mehr, aber immer noch eine Vielfalt an weiterführenden Schulen.

Kapitel 2

10° südlicher Breite / 105° östlicher Länge versank die *Poelau Bras* mit ihrem Kapitän P. G. Cretée an Bord. Ein niederländisches Buch, *Nederlandse Zeeman's Graven* (Niederländische Seemannsgräber), 1987 von Ed Melis und Will van Hamel für die *Foundation Commemorative Junyo Maru*, Sumatra, zusammengestellt, listet ungefähr vierzig niederländische Marine- und Handelsschiffe auf, die in den drei Monaten, in denen die Japaner um Niederländisch-Ostindien kämpften und es dann eroberten, von japanischen Torpedos oder Bomben versenkt wurden, wobei fast 3000 Menschen ums Leben kamen.

Kapitel 3

Red spricht von den «Weißen». Dieses Wort ruft heutzutage Stirnrunzeln hervor, aber ich habe es in den Äußerungen aus der damaligen Zeit beibehalten. Denn so sprachen wir über uns selbst, und das Wort «Weiße» ist ja auch kein häßliches Wort. Das Wort «Eingeborene», das wir benutzten, wenn wir über die einheimische Bevölkerung sprachen, habe ich allerdings vermieden. Das Wort stellt heute eine Beleidigung für die betroffenen Bevölkerungsgruppen dar. Aus dem gleichen Grund habe ich eigene Äußerungen und die anderer Personen bereinigt, wenn sie die Japaner als «Japse» bezeichneten oder mit anderen nicht gerade schmeichelhaften Ausdrücken belegten. Der Krieg mit Japan ist nun seit über fünfzig Jahren vorbei, und Schimpfnamen hervorzuzerren, die man in der Vergangenheit vor Zorn, Kummer, Frustration benutzt hat, trägt nichts dazu bei, einen dauerhaften Frieden zu schaffen. Deshalb werden die Japaner in diesem Buch «Japaner» genannt, bis auf einige wenige Fälle, wo der Gebrauch des Wortes «Japaner» die Einstellungen der Kriegszeit verfälscht hätte.

Mein *Gymnasium* eröffnete, wie Alettes Lyzeum, den Weg zu einem Studium an der Universität, dauerte aber sechs Jahre, während das Lyzeum nur fünf Jahre dauerte. Das Gymnasium hat bislang die Veränderungen im niederländischen Schulsystem überdauert.

Kapitel 5

In Niederländisch-Ostindien wurden die Menschen in ganz unterschiedlichen Zeiträumen in die Internierungslager gebracht. Auf Java beispielsweise ging das schrittweise vor sich, und «der Prozeß war erst Mitte 1943 abgeschlossen. Das war teilweise auf die große Zahl alliierter Zivilisten zurückzuführen, teilweise auf die persönliche Einstellung des japanischen Befehlshabers, der unziemliche Hast für unnötig und inhuman hielt. Darüber hinaus benötigte er viele dieser alliierten Zivilisten zum Wiederaufbau eines Wirtschaftslebens auf der Insel.» Aus dem niederländischen Standardwerk mit dem Titel *Japanse Burgerkampen* (Japanische Lager für Zivilisten) von Dr. Dora van Velden, das 1973 erschienen ist. Sie selbst war, zusammen mit 10000 Frauen und Kindern, in dem berüchtigten Tijdeng-Lager in Batavia interniert.

Als sie wieder in Holland war, machte sich Dora van Velden daran, eine Doktorarbeit über ihr Lager zu schreiben, doch es wurde dann ein umfassendes Werk daraus über alle Frauenlager und alle Männerlager und die wenigen gemischten Lager in Niederländisch-Indien, aber auch über alle Lager für Zivilisten in Japan, Korea, in der Mandschurei, in China, Indochina, Thailand, Hongkong, Burma, Singapur, Neu Guinea und auf anderen Inseln des Pazifik. Eine englische oder deutsche Zusammenfassung wäre für die, die nicht Holländisch können, möglicherweise ganz nützlich, kann aber weder die Qualität des Buches vermitteln noch das Einfühlungsvermögen und die klugen Erkenntnisse der Autorin.

Kapitel 6

Nach dem Krieg wurde unser *System von kongsis* unterschiedlicher Größe, die gemeinsam kochten, vom britischen Captain Jennings, dem Ehemann Margery Jennings aus unserem Lager, folgendermaßen kommentiert:

«Unsere Frauen ertrugen unsägliches Elend tapfer und mit erstaunlicher innerer Kraft, aber ich vermute, im Vergleich zu einem Lager mit Soldaten fehlt es ihnen gänzlich an innerer Disziplin. Zehn Frauen «dinierten» hier in einer kleinen Gruppe, und sechs Frauen dort. Wenn die zehn irgendwelche

Sonderzuteilungen bekamen, teilten sie sie nicht mit den sechs anderen. Jeder Trupp hatte sein eigenes kleines Feuer. Es gab keine Gemeinschaftsküche wie bei uns.» Captain Jennings verbrachte mehrere Jahre in japanischer Kriegsgefangenschaft. Das Zitat stammt aus einer Sammlung von Briefen und anderen Dokumenten aus dem Archiv der *United Reformed Church* in London, die dann vom Archiv der Bibliothek der Schule für Afrikanische und Orientalische Studien der Universität London übernommen wurden.

Ein dritter, häufig vorgebrachter *Grund für unsere Internierung* war einer, von dem wir erst nach dem Krieg erfuhren: die Internierung aller Niederländer – ungefähr 100000 – und der Angehörigen anderer alliierter Nationen in Niederländisch-Indien sei eine Vergeltungsmaßnahme für die Internierung von 110000 Personen japanischer Abstammung im Westen der USA gewesen.

Historiker weisen allerdings darauf hin, daß Präsident Roosevelt eine entsprechende Anordnung am 19. Februar 1942 unterzeichnete (*Executive Order 9066*). Diese Anordnung autorisierte die militärische Führung, in den Weststaaten Zonen festzulegen, aus denen alle, die die Kriegsführung beeinträchtigen konnten, fernzuhalten waren, was zur Internierung der Amerikaner japanischer Herkunft führte. Allerdings hatten die Japaner bis zum 19. Februar 1942 bereits begonnen, die Niederländer in Niederländisch-Ostindien zu internieren, und sie fuhren zügig damit fort, nachdem die niederländische Kolonie am 9. März 1942 vor Japan kapituliert hatte.

Den Alltag wie gewohnt zu gestalten, half uns Frauen zweifellos, durchzuhalten, und damit hatten wir einen Vorteil gegenüber den internierten Männern – den Beamten, Lehrern, Pflanzern, Geschäftsleuten, die zwei oder drei Jahre lang in Lagern wie dem unseren zusammengepfercht waren.

Dora van Velden bemerkte in ihrem Buch, daß Kochen, Waschen, Putzen und die Sorge für die Kinder für die meisten Frauen normale Tätigkeiten waren, selbst wenn sie in der Zeit vor dem Lager Dienstboten hatten. Im Unterschied zu vielen Männern war es für sie nicht unter ihrer Würde, solche Dinge zu tun. Ein Mann in Gefangenschaft wusch mit äußerstem Widerwillen und nur selten unterm Wasserhahn oder in einem Fluß seine Shorts. Frauen wollten sich normalerweise ihren Aufenthalt im Lager so angenehm wie möglich machen. Männer meist nicht. Die Autorin erwähnt weiter, daß Frauen die besseren Überlebenschancen hatten, weil sie flexibler waren. Frauen machte es nicht ganz so viel aus, sich an andere anzupassen und sich ihrem Willen zu fügen. Das hatte man ja auch zu Hause ganz selbstverständlich von ihnen erwartet. Männer neigten dazu, Routinearbeiten zu vernachlässigen oder gar nichts zu tun. Es war ihnen offenbar gleichgültig, wie sie aussahen oder wie sie sich ausdrückten.

Malaiisch war außerdem die Sprache, mit der sich im Lager die «Engländer», die nicht Holländisch sprachen (die meisten), und die Niederländer, die nicht Englisch konnten (einige), verständigten. Beide Gruppen konnten zumindest etwas Malaiisch, weil sie es mit ihren Dienstboten gesprochen hatten. Einige malaiische Wörter wurden ins allgemeine Lagervokabular aufgenommen und auch in dieses Buch:

balai	Couch
balai-balai	Mehrzahl, im Lager das Schlafpodest
djemur	in der Sonne trocknen
gaplék	getrockneter Maniok, Tapioka
gedék	Bambusgeflecht
gula jawa	Zucker aus Java (aus der *arén* oder Zuckerpalme)
kabar angin	«Windzeitung»

	(Nachrichtenaustausch bei den Einheimischen)
kangkung	eine Art Spinat
kacang hijau	kleine, grüne (*hijau*) Erbse
Kenpetai	die japanische Militärpolizei
kongsi	Zusammenschluß von Händlern, Partnerschaft, im Lager Bezeichnung für Kochgemeinschaften
lekas	schnell
pendopo	oder *pendapa*, im Lager die offene Hütte im Hof
pici	schirmlose Kappe der Muslime, meist aus schwarzem Samt
sambal	Paste aus Chilischoten
tempat	Platz, im Lager: Schlafplatz, «Zuhause»
terompah	Holzsandale mit Riemen über den Zehen
ubi kayu	Maniok

Aus dem Japanischen gingen nur wenige Wörter in die Lagersprache ein:

arigato	danke
Hei-ho	Soldat aus der einheimischen Bevölkerung in japanischen Diensten
Nippon	Japan
samurai	Klasse japanischer Soldaten aus der Feudalzeit
tenko	Zählen

Kapitel 7

Theo Rottier, eines der Kinder, das die Folterung des Mannes miterlebte, erzählte mir vor einigen Jahren: «Diese Angelegenheit hat mich jahrelang verfolgt. Immer, wenn ich im Fernsehen sah, wie jemand geschlagen wurde, wechselte ich den Kanal oder schloß die Augen. Mir wurde übel davon. 1973 suchte ich dann ganz bewußt das Hauslager noch einmal auf, stellte mich an die Stelle, an der der Mann gestorben war, und machte ein Foto, in der Hoffnung, das traumatische Erlebnis, den Mann langsam sterben zu sehen, endlich ad acta legen zu können.»

Der Abtransport der Jungen, die manchmal nicht älter als zehn Jahre waren, war in allen Frauenlagern in Niederländisch-Ostindien üblich. Viele der Jungen waren nach Meinung ihrer Mütter noch richtige Kinder. Einer von ihnen zog mit einem Teddy im Rucksack ins Männerlager, und als er dort andere Jungen traf, fragten sie sich gegenseitig: «Hast du schon geheult?» Diese Anekdote stammt aus dem Buch von Henk Leffelaar: *Through a Harsh Dawn – A Boy Grows up in a Japanese Prison Camp*. Er wurde aus einem Frauenlager im Norden Sumatras in ein Männerlager gebracht, wo man ihm einen «Lageronkel» zuwies, weil er seinen Vater nicht vorfand, der Kriegsgefangener in Burma war.

Die Sorge, die sich die Mütter um ihre Jungen im Männerlager machten, war berechtigt. Dora van Velden schreibt, daß «man es in allen Männerlagern für besser hielt, die Jungen in getrennten Baracken unterzubringen, weil die Männer sonst einen schlechten Einfluß auf sie haben könnten».

Kapitel 8

Das Ausbleiben der Menstruation ist nichts Außergewöhnliches, wie wir später erfuhren, und hängt oft mit traumatischen Erfahrungen wie Scheidung, Arbeitslosigkeit und anderen Streßsituationen zusammen. Die Regelblutung setzt normalerweise ohne besondere Behandlung nach wenigen Monaten wieder ein. Bei uns war es so, daß wir erst drei Jahre später wieder einen normalen Zyklus hatten. Sein Fehlen war mit das Beste am ganzen Lagerleben.

Kapitel 10

Das handgeschriebene Original der *Einführung zum ersten Konzert des Vokalorchesters von Margaret Dryburgh* befindet sich im *Department of Special Collections and University Archives, Stanford University Libraries* in Stanford, Kalifornien.

Norah Chambers forderte ihre Sängerinnen auf, die Schlußakkorde des Largos triumphierend zu singen: «Sie singen für den Sieg.»

Eine Niederländerin erzählte mir vor kurzen, daß ihre Mutter im Lager ein Heft mit beliebten Klavierstücken besessen hätte. Es enthielt Schumanns «Träumereien» und Brahms' «Walzer Nr. 15», die beide vom Vokalorchester gesungen wurden. Es könnte also sein, daß Margaret Dryburgh dieses Heft zu Rate zog, bevor oder während sie die endgültigen Orchesterstimmen niederschrieb. Aber die Frau erinnert sich nicht daran, Margaret das Heft je geliehen zu haben, und auch sonst erinnert sich niemand im Lager daran, Margaret mit Klaviernoten in der Hand gesehen zu haben, um ihr erstaunliches Gedächtnis aufzufrischen.

Kapitel 11

Die Todesrate von 37 % stammt aus dem Buch von Dora van Velden über die japanischen Lager für Zivilisten. Sie schreibt im Vorwort für die holländische Ausgabe von «Lied der Hoffnung», daß in keinem anderen Lager in Niederländisch-Indien die Todesrate dieser Zahl auch nur nahekam, bis auf ein kleines Männerlager in Menado, in dem fast die Hälfte der Internierten ums Leben kam.

Waren diese *Transporte von Lager zu Lager* von jemandem in Tokio geplant, um uns zu demoralisieren? Jede Verlegung bedeutete einen Rückschlag für uns, und bei jedem mußten wir kostbare Besitztümer zurücklassen, wie in diesem besonderen Fall die *ubi kayus*, die wir im Hof mit soviel Mühe und Schweiß gepflanzt hatten. Die Süßkartoffeln waren noch nicht erntereif.

Und dann war die neue Umgebung immer schlimmer als die, die wir gerade hinter uns gelassen hatten. Oft wurden *kongsis*, in denen man sich gegenseitig unterstützte, auch wenn nicht mehr gemeinsam gekocht wurde, aus Platzgründen auseinandergerissen. Bei jedem Umzug wurde ein sorgfältig gepflegtes Gefühl der Geborgenheit im Lager zerstört: Ein neues Zuhause mußte geschaffen werden, neue persönliche Bereiche mußten mit Tüchern oder dem Bild eines Angehörigen abgegrenzt werden, und man mußte sich an neue Menschen gewöhnen. Alle Frauen in den Frauenlagern auf Sumatra, Java, Borneo und Celebes – ungefähr zwanzig am Ende des Krieges mit grob geschätzt sechzigtausend Frauen und Kindern – berichten über ähnliche Bedingungen. Es wäre für die Japaner wahrscheinlich ein leichtes gewesen, diese elenden Transporte etwas weniger elend zu gestalten, der Überfüllung der Häuser abzuhelfen, indem man ein paar zusätzliche Hütten baute, und Medikamente und mehr Lebensmittel zur Verfügung zu stellen. Die Argumente der Japaner waren damals, daß keine besseren Transportmöglichkeiten zur Verfügung stünden und weder Medikamente noch genügend Lebensmittel.

Kapitel 12

Wie gerne wäre Vater mit uns auf den Mont Blanc gestiegen. Er liebte die Berge. Wann immer Shell ihn versetzte, sah er auf die Landkarte und sagte: «Das ist gut, wir können in … (Venezuela, Rumänien) bergsteigen», und als er nach Neu Guinea versetzt wurde, war er begeistert, weil es dort in der Umgebung Berge gab, die noch nie jemand bestiegen hatte.

1936 gelang Vater mit zwei anderen Niederländern die Erstbesteigung des *Ngga Pulu*, eines fast 5000 m hohen gletscherbedeckten Berges in den Carstenz-Bergen. Wo bisherige

Expeditionen gescheitert waren, weil ihr Troß für den Aufstieg zu schwerfällig (mehr als hundert Träger und Begleitsoldaten) und zu langsam gewesen war (sechs bis neun Monate) und weil man keine Kletterausrüstung mitführte, bewältigten mein Vater und seine beiden Kletterpartner den Aufstieg in zwei Monaten mit elf Dayaks aus Borneo als Träger und mit Eispickeln und Krampen. Vater schrieb ein Buch über diese Expedition: *Naar de eeuwige sneeuw van tropisch Nederland* (Zum ewigen Schnee der tropischen Niederlande), das nach dem Krieg unter dem Titel *To the Eternal Snow of New Guinea* neu aufgelegt wurde.

Kapitel 13

Das Titelblatt des *Sumatran Diary* besagt: «Zusammengestellt aus Notizen Margaret Dryburghs, B. A., einer presbyterianischen Missionarin in Singapur. Gemeinsam mit drei Kolleginnen wollte sie Sumatra verlassen, wurde aber von 1942 bis 1945 in Sumatra interniert.» Herausgeber oder Erscheinungsdatum sind nicht erwähnt.

Epilog

Die beiden zitierten Bücher, Ruth Benedicts *The Chrysanthemum and the Sword* über Formen japanischer Kultur, 1946 erschienen, und Michia Takeyamas Roman *Harp of Burma*, 1966 erschienen, waren 1995 in den USA immer noch lieferbar.

Für den Leser, der sich für andere Bücher über die Lager, in denen ich war, interessiert, gibt es Betty Jeffreys Tagebuch *White Coolies*, das 1954 in Australien zum erstenmal erschienen ist, und seitdem ungefähr vierzig Neuauflagen in verschiedenen Ausgaben erfahren hat, und Lavinia Warners und John Sandilands *Women Beyond the Wire*, ein objektiver Bericht auf der Basis ausführlicher Befragungen von Internierten meist britischer Herkunft, das 1982 in London erschienen ist.

Danksagung

Dieses Buch über das «Lied der Hoffnung» basiert auf einem Manuskript, an dem ich in den vierziger Jahren arbeitete, als die Erinnerungen an den Schiffbruch, den Marsch durch den Dschungel und die spätere Internierung noch frisch waren. Es blieb dann unvollendet in der Schublade liegen, und erst in den achtziger Jahren warf ich wieder einen Blick hinein. Die sachlichen Informationen aus diesem frühen Manuskript erwiesen sich als äußerst nützlich für eine Fernsehdokumentation, für einleitende Worte zu Partituren, für Texte auf Plattenhüllen, alles unter dem Titel *Song of Survival*, und für mein in den Niederlanden erschienenes Buch.

Zahlreiche Menschen und Organisationen waren mir bei diesen frühen Realisierungen der Geschichte vom Lied der Hoffnung behilflich. Ich möchte ihnen an dieser Stelle dafür danken, daß sie Einzelheiten ergänzten, mich finanziell unterstützten, mir bei der Veröffentlichung mit Rat und Tat zur Seite standen, was sich alles bei der späteren Überarbeitung des alten Manuskripts für dieses Buch als äußerst nützlich erwies. Die folgende Liste enthält auch Namen von Helfern, die mittlerweile verstorben sind.

Nell Abdulkadir (Indonesien); Zus Colijn, Mary Ager, Ronald Bailey, Minco de Bruin, Suzanne Lipsett, Agnes Michaels, Johan van Leer und K. Marie Stolba (USA); Ai Lan Yeo, Mrs. E. K. Lim, Vivian Statham, Wilma Young, Betty Jeffrey, Mickey Syers, Flo Trotter und Cara Kelson (Australien); Ietje Bast, Jacques Dozy, Peggy Feierabend, Schwester Catharinia, Kees Hakkenberg, Jan Koot, Dirk Jan Warnaar, Carel Wilhelm und Nel de Bert (Niederlande); Molly Chalmers, Celia Downward, Bill Fletcher, Norah Chambers, Shelagh Lea und Jessie Hayes (England); Mrs. J. C. Chen und Mrs. Yap (Singapur); die Niederländische Rundfunkgesellschaft NOS, die Gelder für die Dokumentation zur Verfügung stellte; Alette Couglas, Stephen Goodell (USA), dessen Empfehlungsschreiben zur finanziellen Förderung durch *National Endowment of the Humanities* führte; Ellen Grooten aus den Niederlanden, mit deren Hilfe die «Lagerkinder» für ein Wiedersehen im Jahre 1984 ausfindig gemacht wurden, und jene ungefähr achtzig Lagerkinder für ein Treffen in den Niederlanden, die Fragebögen beantworteten; Patricia Hennings (USA), Leiterin des *Peninsula*-Frauenchores bei der ersten Nachkriegsaufführung der Vokalorchestermusik; Ulrich Kappler (Schweiz); und Bram Keizer von *Universal Songs* (Niederlande), der mehrere Vokalorchesterwerke herausgab. Stephen Longstreth, der mit seinen Partnern Robert Moore und David Espar von der *Veriation Film* die *Song of Survival*-Dokumentation produzierte; William Peter Mahrt, E. John Schonleber, Paul van der Veur, Jeanette Zweede, Marlene Mayo und Hazelle Miloradovitch (USA); Margaret Malby und Betty Pryce-Jones, Nichten Margaret Dryburghs (England); Jopie de Man, Theo Rottier, Madelyn van Rijckevorsel, Bob Tromp, Shell International, die Abteilung Geschichte der Marine zur See des Verteidigungsministeriums, das Nationalinstitut für Kriegsdokumentation und Museon (Niederlande); Antoinette Mayer mit ihrer Quilt-Gruppe und die zahlreichen anderen Organisationen und Einzelpersonen, die Spenden für die Erstellung der Dokumentation zur

Verfügung stellten (USA); Tomoko Nakamura, Atsushi Takahashi und Kimihiro Yamada (Japan); Audrey Owen (Neuseeland); Käty Resegotti (Schweiz); Leny van Schaik (Niederlande), die den Frauenchor in Haarlem bei den Aufnahmen für die *Song of Survival*-CD leitete; die Abteilung für die Sondersammlungen und das Universitätsarchiv der Bibliothek der Stanford University; die *United Reformed Church*, London (England); die *War Graves Foundation* (Niederlande und Indonesien); und Irene Levendig (Kanada).

Außerdem möchte ich den Mitgliedern all der Chöre in den USA und in Australien danken, von denen ich weiß, daß sie *Song of Survival*-Musik aufführten und auf diese Weise dazu beitrugen, die zauberhaften Klänge aus einem elenden Gefangenenlager in die Welt hinauszutragen: dem Chor der *Mother McAuley High-School* (Chicago), dem Frauenchor der *Oral Roberts University* (Oklahoma), dem *Pembroke*-Mädchenchor (Adelaide, Australien), dem *Peninsula*-Frauenchor (Kalifornien), dem *Portsmouth*-Frauenchor (New Hampshire), dem *Santa Fe*-Frauenchor (New Mexico); dem *Song of Survival*-Chor (Perth, Australien), dem *Toledo Seaway Chapter of Sweet Adeline* (Ohio), dem Chor der *West Bend High School* (Wisconsin); dem Chor der *White Fish Bay High School* (Wisconsin); dem *Women of Shadyside Pesbyterian Church & Chatham College Choir* (Pittsburgh, Pennsylvania); dem *Young Womens Ensemble* (Jaym, Maine).

Schließlich gilt ein ganz besonderer Dank den Menschen, die mir halfen, das Buch fertigzustellen; Colleen Huston, die freudig meine Konzepte abtippte und die den Computer mit seinen mir bis dato verschlossen gebliebenen Raffinessen meisterte und außerdem einige Nachforschungen übernahm; Sheri Spicklemire, die meinem Text den letzten Schliff gab; Bill Cheney, der den Umschlag für die niederländische Ausgabe des Buches gestaltete, und Daniel Cook, der den Entwurf für die englische Ausgabe modifizierte; Alice Grulich-Jones, von der das Foto der Autorin stammt; und Steven Scholl und Janice Lineberger von *White Cloud Press*. Sie engagierten sich mit solch unerschöpflicher Begeisterung für die Veröffentlichung, daß es ein reines Vergnügen war, mit ihnen zusammenzuarbeiten.

Film und Fernsehen

John Updike
Die Hexen von Eastwick
(rororo 12366)
Updikes amüsanten Roman über Schwarze Magie, eine amerikanische Kleinstadt und drei geschiedene Frauen hat George Miller mit Cher, Susan Sarandron, Michelle Pfeiffer und Jack Nicholson verfilmt.

Bernd Schwamm
Die Gang *Der Roman zur Serie im Ersten*
(rororo 22112)

Christian Pfannenschmidt
Der Mann aus Montauk
Der neue Roman zur ZDF-Serie Girlfriends
(rororo 22267)

E. Beleites / E. Theophil
Männerpension *Das Buch zum Film von Detlev Buck*
(rororo 13933)
Die ungemein komische Story über zwei Knastbrüder und die Liebe – verfilmt mit Detlef Buck und Til Schweiger in den Hauptrollen.

Dieter Wedel / Sven Böttcher
Held *Roman nach dem Fernsehfilm «Der Schattenmann» von Dieter Wedel*
320 Seiten Klappenbroschur
(Wunderlich Verlag)

Oliver Sacks
Awakenings – Zeit des Erwachens
(rororo 8878)
Ein fesselndes Buch – ein mitreißender Film mit Robert De Niro.

Michael Friedman
Batman & Robin *Der Roman zum Film*
(rororo 22240)

rororo Unterhaltung

Boileau / Narcejac
Tote sollten schweigen *Der Roman zum Film «Diabolisch» mit Sharon Stone und Isabelle Adjani*
(rororo 13894)
Das Autorenduo lieferte mit diesem Buch die Vorlage zu einem atemberaubenden Film von Erfolgsproduzent Marvin Worth.

Quentin Tarantino & Allison Anders / Alexandre Rockwell / Robert Rodriguez
Four Rooms *Das Buch zum Film*
(rororo 13955)
Gemeinsam mit drei anderen Regisseuren inszenierte Oskar-Preisträger Quentin Tarantino («Pulp Fiction») diesen furiosen Kultfilm mit Tim Roth, Bruce Willis, Madonna und Antonio Banderas.

Richard Woodley
Con Air
(rororo 22241)
Der Roman zum Film mit Nicolas Cage, John Malkovich und John Cusack in den Hauptrollen.

3290/3

Lebensläufe

Bernard Gavoty
Chopin
(rororo 12706)
«Ich selbst bin immer noch Pole genug, um gegen Chopin den Rest der Musik hinzugeben.» *Friedrich Nietzsche*

Virginia Harrard
Sieben Jahre Fülle *Leben mit Chagall*
(rororo 12364)

Albert Goldman
John Lennon *Ein Leben*
(rororo 13158)

Linde Salber
Tausendundeine Frau *Die Geschichte der Anaïs Nin*
(rororo 13921)
«Mit leiser Ironie, einem lebhaften Temperament und großem analytischen Feingefühl.» *FAZ*

Donald A. Prater
Ein klingendes Glas. Das Leben Rainer Maria Rilkes
(rororo 12497)
In diesem Buch wird «ein Mosaik zusammengetragen, das als die genaueste Biographie gelten kann, die heute über Rilke zu schreiben möglich ist». *Neue Zürcher Zeitung*

Michael Jürgs
Der Fall Romy Schneider *Eine Biographie*
(rororo 13132)
»*Der Fall Romy Schneider* ist ein freundschaftliches Buch, aufrichtiger und interessanter als die meisten Biographien, die bei uns über Schauspieler geschrieben werden.» *Süddeutsche Zeitung*

rororo Biographien

Charlotte Chandler
Ich, Fellini *Mit einem Vorwort von Billy Wilder*
(rororo 13774)
«Ich habe nur ein Leben, und das habe ich dir erzählt. Dies ist mein Testament, denn mehr habe ich nicht zu sagen.» *F. Fellini zu C. Chandler*

Andrea Thain / Michael O. Huebner
Elisabeth Taylor *Hollywoods letzte Diva. Eine Biographie*
(rororo 13512)
«Vor mehr als vierzig Jahren lehrte mich MGM, wie man ein Star ist. Und ich weiß bis heute nicht, wie ich etwas andere hätte sein können.» *Elisabeth Taylor*

Andrea Thain
Katharine Hepburn *Eine Biographie*
(rororo 13322)

«Das Leben eines jeden Menschen ist ein von Gotteshand geschriebenes Märchen.» Hans Christian Andersen

Romane und Erzählungen

Julian Barnes
Flauberts Papagei *Roman*
(rororo 22133)
«Dieses Buch gehört zur Gattung der Glücksfälle.» *Süddeutsche Zeitung*

Denis Belloc
Suzanne *Roman*
(rororo 13797)
«Suzanne» ist die Geschichte von Bellocs Mutter: Das Schicksal eines Armeleutekinds in schlechten Zeiten. «Denis Belloc ist der Shootingstar der französischen Literatur.» *Tempo*

Andre Dubus
Sie leben jetzt in Texas *Short Stories*
(rororo 13925)
«Seine Geschichten sind bewegend und tief empfunden.» *John Irving*

Michael Frayn
Sonnenlandung *Roman*
(rororo 13920)
«Spritziges, fesselndes, zum Nachdenken anregendes Lesefutter. Kaum ein Roman macht so viel Spaß wie dieser.» *The Times*

Peter Høeg
Fräulein Smillas Gespür für Schnee *Roman*
(rororo 13599 und als "Buch zum Film" mit vierfarbigen Fotos rororo 22210)
Fräulein Smilla verfolgt die Spuren eines Mörders bis ins Eismeer Grönlands. «Eine aberwitzige Verbindung von Thriller und hoher Literatur.» *Der Spiegel*

rororo Literatur

Laurie R. King
Die Gehilfin des Bienenzüchters
Kriminalroman
(rororo 13885)

Ray Loriga
Vom Himmel gefallen *Roman*
(rororo 13903)
Ray Loriga, Jahrgang 1967, lebt in Madrid. In seinem mit Bitterkeit und schwarzem Humor getränkten Roman verfolgen Polizei und Medienmeute einen jugendlichen Killer quer durch Spanien.

Daniel Douglas Wissmann
Dillingers Luftschiff *Roman*
(rororo 13923)
«Dillingers Luftschiff» ist eine romantische Liebesgeschichte und zugleich eine verrückte Komödie voll schrägem Witz, unbekümmert um die Grenzen zwischen Literatur und Unterhaltung.

Starke Frauen

Starke Frauen, freche Bücher – scharfsinnige Geschichten mit viel Witz aus einer exotischen Welt: dem Frauenalltag.

Amanda Aizpuriete
Laß mir das Meer
Liebesgedichte
64 Seiten. Pappband
«Nichts ist gestelzt, gekünstelt in diesen Gedichten. Man spürt in jeder Zeile eine so sprachsichere Fähigkeit im unverstellten Bekenntnis, daß gerade das Subjektivste als etwas tief Gesellschaftliches verstanden werden kann.» *Süddeutsche Zeitung*

Lisa Alther
Fünf Minuten im Himmel
Roman
416 Seiten. Gebunden
Die Geschichte einer eigenwilligen Frau, die die Hoffnung auf eine erfüllende Beziehung nicht aufgibt.

Pia Frankenberg
Die Kellner & ich *Roman*
(rororo 13778)
Erzählt wird die Geschichte von Thea Goldmann, einem frechen, altklugen, rebellischen Kind, das während des Wirtschaftswunders auf der Wunderseite aufwächst.

Siri Hustvedt
Dei verzauberung der Lily Dahl
Roman
320 Seiten. Gebunden
Sie beobachten sich gegenseitig, sind magisch voneinander angezogen, und schließlich beginnen sie eine heftige Affäre: die junge Lily und der attraktive Edward Shapiro. Auf einmal gibt es zwei Tote ... ein erotischer Psychothriller.

rororo Unterhaltung

Kathy Lette
Mein Bett gehört mir *Roman*
320 Seiten. Gebunden und als rororo 22270
Eine australische Lebenskünstlerin, hoffnungslos verliebt, folgt ihrem Auserwählten nach London. Aus Lust und Liebe wird eine gar nicht nette Katastrophe: ein sprachliches Feuerwerk liebevoll ausgedachter Gemeinheiten.
Die Sushi-Schwestern *Stories*
(rororo 13598)

Francine Prose
Jäger und Sammler *Roman*
(rororo 13793)
Martha ist unzufrieden mit ihrem Job und trauert einer mißglückten Liebesbeziehung nach. Während eines Wochenendurlaubs trifft sie mit einer Gruppe von New-Age-Frauen zusammen, die eine geheimnisvolle, archaische Zeremonie abhalten... Eine geistreiche, witzige Gesellschaftssatire.